그 사람이
정말 그곳에 있었을까

박민형 장편소설

# 그 사람이 정말 그곳에 있었을까

예서

## 차 례

# 1. 노후 준비

휴대폰이 울린다.

딸아이일 것이다. 딸아이는 아침마다 문안인사를 드리는 것처럼 전화를 한다. 전화를 받으면 딸아이는 뭐해, 엄마? 그 대사로 내 안부를 묻고는 주로 외손녀의 이야기를 늘어놓는다. 며칠 전에는 딸아이가 외손녀의 손을 잡고 집 앞에 있는 천변을 걷고 있었다고 했다. 외손녀가 갑자기 딸아이의 손을 놓고는 천변을 가리키며 아빠랑 저기 앉아서 낚시를 했었다고, 천연덕스럽게 말하더라는 것이었다. 딸아이의 기억으로는 사위와 외손녀가 그 천변에 앉아서 낚시를 한 적이 없었다고 했다. 무엇보다 그 천변은 낚시를 하는 곳이 아니라는 것이었다. 딸아이는 깜짝 놀랐다. 그 마음을 감췄다. 외손녀에게 자연스럽게 물었다. 언제? 하고. 외손녀는 옛날에… 아주 먼 옛날에, 라고 너무나 차분하게 대답을 하더라는 것이었다. 딸아이는 외손녀가 벌써 상상력으로 문장을 만든다며 호들갑을 떨다가 혹시 엄마 DNA 물려받았나, 했다. 외손녀에 대한 자랑인지 걱정인지 아니면 나에 대한 칭찬인지 모를 이야기를 쏟아내는 딸아이의 이야기를 듣는 동안 너도 네 딸 아이만할 때 그랬어, 하고 말해주려다가 그만뒀다. 자식을 둔 부모들 마음은 똑같다. 자신의 아이가 다른 아이들보다 영특하고 무언가 특별하다고 여기는 게 부모의 마음이다. 나역시 매일 전화를 걸어주는 딸아이가 다른 집 자식들과는 다르다고여기고 있다. 어디 그뿐이던가. 딸아이가 결혼을 하고 얼마 지나지않아 생명이 찾아왔다는 소식을 알려 왔을 때는 더욱 그랬었다. 딸아이가 다른 집 딸들보다 아주 특별하게 보였다. 가슴이 먹먹했다.무어라 설명할 수 없는 감정이 몰려왔다. 세상을 다 가진 것 같았다.딸아이의 태중에 있는 생명 앞에 그 어떤 것도 부럽지 않다는 생각이 들었다. 어디를 둘러보아도 환했다. 아름다웠다. 발을 디딜 때마다 저절로 힘이 주어졌다. 양 어깨에는 힘이 잔뜩 들어갔다. 누구라도 붙들고 우리 딸아이가 '아기'를 가졌다고 말해주고 싶었다. 아니세상의 모든 사람들이 알 수 있도록 광고라도 하고 싶은 심정이었다. 그 마음을 잠재울 수 없었다. 딸아이가 보내준 외손녀의 초음파사진을 손에서 놓지 못하고 쳐다보고 앉아, 혼자 입이 귀에 걸리도록 웃다가 기쁨의 눈물을 흘리다가를 반복했다. 아무리 들여다보고쳐다봐도 이미지뿐인 사진이었다. 그런데도 초음파 사진을 들여다보고 앉아 딸아이와 닮은 구석이 있나 아니면 나를 닮은 곳은 없나, 하고 찾느라 두 눈이 충혈될 지경이었다. 하루가 다르게 딸아이의 배가 불러오는 것을 볼 때는 딸아이가 내딛는 걸음걸이가 불안해 보여서 안절부절했다. 차라리 내 등에 딸아이를 업고 다녔으면, 했다. 그럴 수 없는 나는 시큰한 콧등을 잡고 있었다. 뭐라고 딱 집어서 표현할 수 없는 생명에 대한 그 신비한 체험은, 세상의 그 어떤 것과도 비교가 되지 않았다. 특별한 경험이었었다.

딸아이는 회사에 출근할 시간도 잊은 듯했다. 내가 전화를 받자마자 외손녀가 유치원에서 이야기 할머니가 들려준 옛날이야기를 그대로 재현하더라는 외손녀의 일상을, 정신없이 쏟아 부은 딸아이는 '참, 아빠 언제 와?' 하고 묻다 말고 출근시간 늦겠다며 전화를 먼저 끊었다.

나는 휴대폰을 머리맡에 놓는다. 이불 속에서 꼼지락거린다. 아침밥을 먹을까, 말까를 놓고 망설인다. 남편이 옆에 있을 때는 반찬을 만들고 해서 밥상을 차리는 일이 귀찮았었다. 남편이 집안 행사나 아니면 친구들과 여행을 가서 집을 비울 일이 없나, 하고 바라곤 했다. 그런데 막상 남편이 내가 바라던 대로 친구들과 여행을 떠나고 혼자 있게 되자, 홀가분하기보다는 집안에 온기가 없고 식탁은 휑하다. 남편과 마주앉아 식사를 하며 함께 있을 때는 알지 못했던 일이다. 남편을 위해 반찬을 만들어서 밥상을 차리고 하는 일이 남편만을 위한 것이 아니었던 모양이었다. 니를 위한 일이기도 했던 것이었다. 혼자서 밥을 먹고 지내는 것이 쉬운 일인 줄 알았다. 결코 그렇지 않다는 걸 남편이 부재중인 요즘 뼈저리게 느끼고 있다.

먹지 않고 사는 방법이 없을까. 쓸데없는 생각을 해 본다. 아침을 먹고 나면 점심을, 점심을 먹고 나면 저녁을 먹을 시간이다. 그리고 보니 하루 종일 먹는다. 먹기 위해서 일을 하고 사는 건지, 살기 위해서 먹으면서 일을 하는 건지. 그 당연한 질문에 답을 내리지 못한다. 먹는 걸 가지고 따지다 보니 하루를 살아내야 하는 것이 기적이 아닐까, 하는 생각까지 든다. 기적은 대단한 일이 벌어지는 줄 알았다. 하루의 일과를 잘 마무리 짓는 것도 기적인 것 같다.

아침밥을 먹을까 말까를 놓고 이 궁리 저 궁리를 해 보다가 딸아이가 했던 말을 떠올린다. 딸아이는 맵고 짠 장아찌나 김치 같은 것만 먹어서는 안 된다고 했었다. 푸른 채소와 단백질을 섭취하라고 했다. 그래야 건강하게 오래 살 수 있다고 떠들었다. 딸아이의 잔소리에 그렇게 하겠다고 철석같이 약속을 했다. 그래놓고도 며칠이 지나면 그대로였다. 식단도 그랬다. 딸아이가 시키는 대로 단백질 위주로 식단을 짰다. 고기를 굽거나 수육을 만들어서 먹다가 삶은 계란과 두부로 대체했다. 그런데도 딸아이는 나이를 먹을수록 고기를 먹어줘야 된다며 잔소리를 늘어놓곤 했다. 딸아이의 성화에 딸아이가 온다고 하면 단백질이 풍부한 것으로 장을 봐다 놓았다. 남편과 내가 덩달아 포식을 하게 되는 날이 바로 딸아이가 오는 날이었다. 딸아이는 내가 해준 음식 중에서, 특히 잡채를 먹으며 맛있다고 혀를 내둘렀다. 딸아이의 그 모습을 보고 있노라면 목이 따갑도록 아파왔다. 가슴 한복판은 뜨거운 것이 닿은 것처럼 저릿저릿거렸다. 내가 좋아하는 잡채를 만들어주던 어머니에 대한 그리움 때문이었다. 그리고 보면 어머니가 해주는 음식을 먹을 수 있을 때가 생에 있어 가장 행복한 시간인지도 모른다.

휴대폰이 다시 울린다. 필경 딸아이일 것이다. 남편의 안부를 물어놓고 내가 대답도 하기 전에 전화를 끊어 버린 게 못내 미안해서 딸아이가 다시 전화를 걸어온 것이리라.

딸아이의 전화가 틀림없다고 여기며 휴대폰을 든다. 발신자 확인도 하지 않는다. 휴대폰의 폴더를 연다.

"여보세요?"

"……."

뜻밖에도 민 국장의 목소리가 툭 튀어나왔다. 딸아이일 것이라고 생각했던 나는 느닷없이 튀어나온 민 국장의 목소리에 놀라 미처 대답을 하지 못했다. 우물쭈물거린다. 민국장이 도전적으로 묻는다.

"뭐, 하고 있어?"

"이불 속."

가라앉은 목소리로 나는 힘없이 대꾸했다.

"지금까지 이불 속에서 왜, 그러고 있어?"

"……."

"왜, 대답이 없어? 글 쓰느라고 날밤을 샌 거야?"

"아니."

"근데, 왜?"

"그냥…."

"어디, 아파?"

"아니."

"그럼, 신형이 보고 싶어서 그래?"

"아침부터 쓸데없는 소리 하려거든 끊어."

민 국장이 낄낄거리며 웃는 소리가 휴대폰 저 너머에서 들려왔다. 나는 민 국장의 웃음소리를 들으며 퉁명스럽게 쏴 부쳤다.

"승질머리하고는…."

"……."

"큼, 큼"

내 통박에 투덜거리던 민 국장이 기침 소리를 내더니, 목소리를 가다듬는다.

"햇볕이 하도 좋아서…. 광합성시켜 주려고 전화한 거야."

"오늘?"

"그래."

"왜?"

내가 심드렁하게 묻자 민 국장이 유들유들거린다.

"신형 없을 때 얼굴 보려고 그러지."

"무슨 일 있어?"

"없어. 볕 좋은 데 앉아서 파전 한 접시에 막걸리 한 주전자 하자고."

"……."

나는 잠시 침묵을 지켰다. 괜히 전화를 할 민 국장이 아니었다. 말은 거침없이 해도 매사에 정확한 사람이었다. 내가 침묵을 지키고 있자 민 국장의 음성이 다시 들린다.

"여보세요? 왜, 대답이 없어?"

"거기가 어딘데?"

민 국장은 일초의 망설임도 없이 안양에 있는 예술공원이라고 하며 나올 거지, 했다.

"안양에 그런 곳이 있어?"

"허허, 이 사람이 뭘 몰라도 한참 모르는 고만. 옛날에 우리가 어깨에 기타를 둘러메고 앉아서 노래를 부르며 놀던 그 유원지가 아니야. 삼청동이나 홍대 못지않게 변화됐어, 이 사람아. 아무튼 안양에 있는 예술공원 입구로 12시까지 나와."

민 국장이 안양유원지에 대해서 설명을 하고는 전화를 툭 끊었다.

'생뚱맞게, 안양유원지야.'

나는 중얼거리며 이불 속에서 빠져 나왔다.

*

민 국장의 말대로 안양유원지는 번화가처럼 변해 있다. 내가 알고 있던 유원지라는 게 믿어지지 않는다. 유원지를 두리번거리던 나는 문득 군에서 제대를 한 민 국장이 희진과 나를 데리고 이곳으로 나들이를 하던 일이 떠올랐다. 유원지를 끼고 흐르는 물가의 편편한 돌 위에 앉아 우리는 이야기꽃을 피웠다. 민 국장은 우리에게 자신이 군 생활을 하며 겪었던 일화를 들려주었다. 배고플 때 먹으려고 감춰 놓은 호빵을 숨어서 먹을 곳을 찾다가 마땅한 곳이 없어서, 민 국장은 화장실에 앉아서 먹었다고 했다. 민 국장이 화장실에 숨어서 호빵을 먹는 모습을 상상하며 나는 배꼽을 잡고 깔깔거렸다. 멈추지 않는 웃음 때문에 눈물이 났다. 뱃가죽이 아파서 더 이상 웃을 수가 없는데도 웃음은 그치지 않았다. 그렇게 한바탕 웃고 나면 민 국장은 기타를 쳤다. 우리는 민 국장이 치는 기타의 선율에 따라 함께 노래를 부르곤 했었다. 까마득한 그 시절의 일들이 방금 전에 일어난 일처럼 느껴진다.

"어이?"

민 국장이 부르는 소리에 고개를 돌린다. 베이지색 바바리코트의 깃을 한껏 세운 민 국장은 여전히 옆머리를 끌어다가 정수리를 가리고 있었다. 정수리를 가린 옆머리가 앞쪽으로 쏠려 있어서 정작 정수리 한가운데는 휑해 보인다. 머리숱이 상당했었던 민 국장이었다.

세월 앞에 장사 없다고 했던가. 그 세월이 어디 민 국장에게만 해당되겠는가. 나 역시 검은 머리보다 이제는 흰 머리가 많다. 한 달에 한 번꼴로 염색을 해도 돌아서면 귀밑머리가 허옇게 올라오곤 했다. 그때마다 남편과 나는 콧등에 돋보기를 걸친 채 머리카락에 염색약을 서로 발라주느라 교대를 하곤 했다. 우리 부부의 모습을 본 딸아이는 그냥 백발로 다니라고 권하고 나섰다. 그러면서 딸아이 자신은 우리 나이가 되어 머리카락이 하얘지면 까맣게 염색을 절대로 하지 않을 거라고 장담했다. 딸아이는 '절대'라는 단어에 힘을 주었다. 딸아이의 말에 나는 코웃음을 쳤다. 내 로망이 바로 나이가 들어서 백발의 머리를 하고 다니는 거였다고. 그런데 나이가 드니까 젊어지고 싶어서 염색을 하게 된다고 언성까지 높였었다.

"날씨 한 번 끝내주지? 저 단풍 색깔 좀 봐."

민 국장이 꾀꼬리단풍을 가리켰다.

나는 민 국장이 가리키는 산을 바라본다. 꾀꼬리단풍으로 물든 산은 햇살에 반사되어 눈이 부시게 아름답다. 산을 바라보고 있는 내 어깨를 민 국장이 툭 치며 혀를 끌끌 찬다.

"쯧쯧. 얼굴색이 그게 뭔가. 색에 아주 빠져 지낸 얼굴이야… 히히히."

"뭐가 어째?"

"농담, 농담이야. 히히히. 승질머리하고는. 일단 요기부터 하자고. 아침을 안 먹었거든. 마누라가 요샌 아침밥을 차릴 생각도 안 해. 찍소리도 못하지. 제일 무서운 게 마누라야, 히히히."

"……."

민 국장의 말에 민 국장이 퇴직을 앞두고 있을 때가 떠올랐다. 희진과 나는 신문사에서 사회부 기자로 출발해 편집과 논설 모두를 총괄하며 한 시대를 풍미한 민 국장의 노고를, 친구인 우리가 축하해주자는 취지를 가지고 자리를 만들기로 했다. 신문사 앞에 있는 일식집을 예약한 우리는 민 국장과 저녁을 먹기 위해 마주앉았다. 희진이 민 국장 앞에 우리가 준비한 선물을 꺼내놓았다. 선물이라고 해야 대단한 것은 아니었다. 민 국장을 위한 선물만을 사는 것보다 민 국장의 아내의 노고도 치하해주면 어떻겠냐는, 희진의 제안에 뜻을 모은 것이었다. 희진은 민 국장에게 현금이 든 봉투를 건네며 아내에게 맛있고 따뜻한 식사 한 끼를 대접해주라고 일렀다. 아내에게 그동안 뒷바라지를 해주어서 직장 생활을 잘할 수 있었다고… 수고했다는, 고마웠다는 인사를 잊지 말고 꼭 하라고 당부했다. 희진의 말에 고개를 끄덕이던 민 국장은 현금 많이 넣은 거지, 하며 특유의 너스레를 떨었다. 현금이 들어 있는 봉투를 양복 안주머니에 넣던 민 국장은 퇴직 후에는 아내가 해주는 세끼 밥을 먹으며, 아내와 뒹굴뒹굴 놀면서 노후를 즐겁게 보낼 거라고 호언장담을 했다. 민 국장의 말에 혀를 차던 희진은 여자들이 무슨 봉이냐며 민 국장에게 따발총처럼 쏘아대기 시작했다. 평생을 자식들과 남편 뒷바라지를 하면서 산 세월도 모자라서 자유롭게 살아가야 할 나이에, 퇴직한 남편의 세끼 밥을 시중들면서 아내가 살아가기를 바라는 것이냐고 민 국장에게 물었다. 남자들이 정년퇴직을 할 나이면 여자들도 가사에서 퇴직을 할 나이라고 하며, 남자들의 그 이기적인 생각 때문에 여자들만 골병드는 거라고 희진이 열변을 토했다. 그러면서 희진은 이혼당하지 않으려면, 아내에게 기대지 말고 스스로 살아가는 방법을 터득하라고 민 국장을 타일렀다. 민 국장은 희진의 긴 말이 끝나자 어이가 없다는 표정으로 희진을 바라보다가 나를 쳐다보더니, 자신의 아내는 절대 그럴 사람이 아니라고 자신 있게 말하며 두 팔을 내저었었다.

"큰 소리 탕탕 치더니… 밥도 못 얻어먹으면서 뭐 하러 살아."

나는 일부러 민 국장의 편에 서서 말해주었다. 어쨌든 민 국장은 가족을 위해 평생을 살아온 것은 틀림없는 일이다. 그걸 친구인 나라도 높이 평가해주고 싶다.

"안, 살면 자네랑 살까?"

"그걸 지금 말이라고 하는 거야. 쓸데없는 소리 그만 하고. 오늘 불러낸 용건이 있을 거 아냐?"

"히히히, 있지."

"뭔데?"

민 국장은 내 물음에 대답을 하지 않고 주변을 두리번거리더니 나를 이끌고 한 음식점으로 들어갔다. 음식점 안은 벌써 많은 사람들이 자리를 잡고 앉아 있었다. 대부분이 등산복을 차려 입은 사람들이었다. 단풍색깔 같은 등산복을 차려 입은 등산객들은 상 위에 차려진 파전, 도토리묵, 감자전 등등을 안주 삼아 막걸릿잔을 기울이며 떠들고 있었다.

민 국장은 의자에 앉자마자 상 위에 부착된 벨을 꾹 누른다. 내 나이쯤의 아주머니가 다가와서는 메뉴판을 펼쳐 놓는다. 메뉴판을 들여다본 민 국장은 김치찌개와 파전과 막걸리를 주문하고는 나를 보며 씨익 웃는다.

"우리 이거 얼마만이야?"

"그러게."

"먼저 동창회에 안 나왔었으니까, 올 봄에 본건가?"

"응, 올 4월에 영희네 혼사에서 봤잖아."

"6월에 모인 동창회에는 자네가 안 나왔고. 이제 동창회에 나와.

그래도 초등학교 동창회가 제일 재밌는 거 같아. 어린 시절을 함께 보내서인지…."

"그 이야기하려고, 나를 불러낸 거야?"

민 국장이 손부터 내저으며 정색을 한다.

"아, 아냐. 아무튼 그 놈의 성질은 여전해. 나이가 먹으면 좀 나아져야 하는데. 하긴 그 성질 다 죽으면 저 세상 가는 날이지. 그러고 보면 자네 같은 사람과 이날까지 살고 있는 신형이 참 대단해. 히히히."

"쓸데없는 소리 그만하고."

"아… 알았어. 다른 게 아니라…."

"……."

민 국장이 내 눈치를 한 번 힐끗 보고는 말을 잇는다.

"악극 알지?"

"악극?"

나는 민 국장에게 되물었다.

"그래, 악극."

"알지. 근데, 왜?"

"악극 본 적은 있어?"

"있지."

"어떻게 생각해, 악극에 대해서?"

"뜬금없이 사람을 불러내놓고 악극에 대해서 어떻게 생각을 하느냐고? 그 질문을 하려고 나, 불러낸 거야?"

"아… 아, 아냐. 그 질문을 하려고 불러낸 건 아니고. 사실은 말이야…. 참, 신형은 프랑스에서 언제 와? 프로필 사진도 자네랑 찍은 사진을 빼 버리고, 신형 혼자 에펠탑 앞에서 찍은 사진으로 바꿨던데?"

"말 돌리지 말고."

"아, 알았어."

민 국장이 막걸릿잔을 들고 눈짓을 한다. 나는 막걸릿잔을 든다. 민 국장의 잔에 부딪친다.

"악극, 한 번 써 보라고…"

"악극을?"

"그래. 악극."

"내가 어떻게 악극을 써."

"왜? 쓸 줄 몰라?"

"쓰면, 쓰겠지만…"

"그럼, 됐어. 써 봐."

"나한테 악극을 써 보라는 거야?"

"그래."

"내가?"

나는 한 손을 내 가슴에 갖다 대며 민 국장에게 또 물었다.

"그래. 여기, 자네 말고 누가 또 있어?"

민 국장이 주변을 둘러보며 능청을 떨었다.

"진심으로 하는 소리야?"

"그렇다니까, 그러네."

"나, 소설가야."

"내가 자네 소설가라는 걸 몰라."

"알면서, 그래?"

"소설가라는 거 잘 아니까 쓰라는 거야."

"소설가가 악극은 무슨…."

나는 코웃음을 쳤다.

"소설가는 악극을 쓰지 말라는 법, 있어?"

"법이야 없지."

"그러지 말고…."

"악극 같은 소리하지 마."

"악극 같은 소리가 아니야. 자네는 희곡도 잘 쓸 거 같아서 써 보라는 거야. 내가 장담해. 자네는 잘 쓸 수 있어."

"됐어."

나를 달래듯이 말하는 민 국장을 향해 나는 소리를 버럭 질렀다. 민 국장은 내게 소리를 낮추라고 하다가 묻는다.

"혹시 갱년기?"

"뭐야?"

나는 민 국장을 향해 눈을 하얗게 흘겼다.

"아, 아냐. 하긴 내 앞에서 소리를 안 지르면 누구한테 지르겠어. 소리 지를 신형도 지금 없는데."

민 국장이 나를 놀리듯이 낄낄거리며 웃다가 웃음을 멈춘다. 그리고는 진지한 눈빛이 되어 악극에 대해서 설명을 한다. 악극을 제작하는 제작사 대표가 대학 후배라고 했다. 지금 한참 인기리에 방영 중인 모 방송국 드라마도 후배네 제작사에서 제작하는 드라마라고 한참을 떠들던 민 국장은, 악극 집필료도 상당하다며 내 눈치를 살핀다.

'집필료…?'

마음속으로 내게 물었다. 소설을 써서 집필료를 받은 것이 언제인지 까마득하게 여겨졌다. 그런데도 왜 소설쓰기만을 고집하고 있는 것인가. 내 자신한테도 의문이 든다. 하루에도 수없이 소설 쓰기를 때려치우고 생활에 보탬이 되는 일에 몰두해야지 하다가도 언제 그랬냐는 듯이, 책상 앞에 앉아 컴퓨터의 자판을 두드려대곤 했다. 대여섯 권의 장편소설과 소설집을 출간했다고는 하나, 팔리지는 않고 재고만 쌓여 있는 것이 내가 쓴 소설이었다. 소설을 쓴답시고 컴퓨터의 자판을 두드려댄 통에 손가락 마디가 쑤셔서 잠을 이룰 수 없는 나날이 이어졌다. 통증을 견디다 못해 병원을 찾았다. 내 양쪽 손가락을 놓고 엑스레이 검사 등등을 한 의사는 컴퓨터 자판을 두드리는 일을 줄이라고 했다. 의사의 말을 들으며 눈 질환으로 찾은 안과 의사도 똑같은 말을 했었던 일이 떠오르면서 처참한 기분에 사로잡혔다. 글을 쓸 때는 생활에 보탬이 되는 일을 해야지 하며 당장이라도 글쓰기를 때려치울 것처럼 굴었었는데… 막상 글 쓰는 것을 줄이라는 말에 살날이 얼마 안 남았다는 시한부선고를 받은 것 같았다. 쓸쓸했다. 기분이 가라앉았다. 답답한 마음에 글 쓰는 것을 하지 않는다면 남은 생은 무엇을 하며 살아야 하나, 하는 질문을 끊임없이 해 보았다. 별 다른 재주가 없는 나로서는 미래가 암담했다. 진즉에 '요양보호사' '베이비시터' '주택관리사' 등등이나 아니면 조리사 자격증이라도 따놓을 걸 그랬다는 후회가 밀려오기도 했다. 재주라고는 글 쓰는 재주밖에 없는 나로서는 아무리 생각을 해 봐도 할 일이 없는 것 같았다.

손가락 마디의 통증으로 뜨거운 초 농에 양쪽 손을 교대로 담갔다가 빼기를 하고 돌아온 나는 남편에게 눈도 침침하고 손가락 마디도 욱신거리고 해서, 글을 쓰는 직업을 그만두어야겠다고 했다. 그러자 남편은 글을 쓰는 직업이 아니더라도 우리 나이쯤이면 일어날 수 있는 흔한 증상들이라고 대수롭지 않게 말했다. 그러면서 남편은 나이가 들면 몸 이곳저곳에서 증상이 나타나는 건 당연한 거 아니냐고 하나가 넋놓이듯 내게 물었다. 글 쓰는 일 아니면 당신이 할 일이 뭐가 있을 것 같아? 하고.

나는 남편 앞에서 아무 말도 하지 못했다. 잘못을 저질러서 꾸지람을 듣는 학생처럼 다소곳이 앉아 남편의 말을 경청하고 있었다.

"앞으로는 소설가도 장르를 가리지 말고 이것저것 다 써야 될 거야. 멀티 알지? 뭐든 쓸 수 있어야지. 문학은 지향하고…."

"……."

"내가 자네 성향 잘 알지. 결정을 내리기가 쉽지 않겠지만, 잘 생각해 봐. 글 쓰는 직업은 정년퇴직도 없고. 최고의 직업 같아. 나도 지금부터 글이나 쓸까. 자네한테 좀 배워서… 히… 히히."

민 국장이 장난꾸러기 아이처럼 히죽거리며 소리 내어 웃었다. 나는 웃고 있는 민 국장을 바라보다가 지나가는 말처럼 내뱉는다.

"부러우면 쓰던가…."

"내가 글은 무슨… 글은 아무나 쓰는 게 아니야."

"아무나 쓸 수 있는 게 글이거든."

내 말에 민 국장이 손사래를 치다가 상체를 내 앞으로 당겨 앉는다. 말을 잇는다.

"창작하는 사람들은 신이 만들어낸 또 다른 신들인 거 같아. 그 영역을 침범하고 싶지 않아. 놀고 있으니까, 손주들 봐주는 일만 생기고 해서 해 본 소리야. 큰 아들네 손주 녀석 때문에 이쪽으로 이사를 해야 해. 그래서 요즘 이 동네에 집 알아보는 중이야. 맞벌이 하느라고 종종걸음을 치는데, 몰라라 하기도 그렇고. 며느리 보고 잘 다니고 있는 직장을 때려치우고 애들이나 키우라고 할 수는 없 잖아. 말린다고 해서 들을 며느리도 없겠지만… 무엇보다 며느리가 능력도 있거든. 부모가 나서야지, 뭐 별 수 있어? 손주 보니까 좋은 점도 있어. 마누라가 손주들 먹이느라고 이것저것 음식을 하는 통 에 나도 덕분에 잘 얻어먹는 중이야. 안 그러면 희진이 말대로 밥 차 려달라고 말도 못 꺼낼 판인데….”

“잘됐네.”

“그러니까 손주들 안 볼 때 악극도 쓰고, 소설도 쓰고, 쓸 수 있는 거 다 써. 신형 돌아오면 신형한테 악극 쓰는 거에 대해서 상의해 보 고.”

“상의해 보고 말 것도 없어. 잘 생각해 볼 것도 없고. 쓸게. 돈을 준다는데, 안 쓰면 이상하지.”

“정말이야?”

민 국장의 얼굴에 화색이 돌았다.

“정말이지 않고.”

“잘 생각했어. 자네는 잘 쓸 거야. 내가 자네 필력 잘 알잖아.”

민 국장이 나를 추켜세웠다.

“그래, 알았어. 민 국장 말대로 잘 쓸게. 그냥 써주는 것도 아니잖

아. 돈 받고 쓰는 일인데, 잘 써야지. 근데 궁금하네. 그쪽 분야에도 필력 좋은 작가들이 많을 텐데… 민 국장이 후배한테 날 추천한 거야?"

내 말에 민 국장이 뒷목을 긁적이다가 입을 연다. 민 국장은 드라마를 제작하는 후배와 저녁을 먹다가 한국 드라마의 위상에 대한 이야기를 하게 되었다고 했다. 후배는 한국 드라마의 시장이 세계적으로 커졌지만 인간애를 다룬 드라마가 사라지는 것 같아 아쉽다고 했다. 무엇보다 책임감이 막중해진다는 후배는 악극을 제작하기 위해 몇몇 작가들을 만났지만, 정작 이야기꾼인 작가를 만나지 못했다는 것이었다. 그래서 후배에게 나를 추천하게 됐다고, 민 국장이 파전을 젓가락으로 집으며 말했다.

"추천이라면 추천일 수도 있지만… 후배도 자네가 쓴 소설을 다 읽어봤다고 했어. 후배는 자네 소설이 가족 중심의 서사라는 점을 높이 평가했어. 이번 악극이 마침 가족 이야기를 다루는 거라고 하든가, 그랬어. 아무튼 후배가 하는 제작사는 이익을 내야 하는 곳이야. 그건 당연한 거고. 내가 자네를 추천했다고 해서 내 입김에 의해 후배가 자네에게 악극을 맡기는 건 아니라는 뜻이야. 어디까지나 자네 필력을 보고 판단을 하지 않았겠어. 그러니까 악극을 써 달라고 하는 거겠지."

나는 민 국장의 말에 이해를 했다는 듯이 고개를 힘차게 끄덕여주었다. 민 국장이 엄지손가락을 치켜세우며 소리친다.

"좋았어."

"……"

껄껄거리며 웃고 있는 민 국장을 보며 나는 내가 악극을 쓰기로 결심을 한 이유를 생각한다. 남편과 나의 노후 때문이다. 육체의 쇠락으로 아무 일도 할 수 없게 되기 전에 수입을 창출해 놓고 싶다. 그렇지 않으면 결혼해서 잘 살고 있는 딸아이에게 민폐를 끼칠 수도 있을 것이다. 남편이 퇴직금을 주식으로 몽땅 날린 탓에 생활이 그다지 여유롭지 못했다. 국민연금을 받아 생활비로 쓰고 있지만 늘 빠듯하다. 재산은 살고 있는 집뿐이다. 그마저도 딸아이가 집을 장만할 때 보태주느라 융자를 얻어주었다. 세를 살고 있는 딸아이가 어린 외손녀를 데리고 2년마다 이사를 다니는 게 안쓰러웠다. 나도 남편과 결혼을 해서 셋집을 전전했었다. 이사를 하느라 짐을 쌀 때마다 언제 집을 장만해서 이사를 다니지 않고 살 수 있을까, 했었다. 그 스트레스가 이만저만이 아니었다. 내가 겪었던 그 상실감을 딸아이에게는 겪게 하고 싶지 않았다. 그 마음에 덜컥 융자를 받아 딸아이에게 건넨 것이었다. 그래놓고 이자율이 오른다는 기사가 나면 내 심장도 덩달아 널을 뛰었다. 들어오는 수입은 없고 지출만 있는 생활에서 벗어나려면 악극의 대본을 써야 하는 것이다.

수입이 생기는 일이 아닌가.

노인들의 수명이 길어졌다는 건 엄연한 사실이다. 노인들도 100세를 훌쩍 넘길 때까지는 사는 시대다. 100세까지 우리가 살아야 된다면… 살고 있는 집을 주택 연금으로 전환해서 살아도 턱 없이 모자랄 판이다. 한 살이라도 젊었을 때 노후 준비를 해야 하는 것이다. 곶감을 빼 먹듯 갖고 있는 재산을 다 쓰고 나면 그때는 어떻게 할 것인가. 남편과 내가 병들어 누웠을 때 그 짐은 누가 질 것인가.

내 발로 연명 의료 관리기관을 스스로 찾아가서 연명 치료를 하지 않겠다고, 사전 연명 의료 의향서에 사인을 했다고 해도 필요한 병원비는 있을 것이다. 그 부담감은 딸아이가 떠안게 될 것이 자명하다. 딸아이에게 짐을 지게 할 수 없다. 노후의 미래는 남편과 내가 준비를 해 놓아야 하는 것이다. 남편 역시 나처럼 노후를 걱정하며 무어라도 일을 하고 싶어 했다. 남편은 시에서 일자리를 창출해주는 곳을 찾아 기웃거렸다. 여의치 않았다. 급기야 택시 운전이라도 해볼까, 하는 남편을 극구 말렸다. 조금 있으면 운전면허증을 반납해야 할 나이임을 상기시켰다. 친구들과 칠순 여행을 떠나는 것조차 돈 때문에 망설이는 남편의 등을 떠민 것은 나였다. 끼니때마다 남편의 식사를 차려주는 일에서 해방되고 싶은 마음도 컸다. 그러나 무엇보다 평생을 나와 딸아이를 먹여 살리기 위해 새벽에 출근을 해서 저녁 늦게까지 일을 하며, 젊은 날의 시간을 가족들에게 바친 남편의 노고에 대한 내 배려이기도 했다. 남편이 모범적으로 직장 생활을 하지 않았다면, 내가 소설을 쓴답시고 창작에 몰두할 수 있었을까. 어려웠을 것이다. 남편이 일을 해서 받는 월급을 꼬박꼬박 가져다준 덕분에 글을 쓸 수 있었다. 남편은 직장에서 윗사람의 눈치를 보고 아랫사람에게는 밀리지 않기 위해 지혜를 짜내느라 골머리를 앓고 있을 때, 나는 문장을 만든답시고 책상에 고고히 앉아 있었던 것이었다. 내가 그 시간을 보낼 수 있었던 것은 남편 덕분이다. 소설가라는 칭호는 남편의 수고로 받은 것이나 다름없다. 그러니 이제 내가 남편의 노후를 책임져야 한다. 남편을 위해서 아니 우리의 노후를 걱정하지 않으려면, 이제부터라도 내가 돈을 버는 일에 적극적으로 나서야 하는 것이다.

"언제, 미팅시켜 줄 거야? 빨리 진행시켜. 시간 끌지 말고."

"오케이, 알았어."

내 부탁에 민 국장이 우렁찬 목소리로 대답을 했다. 나는 주위를 둘러보며 민 국장을 향해 미간을 좁힌다. 핀잔을 하듯 나무란다.

"목소리 좀 낮춰."

"히히히, 알았어. 자! 우리의 건강을 위하여…."

민 국장이 목소리를 낮추며 잔을 들었다. 민 국장의 잔에 내 잔을 부딪친다. 문득 남편의 모습이 눈에 밟힌다. 낯선 타국 땅에서 끼니나 제대로 챙겨 먹고 있나, 하는 노파심이 든다.

# 2. 무대 인사

　나는 민 국장의 주선 아래 제작사 측과 회의를 하기 위해 마주앉
았다. 제작사 대표는 어머니를 주제로 악극을 제작할 것이라고 하
며 제목은 이미 '어머니'로 정해 놓았다고 했다. 따뜻한 가족극을 부
탁드린다는 제작사 대표는 내게 '어머니'라는 제목은 어떠냐고 넌지
시 물었다. 제작사 측에서 이미 정해 놓은 제목을 내가 왈가왈부할
필요는 없는 것이다. 무엇보다 어머니라는 존재는 누구에게나 '사랑'
그 자체가 아닌가. 제목이 좋다고 했다. 머릿속에 각인되는 제목이
며 연결고리도 많을 것 같다고 했다. 그러자 제작사 대표는 악극 어
머니는 서울 공연을 시작으로 전국을 순회할 예정이라며 잘 부탁드
린다는 인사로 마무리했다. 제작사 대표의 간단하면서도 명확한 설
명이 끝나자 제작 피디라는 사람이 자신을 소개했다. 파마머리처럼
곱슬머리를 한 제작 피디의 서글서글한 눈매가 말보다 먼저 웃고 있

는 것 같았다. 악극 어머니의 대략적인 흐름을 쓴 줄거리의 초고가 나온 후에 계약서를 쓰는 것이 이쪽의 관례인데, 작가님 의향은 어떠시냐고 제작 피디가 내게 물어왔다. 관례대로 하자고 동의했다. 회의가 끝나자마자 바로 집으로 돌아온 나는 부리나케 외출복을 벗어던진다. 평상복으로 갈아입는다. 책상에 앉는다. 턱을 괴고 앉아 제작사 측과의 회의를 정리해 본다. 따뜻한 가족극을 써 달라고 한 제작사 대표의 말에 무게를 둔다.

'따뜻한 가족극이라.'

음식물을 씹듯 '따뜻한 가족극'이라는 문장을 수없이 되뇌인다. 쉽게 가닥이 잡히지 않는다. 거실을 서성거린다. 창밖의 사물들을 뚫어지게 본다. 순간 딸아이가 했던 말이 떠오른다. 딸아이는 '엄마는 자식이 나 하나니까, 싱크대 앞에서 과로로 쓰러질 일도 길거리에서 쓰러지는 일도 없을 거야' 하던 내용이었다. 그 이야기를 듣던 나는 의아했다. 딸아이에게 그게 무슨 소리냐고 다시 물었다. 그러자 딸아이는 딸자식이 많은 엄마는 딸들 집을 순회하면서 설거지를 해주다가 싱크대 앞에서 과로로 쓰러지는 바람에, 그런 이야기가 나온 것이라고 했다. 딸아이의 말이 우습기도 하고 안타깝기도 해서 '그럼 아들 많은 집 엄마들은?' 하고 딸아이에게 또 물었다. 그러자 딸아이는 피식 웃더니 아들 많은 집 엄마들은 아들들이 서로 엄마를 안 보려고 해서, 아들집을 전전하다가 지쳐서 길에 쓰러진다는 것이었다. 딸아이가 했던 말을 떠올린 나는 바로 그것이라고 손뼉을 친다. 부모는 자식을 낳아 진자리 마른자리 갈아 뉘이며 키워 공부를 시킨다. 성인이 된 자녀들은 사회로 진출하고 짝을 찾아 출가를 한다. 자식들은 자신들의 뒷바라지를 하느라 등골이 패인 부모들 때문에 그 자리에 있는 것이 아니라 저 혼자 잘나서 잘 살고 있는 줄 안다. 그러므로 홀로 된 어머니를 서로 모시지 않으려고 해서, 갈 곳 없는 어머니가 자식들 집을 전전하게 되는 어머니의 삶을 그리면 될 것 같았다. 그렇다고 해서 자식들에게 외면 받는 어머니가 아니라, 자식들에게도 어머니와 함께 생활을 할 수 없는 명분만 설득력 있게 그려진다면… 그럴 듯한 어머니의 이야기가 나올 것 같았다. 어머니의 모습을 통해서 자식들에게는 자신들도 자식을 둔 부모라는 것을 깨달아가게 해주고, 어머니에게는 자식에게서 벗어나 자신의 인생을 찾아가는 길을 제시해준다면… 이 시대의 어머니상이 그려질 것 같다. 내 의도대로만 글이 써진다면 감동을 주는 가족극 '어머니'가 탄생될 것 같다는 확신이 들었다. 컴퓨터를 켠다. 자판을 두드리기 시작한다. 무음으로 해 놓은 휴대폰이 진저리를 치듯 부르르 떤다. 곁눈질로 휴대폰에 뜬 이름을 본다. 남편이다. 남편의 전화를 받지 않기로 한다. 남편에게 세끼의 밥을 차려주는 것에서 놓여난 지금 줄거리를 완성할 수 있는 최적의 시간이다. 또한 우리의 노후를 위한 수입을 창출하는 일이기도 한 것이다. 내 속을 알 리 없는 남편은 계속해서 전화를 해 온다. 남편의 전화를 무시한다. 휴대폰은 아우성을 치듯 연달아 부르르 거리는 소리를 내고 있다. 전화를 받지 않으면 하루 종일 울릴 기세다. 폴더를 연다.

"왜?"

나는 다짜고짜 볼멘소리로 물었다. 남편은 '휴' 하고 가슴부터 쓸어내리는 소리를 했다. 내가 전화를 안 받아서 혹시 무슨 일이 일어난 줄 알고, 딸아이에게 전화를 해서 집에 가보라고 하려던 참이었다는 것이었다. 나는 남편에게 여행을 갔으면 여행하는 일에 집중을 하라고 핀잔부터 줬다. 남편은 모깃소리처럼 작은 소리로 알았어, 하고는 우리 나이는 서로 챙겨야 되는 나이야, 했다. 제때에 밥 잘 챙겨먹으라고 하며 전화를 끊으려는 남편에게 나는 제발 그 놈의 밥타령 좀 그만 해, 하고 소리를 버럭 질렀다. 끼니를 거르지 않고 먹는 것에 목숨을 건 사람처럼 남편은 한 끼도 거르는 법이 없었다. 언젠가 딸아이네 식구가 와서 저녁을 먹고 났을 때였다. 친구를 만나러간 남편이 저녁 시간이 지나도록 오지 않았다. 친구와 저녁 식사를 하고 들어오는 줄 알았다. 그래서 남은 반찬을 딸 아이 편에 모두 싸서 보냈다. 허구한 날 반찬을 해서 가져다주는 친정엄마들도 있는데, 어쩌다가 해 놓은 반찬을 주는 건 당연한 일이었다.

늦은 시간에 귀가한 남편은 집에 들어서자마자 저녁밥을 달라고 했다. 반찬이 마땅하지 않았다. 그 시간까지 저녁도 먹지 않고 들어온 남편에게 화도 났다. 무얼 하느라고 이 시간까지 저녁도 안 먹었느냐고 남편에게 짜증스럽게 말했다. 남편은 딸아이네가 온다고 해서 일부러 저녁을 안 먹었다며 냉장고 문부터 열었다. 남편은 텅 빈 냉장고 안을 한참을 보고 서 있었다. 멀뚱히 서 있는 남편을 향해 나는 반찬을 딸아이네 몽땅 싸 줬다고 했다. 남편은 냉장고의 문을 소리 나게 닫고는 자식만 중요하고 자신은, 이 집에서 먹다 남은 반찬조차도 얻어먹지 못할 만큼 하찮은 존재냐고 내게 따지고 들었다. 어처구니가 없었다. 하지만 무안했다. 남편의 말이 틀리지 않았기 때문이었다. 남편이 일을 하러 직장에 나갈 때는 무슨 음식이든, 남편의 몫을 먼저 챙겨 놓고, 남편이 퇴근해서 오기만을 눈이 빠지게 기다리던 지난날의 내 모습이 아니었다. 나는 분명 변해 있었다. 퇴직을 하고 집에 있는 날이 많아진 남편을 불편해 했다. 그것도 모자라 남편이 즐겨 먹는 반찬보다는 딸아이네 식구들 위주로 반찬을 만들곤 했다. 딸아이네 가족을 우선으로 여겼다. 남편이 재차 묻는 소리에 걸핏하면 또 묻느냐고 핀잔부터 줬다. 그뿐인가. 아예 묵살하는 경우도 허다했다. 언제부터인가 남편이 밥 차려 달라는 소리에 지겹다는 소리가 입에 베어서 먼저 튀어나오려고 했다. 젊은 시절 남편이 회사에 출근을 하기 위해 새벽에 나갈 때는 어떻게든 아침을 먹게 하려고 했었다. 아침을 거르고 나가는 남편에게 화도 냈다가 애교도 부렸다. 그러다가 그것도 먹히지 않으면 건강을 지키라고 울먹이기까지 했었다. 그랬는데… 이제는 남편에게 짜증부터 내곤 했다. 남편에게 미안하다는 생각이 들었다. 한껏 부드러운 목소리로 남편에게 잘 지내다가 오라고 하고는 휴대폰을 밀어 놓는다. 남편의 전화를 받느라 내가 쓰려는 이야기가 문장화되지 못하고 날아간 것을 두고 다시 정리해 본다. 기획 의도는 '자식을 위해 평생을 희생한 어머니의 새로운 인생 만들기'로 정한다. 등장인물을 만들어낸다. 등장인물이 만들어지자, 줄거리도 얼개가 꾸려진다. 줄거리를 다시 한 번 꼼꼼히 읽어본다. 제작사에 줄거리의 내용을 이메일로 보낸다. 제작사 대표에게 악극 어머니의 줄거리를 이메일로 보냈다고 확인해 보라는 문장을 만들어 전송한다. 얼마의 시간이 흐르자, 제작사 대표가 연락을 해 왔다. 줄거리에 만족한다는 내용이었다. 제작사 대표는 지금 당장 계약서를 쓰자고 했다. 제작사 대표의 제안에 두 주먹을 불끈 쥐고 계약서를 쓰러 달려 나갔다. 계약서의 내용을 훑어 내린다. 집필료가 만만치 않은 것에 놀란다. 글값의 액수는 소설을 써서 받았던 그 어느 원고료보다 훨씬 많다. 내 통장으로 계약금의 일부가 입금될 것이라고 한다. 나머지는 악극 '어머니' 대본의 초고가 나왔을 때 지급된다는 것이다. 돈의 액수를 본 나는 우쭐거린다. 글을 써서 이런 목돈을 만질 수 있다니… 경이롭다.

아….

내 입에서 탄성이 절로 새어나오고 있었다.

돈의 위력은 대단한 것이다. 나는 남은 글 값을 받기 위해 아침 해가 뜰 때까지 자판을 두들긴다. 대본을 마무리 짓는다. 마침표를 찍는다. 이제 악극 '어머니'는 무대에 올려질 것이다. 그리고 나는 계약금을 뗀 나머지 글값을 받게 되는 것이다.

*

악극 '어머니'는 성황리에 공연되고 있었다. 내가 쓴 악극에 대한 평이 심심치 않게 신문의 문화면을 장식했다. 탄탄한 대본에 배우들의 연기와 연출까지 무엇 하나 흠 잡을 수 없는 악극 '어머니'는 매회마다 전석이 매진이라고 한다. 나는 신문에 난 기사를 읽으며 이참에 아주 이쪽으로 방향을 틀어 볼까, 하는 생각을 해 본다. 아닌 게 아니라 제작사 측에서는 드라마를 집필해 보지 않겠느냐는 제의도 해 왔었다. 채 작가님은 호흡이 긴 일일 드라마나 주말 드라마를 쓰면 잘 쓸 것 같다고 나를 부추겼다. 나에 대해서 칭찬 일색이었다. 그때마다 소설가로 남고 싶다고 정중하게 거절했다. 마음속에서 일어나고 있는 돈의 위력에 대한 갈등을 숨긴 채… 그러면서도 드라마를 쓰면 도대체 얼마만큼의 집필료를 받을 수 있을까, 하고 머릿속으로는 계산을 하고 있었다. 드라마를 쓰는 작가는 소설가와 달리

집필료가 다른 것 같았다. 잘 나가는 드라마 작가는 회낭 1억 원을 받느니, 5천만 원을 받느니 했다. 그렇다면 일일 드라마를 썼을 때 받는 집필료는 얼마일까. 회당 천만 원을 받는다 치면… 어머나 세상에나!!! 나는 손으로 입을 막는다. '억' 소리가 나는 큰돈이기 때문이다. 그 돈을 받을 수 있으면 매달 들어가는 생활비 걱정은 안 해도 될 것이다. 노후도 탄탄하게 준비할 수 있다. 드라마를 쓸까. 고민하지 않을 수 없었다. 그러자 남편은 아주 점잖은 목소리로 그냥 소설만 쓰라고 했다. 이유를 묻자 남편은 글쟁이가 돈을 따라다니면 안 된다는 것이었다. 남편의 말에 그럼, 그렇지 그러니까 우리가 이 정도로밖에 못 사는 거야, 하고 남편을 향해 쓴소리를 퍼부었다. 남편은 뜨악한 얼굴로 우리가 사는 게 뭐 어때서, 라고 맞받아치더니 밥이나 먹자고 했다. 먹는 거에 사활을 걸고 있는 사람처럼 남편은 식사 때를 놓치는 법도 시간을 어기는 법도 없었다. 직장 생활을 할 때처럼 7시면 아침을, 12시에 점심을, 6시가 되면 저녁을 먹어야 하는 사람이었다. 그뿐인가. 새참을 먹듯 오후가 되면 뱃속이 출출하다고 하며 먹을 거를 찾았다. 제일 참기 어려운 건 한참 상상의 날개가 펼쳐진 공간에서 자판을 두드리고 있을 때 밥 먹자, 하고 소리치는 남편의 목소리였다. 내가 만들어 놓은 세상의 공간을 박살내는 것 같은 남편이 미워서 한참을 앉아 있곤 했다.

남편의 세끼의 밥을 차려주며 노후를 보내기 위해서라도 드라마를 써야 하는 것이다. 아니다. 돈의 유혹에 빠지지 말자. 그 어려운 소설가라는 칭호를 받았는데… 문학은 돈으로 정의할 수 없지. 아니다. 이 시대의 소설가도 돈이 있어야 소설을 쓸 수 있다. 드라마를 써서 돈을 벌어 놓은 다음 소설을 쓰자. 내가 쓰고 싶은 글을… 원 없이…. 남편의 말을 무시한 나는 수없이 고민한다. 결정을 내린다. 남편의 말대로 돈에 현혹되지 말고 소설을 쓰자는 것으로. 소설로도 드라마의 대본을 써서 받는 돈 못지않게 돈을 벌 수 있다는 것을 보여주자. 결론을 내린다. 드라마에 대한 유혹을 물리친다. 소설을 쓰는 것으로 마음의 정리를 끝낸다. 컴퓨터 앞에 앉아 자판을 두들긴다. 힘들게 소설을 쓰는 것으로 마음의 정리를 끝낸 내게 제작사 측에서 연락을 해 왔다. 악극 어머니에 대한 전반적인 일을 맡아서 하는 제작 피디는 내게 잘 지내시느냐고 의례적인 안부부터 묻고는 무대 인사에 참여해야 한다고 알려왔다. 제작 피디의 제안에 배우도 아닌 작가가 무슨 무대 인사를 하느냐며 안한다고 했다. 극구 사양하고 나섰다. 제작 피디는 악극 어머니 사이트에 이 악극을 쓰신 작가분을 보고 싶다는 댓글이 제일 많아서 자리를 만들게 됐다는 것이었다. 특별히 마련한 자리라는 것을 강조하며 내 대답을 유도했다. 무대 인사는 K시에 있는 공연장에서 진행된다며 꼭 참석해야 한다고 제작 피디는 단호하고도 명확한 어조로 분명하게 말했다. 제작 피디의 말이 끝나기가 무섭게 나는 K시? 하고 내게 되묻고 있었다.

그리고는 제작 피디에게 무대 인사를 하는 K시의 공연장에 대해서 물었다. 그 공연장이 내가 알고 있는 그 K시에 있는 것이 맞느냐고 조심스럽게 물으며, 남편을 피해 서재로 들어갔다. 내 물음이 끝나자마자 제작 피디는 그렇다니까요, 작가님! 했다. 이번 주 토요일 오후 3시 공연을 마치고 입니다, 라고 다시 한 번 힘 있게 말하는 제작 피디의 말을 들으며 내가 남편을 피해 서재로 들어온 까닭이 있었다. 그 사람을 떠올리고 있었기 때문이었다. 첫사랑이었던 그 사람…. 그 사람을 만났던 도시 K시… 그 사람이 살았고, 내가 잠시 살았던 도시 K시….

그 K시에 대한 기억을 이렇게 소환하게 되다니… 생각지도 못한 일이었다. 그 사람을 만나러 가기 위해 K시의 그 좁은 골목길을 걸을 때면 몇 백 년이나 되었을 법한 벚나무에 만발한 벚꽃이, 어두운 골목길을 등불처럼 길을 밝혀주고 있었다. 그 벚꽃이 피어 골목길을 환하게 비춰주면 가슴이 뭉클해지면서 따뜻해졌다. 캄캄한 골목길을 밝혀주고 있는 벚나무가 서 있는 곳이 궁금해서 벚나무를 찾아 나섰다가, 골목길 끝에 있는 그 사람의 집을 발견했었다. 까만 기와를 얹은 낡은 한옥이었다. 대문을 열고 들어가면 마당가의 화단에는 갖가지 꽃들이 제각각 자태를 뽐내며 피어 있던 집이었다. 그 사람의 방과 연결된 좁은 툇마루에 앉아 화단에 핀 분꽃, 채송화 등등의 꽃을 구경하고 있노라면, 그 사람의 누나가 라면을 끓여서 가져다주곤 했던 기억이 방금 일어난 일처럼 눈앞에 펼쳐졌다. 나는 머리를 턴다. 제작 피디에게 거절한다. 작가가 무대 인사는 아닌 것 같다는 이유를 댄다. 무대 인사에 참석하지 않겠다는 의사를 분명하게 밝힌다. 제작 피디는 한숨부터 내쉬고는 작가님, 하고 불렀다. 잠시 말을 멈추고 있던 제작 피디가 급기야 계약서상의 내용을 들먹였다. '3조항의 (1)를 보면 작가는 악극의 홍보에 적극 참여한다'가 명시되어 있음을 내게 상기시킨 제작 피디는 전화를 끊지 않고 기다리고 있을 테니, 계약서를 꺼내서 다시 한 번 읽어보시라고 조리 있게 설명했다. 친절하고도 세세하게 계약서에 적힌 내용을 내게 알려준 제작 피디는, 궁금한 사항이 더 있느냐고 힘 빠진 소리로 물었다. 계약서상에 있다는데, 나로서도 더 이상 할 말이 없었다. 일단 알았다고 했다. 전화를 끊자마자 계약서를 꺼낸다. 확인한다. 제작 피디의 말은 거짓말이 아니다. 그 사실을 확인하자마자 그날 무엇을 입어야 하나, 하는 걱정부터 앞선다. 신경이 쓰인다. 가슴은 두방망이질을 해댄다. 마치 그 사람이 악극 어머니를 보러 오겠다고 나와 약속이나 한 것처럼.

희진과 상의하기로 한 나는 희진에게 전화를 넣는다. 희진은 휴대폰의 신호가 가자마자 냉큼 받는다. 날름 전화를 받는 희진에게 전화벨이 울리자마자 받네, 했다. 희진은 화장실에 앉아서 휴대폰으로 인터넷 기사를 보고 있는 중이라고 했다. 그러면서 아침에 삶은 계란 두 알과 고구마 하나에 우유 반 컵을 먹은 것밖에 없는데, 뱃속이 살살 틀어서 화장실을 들락거리고 있다는 것이었다. 건강에 각별히 신경을 쓰는 희진이었다. 건강검진에서 당뇨병 전 단계라는 진단이 나오고부터 건강관리에 더욱 심혈을 기울였다. 오전과 오후에 한 차례씩 15층까지 계단을 오르는 것도 모자라 걷는 것으로 1만 보를 채운다는 희진은, 아침에는 계란 두 알과 사과 반쪽에 삶은 고구마 하나로 아침 식사를 대신한다고 했었다. 그 식단은 당뇨병으로 10년을 앓았던 환자가 아침마다 그렇게 먹고 계단을 올라다니고, 걷고 하는 운동으로 당뇨병이 완치되었다는 것이었다. 텔레비전에서 하는 건강 프로그램을 우연히 시청하다가 그 소리를 듣게 되어서 실천하는 중이라고 부연 설명을 했었다.

나는 희진에게 화장실 볼일이 끝나면 전화를 하라고 일렀다. 내 말에 희진은 서로 마주앉아 있는 것도 아닌데 뭐 어때? 하더니 무슨 일 있어? 하고 물어왔다. 그래, 서로 얼굴 보고 이야기하는 것도 아닌데 그치? 하고 내가 맞장구치자 희진이 낄낄거렸다. 나는 휴대폰을 반대 손으로 옮기다가 희진과 이야기가 길어질 것 같아 스피커폰을 켠다. 책상의자에 자리를 잡고 앉는다. 그리고는 희진에게 제작피디가 전화로 내게 말했던 내용을 빠짐없이 전달했다. 내 이야기가 끝나자 희진이 뭐? 정말이야? 하는 소리와 동시에 변기에 물 내려가는 소리가 들려왔다.

"야! 잘 됐다. 내가 뭐라고 했어. 그 악극 너무 재미있고 감동적이라고 했지. 사람 마음은 다 똑같은 거야. 나도 그 악극을 보면서 많이 울었잖아. 친정 엄마가 생각나서… 나, 요즘 울 엄마한테 엄청 잘하잖아. 며칠 갈지 모르지만. 나만 그런 거 아닐 거야. 그 악극을 본 사람들은 다, 나 같은 심정이었을 거야. 그러니 당연히 작가가 궁금하겠지. 왜 안 궁금하겠어. 나 같아도 작가가 어떤 사람인지 궁금할 것 같은데. 이러다가 채 작가 너무 유명해지는 거 아냐? 미리 사인을 받아놔야 하나. 아니지. 내가 매니저로 나서야 되겠는데…."

"말도 안 되는 소리 하시고 계세요, 지금."

"웃으라고 하는 소리야. 걱정하지 말라고. 넌 잘할 수 있어. 그까짓 무대 인사가 뭐 대수라고. 멍석을 안 깔아줘서 그렇지. 넌 멍석만 깔리면 누구보다 뛰어나."

희진은 나를 위해 아낌없는 찬사를 늘어놓았다. 언제나 내가 쓴 글을 맨 처음 읽어주는 친구였다. 내 글을 읽고 평을 시작하기 전에 어떻게 이런 글을 쓰느냐며 칭찬하는 희진이었다. 그것으로도 부족해 희진은 내 소설이 출간되면 많은 양의 소설을 서점에 주문을 해서 주변인들에게 나눠주곤 했다. 내가 소설을 쓰겠다고 습작을 할 때도 그랬었다. 말이 되지 않는 문장을 써 놓고 세상에 내가 어떻게 이런 문장을 만들었지, 하며 풍부한 내 어휘력에 혼자 감동하고 감탄했다. 스스로 도취한 것도 모자라 그 기쁨을 어쩌지 못하고 희진에게 읽어보라고. 너도 내가 쓴 글을 보면 놀라 자빠질 것이라는, 유치하기 짝이 없는 내 말을 믿어준 유일한 친구이기도 했다.

지난날을 생각하자 뜨거운 덩어리가 목울대로 밀려온다. 꿀꺽, 하고 삼킨다. 내 목젖으로 내려가는 소리를 희진이 들을까 봐 얼른 분위기를 바꾼다. 입을 옷도 마땅하지 않다고 맞선 자리에 나가야 하는 노처녀처럼 희진에게 투정을 부렸다. 내 마음을 알아챈 희진은 옷 사러 가게 지금 당장 만나자고 하고는 전화를 끊었다. 희진과 약속 시간까지는 충분하다. 지금부터 슬슬 준비를 하고 나가면 될 것 같았다. 내가 외출 준비를 하기 위해 부산하게 움직이자, 남편은 강아지처럼 졸졸 따라다니며 어디를 가는 것이냐고 성화를 부린다. 희진과 점심 약속이 있어서 나간다고 했다. 그러자 남편은 자신의 점심은 어떻게 하느냐며 두 눈을 치켜뜬다. 어이가 없다. 냉장고에 반찬 있고 전기밥통에 있는 밥 꺼내서 먹으면 되는 것이다. 그런데 눈을 치켜 뜰 일인가. 더구나 목돈도 벌어 왔는데….

그래, 후하게 베풀자.

남편에게 마음속에 있는 선심을 꺼내든다. 집에 있는 밥 먹기 싫으면 먹고 싶은 거 시켜서 먹으라고 부드럽고도 상냥하게 말했다. 내가 후하게 베풀었는데도 불구하고 남편은 혼자서 시켜 먹는 건 좀 그래, 하며 울상을 짓는다. 맥없이 소파에 앉아 텔레비전에 시선을 보내고 있는 남편의 모습이 순간 안쓰러워 보인다. 남편이 측은해진 나는 외출 준비를 하다 말고 팔을 걷어 부친다. 점심상을 차리기 시작한다. 급하게 서두르다가 냉장고에서 꺼내던 나물반찬 그릇을 놓친다. 다행이 플라스틱 그릇이라 깨지지는 않았다. 유리그릇이었으면 산산조각이 났을 것이다. 사방으로 튄 나물을 쓸어 담는다. 청소를 하느라 이리저리 몸을 바쁘게 움직이는데도 남편은 텔레비전 화면에 얼굴을 붙박고 앉아 있다. 눈치라고는 하나도 없는 남편이다. 속에서 들끓은 울화가 폭발할 지경이다. 쏟아 놓은 반찬을 수습하고 나자 남편은 기다렸다는 듯이 몸을 일으켜서는 내 옆으로 슬금슬금 다가온다.

"희진 씨, 왜 만나는데?"

"……"

"응? 왜 만나냐고?"

"……"

"몇 시에 올 건데?"

"……"

나는 엄마의 치맛자락을 잡고 떼쓰는 아이처럼 몇 시에 올 거냐고 물어오는 남편의 물음에 대답하지 않는다. 현관문을 쾅 하고 닫는 것으로 내 울화를 폭발시켰다.

"영남아, 그런데 말이야. K시라면 네가 어머니랑 살던 그 동네 아니니?"

희진은 나를 보자마자 궁금하다는 듯 물었다.

"맞아."

"네가 무대 인사를 한다는 곳이 K시라고 해서 그런가 보다 했는데, 전화를 끊고 나니까 생각이 나지 뭐야. 그 동네도 많이 변했을 텐데…."

희진은 무슨 말인가 더 하려다가 내 눈치를 살피고는 입을 다물었다. 나는 희진이 말끝을 흐리는 이유를 알고 있었다. 내가 K시를 떠나올 때까지의 과정을 잘 알고 있는 희진은, 내 아픔이 아직도 K시에 남아 있을 거라고 여기고 있는 듯했다. 그래서 그 사람에 대한 질문을 하지 않는 것이리라.

"가자!"

희진이 나를 이끌었다. 우리는 중년 여성들의 옷이 많이 진열되어 있는 한 매장으로 들어섰다. 이옷 저옷을 살피던 희진은 사회 초년생인 딸에게 새 옷을 사 입히는 엄마처럼 내게 어울릴 만한 옷들을 추천했다. 입어 보라고 권했다. 나는 그 많은 옷들 중에서 검정색 재킷과 바지로 된 정장에 마음이 끌린다. 안 그래도 검정 옷이 한 벌

필요하다고 느끼던 참이다. 나이가 들어가면서 검정 옷이 필요한 날이 점점 생겨나고 있는 탓이기도 했다. 검정 재킷 안에 입을 블라우스까지 고른다. 코발트 빛깔의 블라우스는 블라우스의 앞부분을 진주모양의 단추로 포인트를 준 것이 마음에 쏙 든다. 검정색의 정장에 코발트 빛깔의 블라우스를 받쳐 입으면 될 것 같다. 결정을 한다. 이제 이 옷을 입고 무대에 서서 관객을 향해 다소곳이 인사를 하면 되는 것이다. 그런데… 왜 이렇게 두 다리가 공중에 떠 있는 것 같을까. 피팅룸에 부착된 거울 속의 내 눈빛은 무엇 때문에 이리도 생기가 도는 걸까. 처진 눈 두 덩이로 인해 점점 작아지는 눈동자는 오랜만에 빛을 본 것처럼 왜 이렇게 반짝이는 것일까. 그렇다. 그것은 무대 인사를 하는 곳이 K시라는 것 때문이다. 첫사랑의 추억이 고스란히 남아 있는 도시 K시. 내 첫사랑의 비밀을 모두 간직하고 있는 동네, K시. 그곳에 가면 아직도 그 사람이 나를 기다리고 있을 것만 같아서….

# 3. 낡은 기와집

내가 그 사람을 만난 건 아버지 때문이었을까. 어머니 때문이었을까. 두 분 덕분인지도 모른다. 이제 이 세상에 없는 두 분으로 해서 빚어진 사랑인지는 모르겠으나, 그때는 그 사람을 만난 것이 운명이라고 생각했었다. 아니 운명이라고 믿었다. 첫사랑의 시작은 아버지 곁을 떠나 어머니와 살게 되면서 벌어진 일이었다. 아버지와 이혼을 하고 홀로 지내는 어머니를 찾아간 건 아버지에 대한 반항심도 있었다. 하지만 무엇보다 어머니의 삶이 녹록치 않았기 때문이었다. 아버지는 어머니에게 위자료를 충분하게 주었다고 했다. 어머니는 아니라고 반박했다. 아버지에게서 위자료를 코딱지만큼 받았다는 것이 어머니의 변론이었다. 어머니와 아버지의 주장은 사뭇 달랐다. 그렇다고 해서 내가 그걸 확인해 볼 방법은 없었다. 두 분의 이야기를 종합해 보면 어머니가 아버지에게 위자료를 받은 건 분명한 것 같았다. 많고 적음의 차이가 있었을 뿐….

아버지와 이혼을 한 어머니가 홀로 세상을 살아가기 위한 수단으로 양품점을 하겠다고 했다. 생계를 해결해야 되지 않겠느냐며 내 의사를 묻듯 혼자 중얼거리던 어머니는, 시장통 입구에 있는 점포를 다달이 세를 주기로 하고 얻었다. 여성들의 옷을 진열해 놓고 판매를 시작했다. 어머니에게는 원래부터 이익을 얻으려고 물건을 사서 판매하는 소질을 갖고 태어난 듯했다. 옷이 불티나게 팔려 나갔다. 신이 난 어머니는 새벽마다 동대문시장으로 향했다. 동대문시장에서 떼어온 셔츠에 바지나 혹은 치마를 마네킹에 입혀 진열장 앞에 세워놓았다. 그리고는 유리창 밖에서 전체적으로 조화가 이루어졌는지를 놓고 유심히 살폈다. 무언가 마음에 들지 않으면 옷을 마네킹에 입히고 벗기는 일을 수없이 반복했다. 어머니는 옷감의 질과 색깔 등등에 특히 신경을 썼다. 봄에는 밝은 색깔의 옷을, 여름에는 짙고 화려하면서도 시원해 보이는 색의 옷을, 가을에는 성숙한 분위기를 물씬 풍기는 옷을, 겨울에는 따뜻하면서도 포근해 보이는 옷을 선택했다. 계절마다의 분위기를 한껏 살려서 진열해 놓은 옷들은 전시를 해 놓기가 무섭게 팔렸다. 옷 색깔의 배합이 절묘하기도 했지만, 어머니가 옷 하나하나에 정성을 다해 노력하는 모습은 그 누구도 흉내낼 수 없을 것 같았다. 또한 키가 작은 어머니는 자신의 체형을 키가 커 보이는 착각을 불러일으킬 정도로 완벽하게 변신을 했다. 통굽으로 된 굽이 높은 구두를 신기 때문이었다. 통굽의 구두로 해서 어머니의 키는 원래의 키보다 훨씬 커 보였다. 구두를 벗고 실내에 들어서면 질질 끌리는 바짓단을 먼저 접곤 하는 어머니는, 아침에 눈을 뜨면 가족들이 먹을 아침밥을 지으러 부엌으로 가는 것이 아니었다. 화장대 앞에 앉았다. 화장이 먼저였다. 화장을 끝내야만이 어머니는 부엌으로 들어갔다. 외출할 때는 화장대 앞에서 오랜 시간 동안 공을 들여서 화장을 했다. 그리고는 옷을 골랐다. 옷과 화장한 얼굴이 조화를 이룬다고 생각되면 어머니는 그제야 외출을 하곤 했다. 어쨌든 어머니의 옷가게는 문전성시를 이루었다. 어머니가 입고 있는 옷을 벗어 달라는 사람도 있었고, 그 옷을 주문하는 경우도 허다하게 일어났다. 어머니의 장부책에는 옷을 외상으로 가져가는 고객들의 명단도 빼곡했다. 그 중에는 공장에 다니는 여성들도 많았다. 옷을 외상으로 가져간 여성들의 월급날이면 어머니는 장부책을 꺼내놓고 돈을 받느라 여념이 없었다. 어머니의 양품점은 그야말로 동네 사랑방처럼 변해 가고 있었다. 동네 여자들이 들끓었다. 양품점 안은 동네 여자들의 웃음소리가 끊이지 않았다. 시끌벅적했다. 문턱이 닳도록 드나드는 동네 여자들과 옷을 사러오는 여자들로 해서 어머니의 옷가게는 호황을 누리고 있었다. 그렇게 영원히 장사가 잘 될 줄 알았다. 그 예상은 완전히 빗나가고 말았다. 어머니의 양품점이 파산할 위기에 처한 것이다. 어머니의 양품점에 단

골로 드나들던 여사에 들은 100만 원짜리 돈 계가 깨졌기 때문이었다. 부잣집 사모님으로 알고 있던 계주의 도망에 어머니가 혼비백산했다. 도망간 계주에게 어머니 혼자서만 계를 들은 게 아니었다. 어머니는 계의 앞 번호를 받기 위해 동네 여자들을 모집해서 계주에게 소개를 한 것이었다. 동네 여자들이 계를 든 덕분에 어머니는 계주 다음으로 계를 탈 수 있었다. 그러나 계주는 어머니에게 곗돈을 건네지 않았다. 높은 이자를 준다는 사람이 있다며 이자를 놓아 뒤 번호의 곗돈을 부으라고 어머니를 꼬드겼다. 계주의 말을 믿은 어머니는 흔쾌히 응했던 것이었다. 문제는 그뿐이 아니었다. 또 있었다. 어머니 혼자서만 곗돈을 계주에게 맡긴 것이 아니라는 사실이었다. 대부분의 동네 사람들도 어머니처럼 높은 이자를 받아준다는 계주의 속임수에 속아, 곗돈은 손에 쥐어 보지도 못하고 계주에게 맡겼던 것이었다. 계를 타기 위해 곗돈을 붓고 있는 동네 여자들이나, 곗돈을 타서 계주에게 맡긴 사람들이나 손해를 보고 있을 리 만무했다. 어머니를 붙들고 늘어졌다. 계주를 믿은 것이 아니라고 퍼부었다. 어머니를 믿었기 때문이라고 동네 여자들은 악다구니를 쳐댔다. 어머니에게 이 모든 일의 책임을 지라고 했다. 어머니를 무섭게 몰아세웠다. 양품점의 문을 열기가 무섭게 매일 양품점에 출근하다시피해서는 동생, 언니, 형님, 아우, 친구야 하며 입안에 든 사탕이라도 빼줄 것처럼, 어머니와 친하게 지내던 동네 여자들이 매몰차게 돌변

했다. 동네 여자들은 양품점에 진을 치고 앉아 있거나, 자신들의 안방처럼 누워서 꼼짝하지 않는 여자들도 태반이었다. 어머니에게 계주와 짜고서 사기를 친 거 아니냐며 어머니를 닦달했다. 양품점은 그야말로 아수라장이었다. 매일이 지옥이었다. 어머니는 그때마다 자신도 피해자라고 울먹였다. 이자를 놓아준다는 계주의 말을 믿고 탄 곗돈을 계주에게 줘서, 곗돈은 한 푼도 만져보지도 못했다고 통곡했다. 그러자 호재 엄마와 춘식이 엄마가 나섰다. 어머니에게 '언니'라고 부르며 자매들처럼 친하게 지내던 호재 엄마와 춘식이 엄마는 어머니를 향해 삿대질을 했다. 목청껏 소리쳤다. 언니가 계주에게 이자를 놓으라고 우리를 부추기지 않았느냐며 어머니를 몰아세웠다. 어머니에게 책임을 전가시켰다. 어머니가 자신이 언제 그랬느냐고 따지고 들자, 춘식이 엄마와 호재 엄마는 하늘이 무섭지도 않으냐며 소리를 고래고래 질렀다. 호재 엄마와 춘식이 엄마가 어머니를 향해 막무가내로 나오자, 동네 여자들도 가세하기 시작했다. 동네 여자들은 하나같이 곗돈은 만져보지도 못했다고 발뺌을 했다. 전부 다 피해자라고 우겼다. 춘식이 엄마는 자신도 어머니처럼 남편에게 쫓겨나게 생겼다며 곗돈에 대한 책임을 지라고 언성을 높였다. 어머니가 남편한테 쫓겨난 것이 아니라 스스로 이혼을 하고 나온 것이라고, 춘식이 엄마에게 반박했다. 어머니의 말에 춘식이 엄마는 눈으로 보지 않는데 이혼을 당한 건지 쫓겨난 건지 어떻게 아느냐며 곗돈을 어떻게 할 선지, 약속이나 하라고 목소리를 높이다가 어머니의 멱살을 잡고 흔들었다. 그래도 분이 안 풀렸는지 춘식이 엄마는 두 다리를 뻗고 앉아 땅바닥을 치며 내 돈 내놓으라고 울부짖었다. 춘식이 엄마, 호재 엄마와 동네 여자들에게 매일같이 시달리던 어머니는 바싹 여위어 갔다. 곗돈을 들고 도망간 계주도 계주지만 친동기간처럼 지내던 춘식 엄마와 호재 엄마의 이중적인 모습에, 어머니가 충격을 받은 것 같았다. 어머니는 돈 앞에서는 사람이 인정사정도 없이 돌변한다는 것을 이제야 깨달았다는 소리를 입에 달고 지냈다. 어머니를 지켜보던 나는 아버지에게 도움을 청하자고 어머니에게 내 의견을 피력했다. 어머니는 아버지에게 절대 이야기하지 말라고 내게 입단속을 시켰다. 남남이 된 아버지에게 도움을 받으면서 살고 싶지 않다고 했다. 설령 이 일을 아버지가 알게 돼서 나선다 해도 어떠한 도움도 받지 않을 것이라고 했다. 스스로 정리를 하겠다고 하던 어머니는 미련 없이 옷가게를 처분했다. 살고 있는 전셋집까지 정리를 끝냈다. 그리고는 사태를 수습하기 위해 나섰다. 빚잔치를 했다. 모자라는 돈은 벌어서 갚겠다고, 어머니가 동네 여자들에게 약속을 하는 것으로 일단락을 지었다.

　전 재산을 몽땅 잃은 것도 모자라서 빚까지 지게 되자, 어머니는 미친 듯이 계주를 찾아다녔다. 계주라는 여자가 봉천동이라는 동네에서 살고 있다는 것을 어찌어찌해서 어머니가 알아냈다고 내게 알려줬다. 돈을 받을 수 있다는 희망과 어떻게든 떼인 돈을 받고 말겠다는 오기가 발동한 어머니는, 주소를 들고 계주의 집을 찾아간다고 씩씩거렸다. 어머니가 몰락하는 일련의 과정을 지켜본 나는 어머니와 동행하기로 했다. 어머니를 따라나섰다. 어머니와 몇 번의 버스를 갈아타고 물어 물어서 봉천동에 있다는 계주의 집을 어렵게 찾아냈다. 다 쓰러져 가는 계주의 판잣집에는 어린 자녀들만이 굶주린 배를 움켜쥔 채, 오지 않고 있는 계주를 기다리고 앉아 눈만 깜박거리고 있었다. 어머니는 계주의 자녀들을 보며 눈물을 흘리다가 한숨을 짓다가를 반복하다가 내게 나가자고 했다. 동네 입구에서 부식거리를 팔고 있는 구멍가게로 들어간 어머니는, 쌀과 반찬거리 등등을 사서는 계주의 집으로 다시 올라갔다. 계주의 아이들에게 밥과 반찬을 해서 먹이고 돌아온 어머니는 한동안 폐인처럼 지내다시피 했다. 그런 어느 날 어머니가 정신을 수습했는지 이사를 하겠다고 했다. 어머니는 방값이 싼 동네를 찾아 발품을 팔고 다녔다. 여러 날 동안 방을 구하러 다니던 어머니가 드디어 방을 계약했다고 했다. 그곳이 어디냐고 어머니에게 물었다. 어머니는 힘이 하나도 없는 목소리로 K시, 하고 짧게 대답했다. 그렇게 해서 K시로 이사를 온 어머니는 눈빛이 달라졌다. 돈을 벌어야 된다며 봉제공장에 취직을 했다. 아침 일찍 출근을 한 어머니는 늦은 시간이 되어서야 돌아왔다. 봉제공장에서 하는 일이 고된지 무척 지쳐 보였다. 어머니가 걱정되었다. 어머니에게 하는 일이 어렵지 않으냐고 물으면 어머니는 고개를 천천히 저었다. 일은 힘들지만 일에 몰두해서인지, 계주에 대한 생각에서 벗어날 수 있어서 견딜 만 하다는 것이었다. 알이 큰 반지를 손가락에 낀 사람만 봐도 다 계주 같아서 쳐다봐진다고 하며 쓸쓸히 웃었다. 그 모습이 무척 지쳐보였다. 어머니가 안쓰러웠다. 안타까웠다. 어머니를 두고 발길이 떨어지지 않았다. 그래서 나는 어머니의 집에서 살다시피 했다. 어머니를 지켜보기 위해서. 어머니에게 가지 말라는 아버지와의 약속을 어기면서 어머니 집을 들락거렸다. 굳게 다짐했다. 혼자서 살고 있는 어머니의 삶에 도움이 되는 딸이 되어야 한다고. 아니 되고 싶다고. 구체적인 계획까지 세웠다. 고등학교를 졸업하는 대로 취직을 해서 어머니를 도울 것이라고. 그 계획을 실행하기로 했다. 고등학교를 졸업하자마자 어머니에게 가겠다고 아버지에게 상의가 아닌 통보를 했다. 아버지는 펄펄 날뛰었다. 호적을 파버리겠다고 했다. 그러나 아버지는 말뿐이었다. 호적을 파지도 나를 어머니에게 가지 못하게 끝까지 잡지도 못했다. 어쩌면 아버지는 나를 어머니에게 보내고 싶은 것이 아버지의 솔직한 심정일지도 몰랐다. 그것은 새어머니와 나와의 틀어진 관계 때문이었다. 새어머니와 나와의 관계는 좀처럼 회복할 기미가 보이지 않고 있었다. 서로 냉랭했다. '어머니'날에 나를 낳아준 어머니 대신, 학교 행사에 참석한 새어머니로 해서 빚어진 일이었다. 솔직히 말하면 새어머니와의 관계는 그 일이 터지기 전부터 시작되었을 것이었다. 새어머니라는 존재는 내 어머니를 아버지 곁에서 몰아낸 장본인이었다. 그렇기 때문에 나는 아버지와 살고 있는 새어머니에게 '어머니'라고 부르지 않았다. 그것으로 내 속내를 드러내고 있었다. 아버지가 바람을 피워서 얻은 새어머니는 내 어머니를 내쫓은 나쁜 사람이라는 생각이었다. 새어머니에게 어머니라고 부르는 것은 내 어머니를 배반하는 일이었다. 결코 용납할 수 없는 행위라고 여기고 있었다.

새어머니는 내 환심을 사기 위해 무던히도 애를 썼다. 나와 가까워지기 위해 심혈을 기울이는 새어머니에게 곁을 내주지 않았다. 무시하는 것으로 일관했다. 무역업을 하고 있는 아버지의 사무실에서 여사무원으로 근무하던 새어머니였었다. 아버지의 심부름으로 우리집을 자주 방문하곤 했다. 새어머니가 집에 오면 어머니는 새어머니에게 차와 과일을 대접했다. 그러면서 어머니는 우리집 양반 곁에서 일을 하느라 수고가 많다고 격려하곤 했었다. 그랬던 사람이 새어머니가 된 것이었다. 그 사실을 받아들일 수 없었다. 새어머니라는 사람이 내 옆에 있다는 게 끔찍했다. 새어머니에 대한 내 심정을 일기장에 생생하게 묘사하는 것만이 잠시라도 나를 위로하는 것이었다. 그렇기 때문에 나는 일기장에 내 생각과 내 느낌을 낱낱이 적곤 했다. 그 일기장으로 해서 화를 불러올 줄은 꿈에도 몰랐다. 일은 엉뚱한데서 터졌다. 새어머니를 교무실로 불러들인 담임선생님 때문이었다. 담임선생님은 한 달에 한 번씩 반 아이들에게 일기장을 가져 오게 했다. 일기장을 검토한 다음 돌려주곤 하던 담임선생님이 하루는 종례 시간이 끝나자 내게 교무실로 오라고 했다. 무슨 일인가 싶어서 달려갔다. 담임선생님은 아버지의 바람으로 새어머니를 맞이하게 된 내 심경을 담아 일기를 쓴 것에 대해서 물으며, 새어머니를 너무 미워해서는 안 된다는 것이었다. 누군가를 미워하다 보면 자신도 모르게 그 미움이 먼저 자신 안에 자리를 잡아서, 그 감정이 자신을 지배하려고 한다고 했다. 그렇게 되면 훗날 성인이 되어서도 타인에 대한 배려보다는 분노가 앞서 나갈 수 있다고 하며, 나를 가슴에 안고 내 잔등을 토닥여줬다. 담임선생님은 거기서 멈추지 않았다. 나를 타이르면서 내 잔등을 두드려준 것으로도 모자라 '어머니'날 행사에 내 어머니의 자격으로 참석한 새어머니를 교무실로 불러들인 것이었다. 나는 그 사실을 모르고 있었다. 늘 그랬던 것처럼 학교가 파하고 나자마자 어머니에게로 달려갔다. 어머니와 놀다가 저녁까지 먹은 나는, 시간이 늦어서야 집으로 돌아왔다. 집안 분위기가 무거웠다. 아버지는 화가 잔뜩 난 얼굴로 나를 맞으며 어머니에게 갔었느냐고 대뜸 고함부터 질렀다. 무슨 일인가 싶어서 아버지를 바라봤다. 거짓말하기 싫었다. 그렇다고 했다. 아버지는 나를 이끌고 내 방으로 들어왔다. 도대체 일기장에 뭐라고 썼는지 보자며 당장 일기장을 내어놓으라고 고함을 질렀다. 나는 아버지에게 왜 일기장을 보여 달라는 것이냐고 반문했다. 아버지는 내가 쓴 일기 때문에 담임선생님이 새어머니에게 지금이라도 늦지 않았으니, 제 자리로 돌아가는 것이 옳지 않겠느냐고 조언을 했다는 것이었다. 흥분한 아버지는 말을 더듬으며 언성을 높였다. 그제야 나는 사태를 짐작할 수 있었다. 하지만 이 일이 내 잘못으로 벌어진 일이던가. 아니지 않은가. 엄연한 새어머니의 잘못이다. 나를 낳아서 키워준 어머니가 버젓이 있는데, '어머니'날 행사에 무슨 자격으로 나타나서 일을 이 지경으로 만든단 말인가. 서류상의 어머니라는 이유로. 잘못은 누가 했는데.

아버지는 나를 혼내랴, 울고 있는 새어머니를 달래랴 바쁘게 오갔다. 그러다가 나를 달래기 시작했다. 다시는 이런 일을 만들지 말라는 것으로… 다음부터는 절대로 새어머니니 친어머니니 하는 일로 새어머니의 마음을 상하게 하지 말아 달라고 부탁했다. 그날 이후부터 새어머니와 나와의 사이는 더욱 냉랭해졌다. 급기야 서로 보면 외면하는 것으로 서로의 존재를 부정하고 있었다. 그러니 아버지가 내 고집을 꺾을 수 없다는 것으로 한 발 물러설 수밖에 없었을 것이었다.

집안의 평화를 위해서….

나는 아버지의 뜻을 과감히 저버렸다. 고등학교를 졸업하면 어머니에게 가려고 했던 계획을 앞당겼다. 중학교 3학년이던 그해 가을 나는 책가방 하나만 달랑 들고서 어머니가 살고 있는 K시로 왔다. K시에서 학교를 다니는 일은 수월하지 않았다. K시에서도 어머니가 살고 있는 동네는 좁은 골목길을 따라 한참을 걸어야만 버스길이 있을 정도로 변두리였다. 버스길이라고는 하지만 비포장길이었다. 진흙길이라 비라도 오면 운동화가 온통 흙투성이가 되곤 했다. 아버지와 살던 동네와는 확연하게 달랐다. 아버지가 사는 곳은 도시의 한복판이었다. 생활하는 데 어려움이 없었다. 그러나 어머니가 살고 있는 동네는 모든 것이 열악했다. 그래도 나는 어머니와 지낼 수 있다는 것이 기뻤다. 무엇보다 새어머니의 그늘에서 벗어났다는 것이 홀가분했다. 한집에 살면서 서로의 존재를 인정하지 않고 산다는 것은 피가 마르는 것처럼 에너지가 소진되는 일이었다. 어머니와 지내면서 나는 다시 안정이 되어 갔다. 나와 반대로 어머니는 일에 지쳐서 돌아오는 날이 허다했다. 어머니가 일하는 봉제공장은 공장들이 운집해 있는 곳에 있었다. 아침 일찍 집을 나선 어머니는 일터로 가기 위해 좁은 다리 위를 걸어서 천을 건너가곤 했다. 두 사람 정도가 걸어갈 수 있는 좁은 다리는 출근을 하는 아침시간과 퇴근을 하는 저녁시간이면, K시에서 서울로 건너갔다가 K시로 돌아오는 사람들의 행렬이 수없이 이어졌다. 명절 때 고향으로 내려가는 귀성객들 때문에 붐비는 기차역 같았다. 그 틈에 끼어서 출근을 한 어머니가 하는 일은 완제품이 된 옷에 남아 있는 실밥 같은 잔여물을 제거하는 일이라고 했다. 그래서인지 어머니의 작업복 주머니에는 항상 쪽가위가 들어 있었다. 나는 그 쪽가위가 무척 궁금했다. 한 번 사용해 보고 싶었다. 어머니의 쪽가위로 내 치마단의 가장자리에 나와 있는 실밥을 잘라봤다. 순식간에 실밥이 잘라졌다. 그 모습을 본 어머니는 불같이 화를 냈다. 쪽가위를 채 갔다. 어찌나 빠른 동작으로 쪽가위를 채 가는지 꼭 독수리가 먹이를 채 가는 것 같았다. 필요 이상으로 화를 내는 어머니의 행동에 눈물이 왈칵 쏟아졌다. 후에 안 일이지만 그 쪽가위가 어머니에게 주어지는 월급의 액수를 결정 짓게 만드는 도구라는 사실이었다. 어머니에 의해 길들여진 쪽가위는 그야말로 어머니의 손이 되어 움직여주어야 하는 것이었다. 그러므로 타인의 손이 타면 안 되는 가위였다. 돈과 직결되는 쪽가위는 오직 어머니만이 사용해야 하는 것이었다. 그때서야 나는 어머니가 왜 그렇게 불같이 화를 냈는지가 이해가 되었다. 그날이었다. 어머니에게 꾸지람을 들은 나는 골목길을 따라 무작정 걸었다. 나선 길에 캄캄한 골목길을 밝혀주고 있는 벚나무를 찾아보기로 했다. 골목 끝에 다다르자 가로등처럼 골목길을 환하게 비춰주는 벚나무가 서 있었다. 벚나무 앞에는 낡은 기와집이 보였다. 마당가에는 밤나무 가지가 봄바람에 흔들리고 있었다. 벚꽃 잎은 쏟아지는 눈발처럼 밤나무 위로 분분히 휘날렸다. 그 모습이 장관을 이뤘다. 나는 그 풍경을 바라보며 울적한 마음을 다독이고 있었다. 고등학교를 졸업하자마자 사무원을 뽑는다는 곳에 이력서를 넣곤 했었다. 취업으로는 이어지지 않았다. 상업계 고등학교를 나온 사람을 우선시했다. 이력서를 넣는 곳마다 취업이 되지 않자, 내가 취업할 곳은 생산직뿐이라는 생각이 들었다. 의기소침해졌다. 신경이 극도로 예민해졌다. 작은 일에도 발끈하는 일이 잦았다. 그런 현상을 겪고 있는 내게 쪽가위로 해서 어머니에게 들은 꾸지람은 나를 더욱 침울하게 만들고 있었다. 취업을 일부러 하지 않고 빈둥빈둥 놀고 있는 것처럼 어머니의 눈치가 보였다. 어머니를 돕고 싶은 마음에 대학교에 진학하는 것도 포기했다. 그랬는데… 어머니와 지내는 것이 오히려 어머니에게 짐이 되고 있는 것 같았다.

벚꽃이 분분히 휘날리다가 낙하하고 있었다. 그 모습을 바라보다가 몸을 돌렸다. 그 순간 나는 누군가와 부딪쳤다. 그대로 땅바닥에 주저앉는다.

"아오, 미안합니다."

한 남자가 땅바닥에 주저앉아 있는 나를 잡아 일으켜주며 사과했다. 따지고 보면 그 사람이 사과할 일이 아니었다. 내가 그 사람이 서 있는 것을 모르고 몸을 돌렸던 것이었다. 그 이치를 알면서도 나는 그 사람을 향해 벌컥 화를 낸다.

"지금, 뭐 하시는 거예요?"

"……."

나는 엉덩이에 묻어 있는 흙을 털며 대꾸가 없는 그 사람을 쏘아
본다.

"미안합니다. 여기가 우리집이라⋯."

남자가 기와집을 가리키며 어깨를 으쓱했다.

"⋯⋯."

나는 멋쩍어서 입을 다물고는 그 사람이 가리키는 기와집 쪽으로
시선을 돌린다.

"괜찮아요?"

"네."

"다행이네요."

"⋯⋯."

그 사람이 빙긋 웃고는 내 옆을 지나쳐서는 기와집을 향해 뚜벅뚜
벅 걸어갔다. 잿빛바지에 감색의 정장을 단정하게 차려 입은 그 사
람이 대문 안으로 들어가는 것을 보며, 나는 괜스레 심통이 나서 입
을 삐죽거리다가 집으로 돌아왔다. 집에 오자 어머니가 부엌에서 고
개를 내민다. 다른 날보다 일찍 귀가한 어머니는 시금치를 다듬고
있다.

"어디 갔다가 오니?"

"⋯⋯."

나는 어머니에게 대답하지 않는 것으로 불편한 내 마음을 표현했

다. 어머니를 본체만체한다.

"잡채, 해주려고."

어머니의 말에 골이 나 있던 내 마음이 단숨에 풀어지고 있었다. 잡채는 내가 제일 좋아하는 음식이다. 어머니는 나와 화해를 하기 위해 잡채거리를 사 들고 와서는 준비를 하고 있는 듯했다.

"갑자기 잡채는?"

심드렁한 내 대답에 어머니가 피식 웃었다. 그리고는 내게 이리 와서 앉아 보라고 했다. 어머니 곁에 쪼그리고 앉자, 어머니는 쪽지를 건넨다. 어머니가 준 쪽지는 다름 아닌 H전자에서 여자 공원을 뽑는다는 공고문이다. 중학교를 졸업한 만 18세 이상의 여성이면 누구나 가능하다는 것이다. 서류는 본인의 자필로 쓴 이력서와 주민등록등본 1통과 최종학교 졸업장을 첨부하면 된다는 내용이 적혀 있었다. 어머니는 내가 쪽지의 내용을 찬찬히 훑어보자 관심을 갖고 있다고 여기는 것 같다.

"얘, 너는 고등학교도 나왔잖아. 여공도 아니지. 더구나 전자 회사라서 대우도 좋다는데…."

"누가 그래? 여공은 다 같은 여공이지."

나는 발끈해서 날을 세웠다. 여공이라는 말 때문이었다. 이럴 줄 알았으면 상업계 고등학교를 나왔어야 했다는 때 늦은 후회도 들었다.

"나, 일하는데서 함께 일하는 아가씨들이 그러던데. 그 회사에 취직하고 싶어도 중학교 졸업장이 없어서 못 간다고. 초봉도 많다더라."

"정말?"

"그래."

어머니의 말에 나는 이력서를 넣어 보기로 한다. 공고문의 내용대로 서류를 준비하기로 했다. 주민등록등본을 떼기 위해 동사무소를 찾았다. 주민등록등본을 떼는 창구 앞에는 많은 사람들이 줄을 서 있었다. 나는 긴 줄 속에 합류한다. 팔에 토시를 하고 앉아 주민등록등본 용지에 일일이 가족사항을 적고 있는 동사무소의 남자 직원은, 팔이 아픈지 연신 손목을 흔들다가 다시 기재하곤 했다. 오후가 되어서야 주민등록등본을 뗀 나는 어머니가 알려준 대로 H전자를 찾아갔다. 본사가 미국에 있다는 H전자는 전자계산기와 전자시계 등등을 만들어서 수출하는 회사라고 했다. H전자로 들어가는 길에는 미루나무가 양쪽으로 늘어서 있다. 오솔길 같다. 매일 이 길을 걸을 수 있다면… 그 바람을 가져보며 하늘을 우러러보다가 H전자에 이력서를 접수했다.

＊

아득하게 느껴지던 면접날이 돌아왔다. 고등학교에 진학하는 시험을 치르고 합격 여부를 기다리던 때보다 더 초조했던 것 같다. 어머니는 면접을 보러 가기 위해 집을 나서는 나를 붙잡는다. 주의 사항을 알려준다.

"면접관이 묻는 말 외에는 궁금한 것이 있어도 절대로 묻지 마."

"……."

어머니는 '절대로'라는 단어에 힘을 주어 말했다. 어머니의 당부에 나는 고개를 힘차게 끄덕이고는 H전자로 향했다. H전자로 들어서자 내 나이 또래로 보이는 여자들이 마당가에 처 있는 차양막 주변에서 서성이고 있었다. 차양막의 아래에는 H전자의 면접관들로 보이는 남자들이 책상 앞에 앉아 서류를 뒤적거리며 이력서를 훑어 내리다가 이름을 부르곤 했다. 나는 내 이름이 호명되기를 기다리며 청각을 곤두세운다. 심장이 마구 뛴다. 가슴에 손을 얹어보아도 좀처럼 가라앉지 않는다. 그때 내 이름을 부르는 소리가 들린다.

"채 영남 양."

"네."

내 이름을 부르는 소리에 심장이 '쿵' 하고 발등 위로 떨어져 내리는 것 같았다. 가까스로 대답을 한 나는 내 이름을 호명한 면접관

앞으로 다가간다. 면접관이 내게 앉으라는 듯 손으로 의자를 가리킨다. 의자에 조심스럽게 앉던 나는 놀란다. 손으로 입을 가린다. 그 사람도 나를 뚫어져라 바라보다가 빙긋 웃는다. 나를 기억하는 것 같다.

"또 뵙네요?"

"……"

그 사람이 분명했다. 낡은 기와집 앞에서 벚꽃 잎이 분분히 휘날리는 것을 바라보다가 몸을 돌리는 순간 부딪쳤던 그 사람이… 그 사람을 이곳에서 만나게 될 줄은 몰랐다. 나는 회색빛의 작업복을 입고 있는 그 사람의 가슴에 부착된 명찰을 멍하니 쳐다본다.

'H전자 생산계장 정진욱.'

나는 마음속으로 그 사람의 명찰에 적힌 대로 읽어 내렸다. 그러면서 생각했다. 그 사람과의 재회가 달갑지 않다고.

"이름이 남자 이름 같네요?"

그 사람의 목소리가 들려왔다. 그 사람의 물음에 대답하기 위해 자세를 고쳐 앉는다.

"아버지가 남동생을 두라고 사내 남(男)자를 이름 끝 자로 지으셨어요."

"아, 그래요."

"……"

그 사람이 고개를 주억거리는 모습을 보며 나는 입을 다물었다. 내가 아무런 말이 없어서일까. 그 사람이 나를 한 번 힐긋 쳐다봤다. 그리고는 내게 다시 묻는다.

"그럼, 밑에 동생은 남동생인가요?"

"네."

나는 그 사람의 질문에 재빠르게 대답을 했다. 그렇지만 그 질문은 내가 제일 싫어하는 질문이기도 했다. 내 이름 탓인지는 모르겠지만, 어머니는 아버지의 바람대로 남동생을 낳았다. 남동생 하나만으로 부족했는지 새어머니도 남동생을 둘씩이나 연거푸 낳았다. 그러고 보면 아버지는 내 이름 덕을 톡톡히 본 셈이었다. 아버지와 달리 내 이름 때문에 나는 곤욕스러울 때가 많았다. 나를 남자로 착각하는 경우가 흔하게 일어나서였다. 그게 불만이었다. 지금도 그렇다. 사회생활을 시작하려는 첫 직장의 문턱에서 내가 제일 싫어하는 내 이름이 거론되고 있는 것이 아닌가.

"J, 여고 나오셨네요?"

"네."

나는 어머니가 일러준 대로 대답만 했다. 하지만 마음속에서는 정진욱에 대한 의구심이 일고 있었다. 정진욱은 내 이름에 대해서 물었었다. 내 이름이 남자 같은 이름이라고 느껴서 물었을 것이다. 이름 덕분에 남동생을 두었느냐고 가족사에 대해서 물었으면 적어도 아버지가 내 이름을 잘 지은 거라든지, 이름 덕을 톡톡히 봤다든지 하는 이야기의 어떤 마무리가 있어야 되는 것이다. 그런데 정진욱은 이름에 대한 결말은 내지 않은 채 건너뛰었다. 그리고는 내가 다닌 J 여고를 물었다. 면접에서 떨어질 것만 같은 기분이 들었다. 정진욱과 악연일지도 모른다는 생각이 몰려온다. 내 안에서 일어나고 있는 상념을 정진욱이 알아차린 것인가. 정진욱이 나를 쳐다보며 또 빙긋 웃고는 입을 연다.

"제, 누이도 J여고를 나오셨습니다. 한참 선배시겠지만…."

"…아, 네."

나는 잠시 망설이다가 '아' 하는 감탄사를 넣어서 대답했다. 그 사람이 J여고에 대해서 물었던 것이 이해가 되었기 때문이었다. 또한 얼굴도 보지 못한 정진욱의 '누님'이라는 선배님에 대한 배려차원이었다. 그러면서 생각했다. J여고의 선배님이 제 이웃에 사시는 걸 몰랐다는 발언을 할까 하고. 그만 두기로 했다. 면접을 보는 자리에서 쓸데없는 질문을 하지 않는 게 좋다는 어머니의 충고가 작용한 것은 아니었다. 잘못하면 그 발언은 정진욱에게 있어 H 전자에 취업이 되면 J여고의 선배님과 앞으로 인연을 이어가겠다는 소리로 들릴지도 모른다는 생각이 들어서였다.

"다음 주 월요일에 최종 합격자 명단이 발표될 겁니다. 수고하셨습니다."

"네, 감사합니다."

나는 정진욱이 내 이력서에 무언가를 쓰고 있는 것을 보며 의자에서 몸을 일으켰다. 면접 시간은 채 10분도 되지 않은 것 같았다. 그러나 10시간이 흘러간 것처럼 느껴졌다. 면접을 보고 나오자, 어머니가 수위실 앞에서 종종걸음을 치고 있었다. 내가 고등학교에 들어가기 위해 시험을 치를 때처럼.

나를 발견한 어머니가 잰 걸음으로 걸어와서는 내 앞에 선다.

"잘 봤어?"

"뭘?"

"면접 말이야."

"모르겠어."

"왜?"

"몰라."

"애는…."

"아후, 배고파."

아침을 먹는 둥 마는 둥 했었다. 면접이 끝나자 허기가 한꺼번에 몰려온다.

"자장면 먹을래?"

자장면은 내가 잡채만큼이나 좋아하는 음식이다. 그제야 나는 어머니를 향해 씨익 웃어준다.

"체할라? 천천히 먹어."

어머니는 내 입에 묻어 있는 자장 소스를 닦아주며 말했다.

"나, 면접한 사람 좀 이상한 거 같아."

"왜?"

"······."

나는 어머니에게 정진욱이 내게 묻던 대로 재연했다. 정진욱이 우리 동네에 산다는 것은 말하지 않았다. 비밀로 했다. 무슨 대단한 이유가 있어서 그 사실을 숨긴 것은 아니었다. 그냥 그러고 싶었다. 내 말을 다 듣고 난 어머니는 고개를 갸우뚱하며 면접치고는 너무 물어본 게 없다고 했다. 그러면서 어머니는 자신이 봉제공장에 취업을 하기 위해 면접을 볼 때, 근면 성실한가를 보기 위해서인지 이것저것 많이 물었다는 것이었다. 하물며 봉제공장도 그런데 외국인 회사가 너무 물어본 게 없다고, 도무지 이해가 안 된다며 어머니가 고개를 갸웃거렸다.

"면접에서 떨어진 거 같지?"

"쯧쯧…."

내 물음에 혀를 차던 어머니가 나를 위로하느라 호기롭게 말한다.

"다른 데 취직하면 돼지, 뭐. 너무 걱정하지 마. 밥을 굶는 것도 아닌데…."

"······."

나는 어머니의 위로에도 걱정이 앞선다. 면접에서 떨어질 것만 같다. 그 마음을 누른다. 일단 기다려보기로 한다. H전자에 취업이 되느냐, 마느냐 하는 최종 합격자 명단이 발표되는 날이 까마득하게 느껴진다. 시간은 더디게 흐른다. 퇴근을 한 어머니가 집안으로 들어서며 숨이 가쁜 목소리로 나를 불러 제친다.

"영남아! 영남아!!"

"……."

나는 어머니를 멀뚱히 바라보는 것으로 대답을 대신했다.

"영남아, 있잖아… 아이고, 숨 차라."

어머니는 말을 멈추고는 냉수를 들이켰다. 입가를 쓰윽 문지른 어머니의 눈빛이 웃고 있었다.

"무슨… 좋은 일 있어?"

"글쎄, 구멍가게 김씨 아줌마가 그러는데… 저기 저 골목 끝에 있는 기와집 있잖아? 그 집 아들이 네가 이력서 낸 그 H전자에 다닌데. 내가 그 남자를 만나서 네, 얘기 좀 물어보려고."

"무슨 얘기를 물어보려고?"

나는 잔뜩 들떠 있는 것 같은 어머니에게 찬물을 끼얹듯 대수롭지 않은 얼굴로 시큰둥하게 물었다.

"그냥… 뭐. 이것저것…"

눈을 샐쭉하게 흘기며 의기양양해하는 어머니를 향해 나는 잘라 말한다.

"그러지 마."

"왜?"

"…아무튼."

나는 정진욱과 한동네에 산다는 것으로 그 인맥을 이용해 H전자에 취업을 하고 싶지는 않다. 그럴 것 같았으면 면접을 보는 날 부탁을 했을 것이다. H전자에 취업이 안 되면 다른 곳에 취업을 하면 되는 것이다. 그렇게 마음을 먹는데도 쉽지 않다. 마음과는 다르게 편치 않다. 내심 불안하다. H전자에 취업이 안 되면 또 어디에 이력서를 내야 하나… 초조해진다.

어머니를 피해 무작정 집에서 나온 나는 아무 생각 없이 둑길을 걷는다. 천가에 쪼그리고 앉는다. 천 건너편의 불빛이 흐르는 물에 반사되고 있다. 천에서 올라오는 역겨운 냄새마저 화려한 불빛이 삼켜 버릴 것만 같다. 오물이 정화되지 않은 것처럼 썩은 냄새가 진동하는 천이다. 그러나 태양이 사라진 어둠 속에서의 천은 그저 유유히 흘러가는 아름다운 강물일 뿐이다.

# 4. 미루나무 아래

계산기가 초록빛깔의 융단을 깔아놓은 것 같은 컨베이어를 타고 내려온다. 계산기를 집어 든다. 교육을 받은 대로 손가락을 이용해 계산기의 숫자를 전체적으로 누른다. 더하기, 빼기, 나누기, 곱하기 등등을 해 본다. 숫자 7의 불빛이 제대로 보이지 않는다. 불량인 것 같다. 다시 한 번 더 시도해 본다. 마찬가지다. '불량'이라고 종이에 써서 계산기 위에 붙여 놓는다. 불량품을 모아 두는 상자에 계산기를 담는다. 다행이도 나는 H전자에 취업이 되었다. H전자의 생산과에서 내가 하는 일은 완성된 계산기가 불량품이 아닌지를 마지막으로 검열하는 일이다. 나와 한 조가 되어 일하고 있는 양희 언니는 사회생활을 시작한 첫 직장에서 만난 인연이었다. 사회에 첫 발을 내딛은 내가 회사생활을 잘할 수 있도록 많은 가르침을 주곤 했다. 회사생활에 대한 규칙과 그밖에도 소소하고도 자잘한 것들을 이야기해줬다. 이를테면 1반의 조장과 3반의 반장이 동거를 하고 있다는 소문 같은 것이었다. 또한 전자계산기를 검열하는 일도 상세하게 알려주느라 시범을 보여줬다. 혹시라도 내가 정품으로 검열해놓은 전자계산기가 불량으로 나올까 봐, 다시 확인하는 번거로움도 마다하지 않았다. 양희 언니는 내가 첫 직장에서 탈 없이 일을 잘할 수 있도록 곁에서 응원해줬다. 힘이 되어 주었다. 양희 언니 덕분에 나는 회사생활에 빨리 적응했는지도 몰랐다. 이제는 제법 계산기를 두드리는 일도 손에 익어갔다. 완벽에 가까울 만큼 적응이 되어 가고 있었다. 내가 전자계산기를 두드리며 회사 일에 묻혀 지내는 동안 미루나무 잎이 떨어져 내리고 있었다. 퇴근을 하던 나는 길 바닥에 떨어진 채 바람에 날리는 미루나무 잎을 쳐다보다가 고개를 든다. 미루나무 사이로 저녁 빛에 물들어가는 하늘이 보인다. 탄성을 자아내게 한다. 저절로 미소가 지어지면서 온몸에 희열이 솟구친다. 이 기쁨은 내가 H전자에서 일하는 것과 상관없이 내게 또 다른 즐거움을 가져다준다. 일과가 되어 버린 하늘보기는 고단한 내 하루의 삶을 시작하게 했고, 지친 하루를 마무리하게도 했다. 하늘에는 어둠에 쫓겨가는 것처럼 푸르스름한 빛이 언뜻언뜻거린다. 그 빛을 좇는다.

"무엇을 그렇게 보고 있어요?"

"어머, 깜짝이야!!!"

그 사람의 목소리가 내 옆에서 들려와 나는 자지러지듯 놀랐다. 그 사람이 한 발짝 물러선다. 사과한다.

"아, 미안해요. 놀라게 해서…."

"아, 아니에요. 안… 안녕 하세요?"

나는 놀란 마음을 다독이며 상냥하게 인사를 건넸다. 그것은 그 사람이 생산과의 계장이라는 직함 때문이기도 했다.

"네, 안녕하세요. 이제 동네 주민뿐만이 아니라 같은 회사에 다니는 동료가 됐네요."

"……."

그 사람의 말에 나는 그 사람에게 잘 부탁드린다는 인사말을 해야 하나, 하고 잠시 고민했다. 그 생각을 하느라 그 사람의 물음에 미처 대답을 하지 못하고 있었다.

"근데, 뭘 보고 있었어요?"

그 사람이 다시 물어왔다.

"… 그냥 하늘을 보고 있었어요."

내 말에 그 사람이 고개를 들어 나처럼 하늘을 올려다보다가 중얼거린다.

"아무것도 없는데…."

"……."

내가 말없이 서 있자, 그 사람이 빙긋 웃고는 묻는다.

"퇴근하는 중이죠?"

"…네."

"한 방향인데… 같이 갈까요?"

"네."

나는 그 사람이 묻는 소리에 짧게 대답을 하고는 그 사람과 어깨를 나란히 했다. 미루나무가 늘어서 있는 길을 무심히 걷는다. 우리는 그저 한 방향을 바라보며… 직선으로 곧게 뻗은 길 위에 떨어진 미루나무 잎이 우리가 걸음을 내딛을 때마다 사각거리는 소리를 들으며 버스 정류장으로 향했다. 그렇게 그 사람과 미루나무 아래를 걷는 날이면, 나는 내게 일고 있는 감정에 대해서 골똘히 생각하곤 했다. 어쩌면 그 감정은 벚꽃 잎이 분분히 날리고 있던, 그 사람의 집 앞에서 그 사람과 처음 부딪쳤던 그 순간부터 시작되었는지도 모른다고. 서서히 스며드는 물처럼 그 사람이 내 가슴을 적시고 있었다. 그것이 사랑의 시작이라는 것을 눈치 챈 나는 그 사람이 작업장 안을 돌아다니는 모습이 보이면 전자계산기의 숫자를 누르는 손가락이 후들거렸다. 출근을 하는 길에나 퇴근을 하는 길에 그 사람을 보지 못한 날에는 조바심이 일었다. 괜스레 미루나무 길을 오갔다. 행여라도 그 사람의 모습이 보일까 봐서. 보이지 않는 그 사람을 찾아 미루나무 길을 서성였다. 그 사람이 미루나무 사이로 보이는 하늘을 올려다보고 있을 때처럼 느닷없이 나타나기를 바라며. 집으로 돌아오는 길에도 그 사람을 볼 수 있을까, 했다. 그 미련을 버리지 못했다. 골목길을 배회했다. 어디선가 그 사람이 불쑥 나타날 것만 같아서. 그날도 그랬다. 미루나무 길을 오가다가 그 사람을 보지 못하고 돌아오던 나는 의외의 장소에서 그 사람을 보게 되었다. 골목 입구에 있는 구멍가게 앞에서였다. 그 사람은 넋이 나간 사람처럼 평상에 우두커니 앉아 있었다. 그 사람을 본 나는 당황했다. 집으로 가기 위해서는 그 사람 앞을 지나쳐야만 갈 수 있다. 여러 가지 생각들이 앞서거니 뒤서거니 한다. 첫 번째의 생각은 그 사람에게 다가가 밝고 명랑한 어조로 여기서 왜 이러고 있느냐고, 아무렇지 않은 얼굴로 묻는 것이다. 두 번째는 그 사람이 나를 먼저 발견하게 하는 것이다. 그러기 위해서는 내가 그 사람 앞을 자연스럽게 지나가는 방법이 좋을 것 같다. 그러나 나는 그 어떤 방법도 선택하지 못하고 있다. 굳은 표정을 짓고 있는 그 사람의 모습이 평상시와 너무나 다르기 때문이다. 선뜻 그 사람 곁으로 다가갈 수 없는 어떤 기운이 그 사람을 에워싸고 있는 것 같았다. 이러지도 저러지도 못하고 서 있던 나는 일단 그 사람을 지켜보기로 한다. 골목 귀퉁이에 몸을 숨긴다. 점점 주변의 모든 것이 어둠 속으로 빨려 들어가고 있다. 그런데도 그 사람은 마치 나를 기다리고 있는 것처럼 평상에서 일어나지 않고 있다. 배도 고프다. 진즉부터 마렵기 시작한 소변은 금방이라도 쏟아질 것처럼 방광을 조여 온다. 할 수 없다. 그 사람 앞을 지나쳐 갈 수밖에 없다. 상황이 그렇다. 꾀를 낸다. 지금 막 골목길로 접어드는 사람처럼 걸음을 빨리한다. 그 사람을 외면하며 지나친다. 그 사람도 나를 못 봤는지 아는 척을 하지 않는다. 그 사람 앞을 지나쳐 온 나는 의아했다. 그렇지만 그 사람에게 되돌아가서 어머 여기 계신 줄 몰랐어요, 하고 능청을 떨 수는 없다.

에라, 모르겠다.

그 심정으로 그냥 집으로 왔다. 하지만 그 사람의 모습이 눈앞에서 내내 어른거렸다. 그 사람은 대체 무슨 생각을 그렇게 골똘히 하고 있느라, 내가 지나쳐 가는데도 나를 알아보지 못한 것일까? 궁금증이 몰려왔다.

\*

내 머릿속에는 우두커니 평상에 앉아 있던 그 사람의 모습이 떠나지 않고 있었다. 회사에 출근을 해서도 그 사람을 찾아 두리번거려 본다. 그 사람의 모습은 찾아볼 수 없다. 그렇다고 해서 내가 그 사람을 찾아다니기에는 그럴 만한 타당한 이유가 없다는 것이다. 그 사람에 대한 궁금증으로 가슴속을 태우고 있을 때 어머니가 그 실마리를 풀어줬다. 뜻밖이었다. 어머니는 저녁 늦게 집에 돌아왔다.

야간 잔업을 하느라 늦은 것이냐는 내 물음에 어머니는 아니라고 했다. 구멍가게에 모여 앉은 동네 여자들이 기와집에 얽힌 이야기를 주고받는 것을 듣다가 늦은 것이라고 하며 고개를 좌우로 흔들었다. 나는 귀가 솔깃했다. 어머니에게 무슨 일인지 들려달라고 졸랐다. 내 성화에 어머니가 입맛을 다시다가 입을 열었다. 기와집에 사는 사람들이 형제지간에 싸움이 났었다는 것이었다. 그 사람과 그 사람의 형제들이 아버지의 재산을 두고 다툼이 일어난 것이라고 했다. 그 사람에게는 위로 형 하나와 누나가 있는데, 형이란 사람이 그 사람이 살고 있는 집을 팔아서 사업 밑천으로 쓰는 대신에 아버지를 모셔 가겠다고 했다는 것이었다. 그 사람의 형은 그렇게 아버지를 모신다는 명분으로 아버지의 재산을 빼앗아갔다고 했다. 원래는 기와집 주변에 있는 땅들이 모두 그 집 땅이었는데, 큰 아들이 야금야금 팔아서 가져가는 바람에 재산이 거덜 난 것이라고 했다. 재산이라고 기와집만 달랑 남은 것도 큰 형 때문이라는 것이었다. 그런데 그 마지막 남은 기와집까지 매매를 하자고 큰 아들이 아버지를 닦달했다. 보다 못한 그 사람이 아버지를 다그치고 있는 형을 막아서다가 형제간에 싸움이 나서 주먹질까지 오고 가게 됐다는 것이었다. 어머니는 그 사람의 형이 앞에 있기라도 한 것처럼 종주먹을 들이대며 씩씩거렸다.

"그래서 집을 팔기로 했대?"

"그것까지는 모르겠고. 누가 들어봐도 그 형이 나쁜 거야. 병든 아버지는 그렇다 치더라도 다리 절룩이는 누나는 그 집마저 없으면 어디서 살라고. 집 팔아서 돈만 가져가려는 수작이지. 무슨 아버지를 모시려고 그러겠어. 네, 회사 다니는 그 아들이 효자래. 결혼할 색시도 있었는데, 아버지와 누나 때문에 결혼을 미루다가 결국은 헤어지게 됐단다, 글쎄."

"……"

나는 어머니의 말을 들으며 그날 밤 그 사람이 맥없이 앉아 있었던 이유를 알 것도 같았다. 그 사람이 가여웠다. 그 사람을 만나 위로해주고 싶다는 간절한 마음이 들었다. 하지만 그 사람을 만날 수 없었다. 그런 나날이 이어지고 있었다. 그러던 어느 날, 그 사람과 자연스럽게 만나게 되는 계기가 주어졌다. 간절하면 이루어진다고 했던가. 그렇다. 그럴 때가 있다. 너무나 간절해서 못내 그리워하고 애달파하다가 어느 한순간 상대에 대한 그 마음을 놓칠 때가 있다. 아주 짧은 찰나인데도 불구하고 예상치 못한 곳에서 그리운 상대를 만나게 되는 경우가 있다. 그런 것처럼 그 사람을 만나게 된 것이다. 퇴근을 앞두고였다. 탈의실에서 작업복을 갈아입고 나오던 길에 그 사람과 마주친 것이다. 우연히.

"안녕하세요. 오랜만에 뵙네요?"

"그러네요. 한 공간에 있는데도 말이죠?"

나는 최대한 목소리를 끌어올려 명랑한 어조로 인사를 먼저 건넸다. 그 사람도 반갑다는 듯이 빙긋 웃으며 차분한 말투로 말했다. 그날 평상에서 보았던 표정은 온데간데없다. 얼굴빛이 예전처럼 돌아와 있다. 편안해 보인다.

"그러니까요? 퇴근 안 하세요?"

"해야죠."

"그럼, 같이 가요?"

나는 부러 활기찬 목소리로 말했다. 그 사람이 빙긋 웃고는 바지 주머니에 손을 찔러 넣는다.

"어쩌죠? 지금 바로는 퇴근할 수가 없는데요. 조금 있어야 퇴근할 수 있을 것 같습니다."

"왜요?"

나는 도전적으로 물었다.

"마무리해야 할 일이 좀 남아 있어서요."

"……"

일이 남아 있다는 그 사람의 말에 나는 말문이 막혀 왔다. 어깨에 메고 있는 가방끈을 고쳐 매며 어색함을 만회한다. 그 사람이 묻는다.

"오늘 야간잔업은 안 하시나 봐요?"

"네."

"약속이 있나보죠?"

"아뇨."

나는 '아뇨'라는 단어에 힘을 주며 대답했다. 홍 반장이 야간잔업을 하겠느냐고 내 의향을 물었었다. 나는 홍 반장에게 저녁 일을 하지 않겠다고 했다. 원래는 야간잔업을 해야 옳았다. 그런데도 내가 굳이 야간잔업에 빠진 것은 약속이 있어서도 몸이 피곤해서도 아니었다. 3시간을 더 일해서 받게 되는 돈보다도 야간잔업까지 한다는 생각을 하면 가슴이 터질 것처럼 팽창해졌다. 물론 회사의 사정을 감안하면 일을 해주는 게 마땅한 일이었다. 돈도 더 벌 수 있는 것이다. 그러나 나는 회사 사정을 감안하지 않았다. 한 조로 일하는 양희 언니에게 내 노동력을 떠넘기고는 퇴근을 한 것이었다.

"그래요?"

그 사람이 나를 보고 문득이 말해 놓고는 빙긋 웃는다.

"네. 근데 일, 언제 끝나요?"

나는 당돌하게도 그 질문을 해 버렸다. 무안하기 그지없다. 그 사람에게서 시선을 재빨리 돌린다.

"한, 한 시간 정도요."

"그럼, 미루나무 아래서 기다리고 있을게요. 딱 한 시간만이요."

나는 그 사람이 미처 무어라고 대답을 하기도 전에 그 사람에게서 벗어났다. 빠른 걸음으로 회사 정문을 빠져 나온다. '휴' 하고 폐부 깊숙한 곳에 숨어 있던 숨을 쏟아낸다. 내 한숨 소리가 미루나무의 잔가지를 타고 올라가는 듯하다. 한참을 서서 미루나무를 올려다보다가 미루나무 길을 천천히 걷는다. 그 사람이 모습을 드러내기를 기다리며. 내가 딱 한 시간만 기다리고 있겠다고 옹골차게 내뱉은 내 말이, 그 사람에게 버릇없이 들렸을지도 모른다고 후회도 하며. 하나부터 백까지의 숫자를 세기도 하며, 백부터 하나까지 거꾸로 숫자를 세기도 하면서. 미루나무 길을 수없이 반복해서 오간다. 그 사람을 기다린다. 그 사람을 만나서 무엇을 어떻게 할지 아무런 생각도 없이 무작정 기다리고 있다. 다행히도 그 사람이 약속한 시간보다 빠르게 내 앞에 나타났다. 30분을 앞당겨서 내 앞에 모습을 드러낸 그 사람은 나를 보자마자 우리 떡볶이 먹으러 가요, 하며 앞장섰다. 그 사람과 나는 버스를 탄다. 버스 안은 발 디딜 틈조차 없다. 그 사람이 나를 의자 쪽으로 서게 하며 사람들과의 부딪힘을 막아준다. 그 사람의 품에 안긴 것처럼 되어 버린 나는 목적지까지 어떻게 왔는지 모른다. 밀지 말라는 사람들의 아우성이, 버스 난간에 매달려 있는 버스 차장에게 이제 그만 좀 태우라고, 언성을 높이는 남자의 목소리만이 귓가에서 윙윙거렸다. 영등포시장 앞에서 내린 우리는 순대, 떡볶이, 잡채, 튀김 등등을 늘어놓고 파는 간이의자에 앉는다. 그 사람이 내 앞쪽으로 떡볶이 접시를 밀어 놓는다. 나는 그 사람의 옆모습을 훔쳐본다. 턱 주변이 면도를 금방 끝낸 사람처럼 푸릇푸릇한 것 같다. 그 푸릇함 때문일까. 그 사람이 더욱 애처롭게 보였고, 슬픔에 젖어 보이는 것 같았다. 가족으로 해서 빚어지는 싸움이 얼마나 서로에게 상처가 되는지를 너무나 잘 알고 있었다. 아버지와 어머니가 이혼이라는 명제를 놓고 긴 싸움을 하는 것을 지켜본 나로서는, 그 사람의 아픔을 충분히 이해할 수 있을 것 같다. 가슴이 아파온다. 그렇다고 해서 그 사람에게 가족 간의 다툼을 물을 수는 없는 일이다.

"그렇게 먹으면 더 맛있어요?"

나는 그 사람이 떡볶이 국물에 고구마튀김을 찍는 것을 보며 물었다. 그 사람이 빙긋 웃으며 고개를 끄덕인다. 그 사람처럼 나도 떡볶이 국물에 김 튀김을 찍는다. 매콤한 떡볶이 국물이 튀김의 느끼한 기름기를 잡아준다. 새로운 맛이다. 튀김을 떡볶이 국물에 연이어 찍어 먹는다. 멈출 수 없는 맛이다.

"그러다가 탈나면 어쩌려고요. 천천히 먹어요."

"……."

그 사람이 걱정스런 얼굴로 말하는데도 나는 개의치 않는다. 연신 먹어 댄다. 어쩌면 그것은 허기진 뱃속을 채우기 위해 음식을 그렇게 먹는 것이 아닌지도 몰랐다. 그 사람과 나는….

"야유회 가나요?"

그 사람이 건조한 목소리로 물어왔다.

"당연하죠. 왜요?"

"그냥요."

"안, 가세요?"

"저도 갑니다."

 그 사람이 빙긋 웃으며 대답을 하고는 손수건으로 이마를 문질렀다. 잠시 우리의 대화가 끊겼다. 그때 우리 옆 자리에 앉아 있는 젊은 남녀가 말다툼을 하는 소리가 크게 들려왔다. 우리는 동시에 서로 쳐다봤다. 그 사람이 모른 척 하자는 듯이 코를 찡긋했다. 머쓱해진 우리는 앞에 놓인 음식을 쳐다보며 앉아 있었다. 젊은 남녀는 여전히 옥신각신하며 언성을 높인다. 그들은 지금 극장에서 한참 상영 중인 '바람과 라이온'이라는 영화를 관람하는 일을 두고 언쟁을 벌이고 있었다. 젊은 남자는 그 영화를 보자고 했고, 젊은 여자는 싫다는 것으로 티격태격했다. 그들의 대화를 엿듣고 싶어서 들은 건 아니었다. 교의로 되어 있는 의자는 본의 아니게 서로 하는 이야기를 들을 수밖에 없다. 그 사람이 나가자고 내게 눈짓을 보낸다. 우리는 젊은 남녀들이 벌이는 언쟁의 결말이 나지 않고 있는 것을 보며, 자리에서 일어났다. 우리가 의자에서 동시에 일어나는 바람에 그들의 몸이 한쪽으로 쏠린다. 젊은 여자가 '어머나!!' 하면서 젊은 남자를 잡았다. 젊은 남자가 얼른 젊은 여자를 잡으며 중심을 잡고는 우리를 쳐다본다. 그것이 우리의 잘못이 아니라는 것을 그 젊은 남자도 알고 있었을 것이다. 그런데도 아주 기분 나쁜 표정이다.

"아, 미안합니다."

그 사람이 그 젊은 남자를 향해 정중하게 사과의 인사를 건넸다. 그제야 그 젊은 남자도 얼굴의 표정을 바꾸고는 아니라고 하며 얼버무리고 있었다. 우리로 해서 젊은 남녀들은 영화를 볼 것인가, 말 것인가를 놓고 말싸움을 벌이던 일에서 잠시 환기가 되는 분위기였다. 우리는 젊은 남녀를 뒤로 하고 영등포시장을 벗어났다.

"영화를 같이 보면 좋을 텐데… 왜 싸울까요?"

자조적으로 말하는 그 사람의 말투는 혼자 말하는 것도 같았고 내게 묻는 것도 같았다. 그래서 나는 대답 대신 모르겠다는 뜻으로 고개를 흔들었다. 도로로 나오자 영화관의 입간판에는 젊은 남녀들이 영화를 볼 것인가 말까를 놓고 싸우던, '바람과 라이온'의 포스터가 걸려 있다. 숀 코네리가 나를 뚫어져라 쳐다보는 것만 같다. 나는 숀 코네리의 눈빛에 압도된다. 그 사람도 포스터를 보고 있었던 모양이다. 그 사람이 나를 쳐다보며 묻는다.

"영화 보는 거 좋아해요?"

"네, 좋아해요."

"그럼, 우리 바람과 라이온 볼까요?"

"……"

내 대답도 듣지 않고 그 사람이 매표소 앞으로 갔다. 그 사람과 단

둘이 영화를 본다는 생각에 심장이 금방이라도 터질 것처럼 팽창한다. 그러면서도 안절부절한다. 그 사람과 영화를 관람한다는 것이 부담스럽다. 영화가 끝나는 시간까지 그 사람과 앉아 있어야 한다는 사실이 설레면서도 그렇다. 그 사람이 '영남 씨' 하고 나를 부르며 손짓한다. 그 사람 곁으로 가자, 그 사람은 영화가 바로 상영된다며 영화관 안으로 나를 이끌었다. 두건을 쓴 족장 숀 코네리가 말을 타고 바람을 일으키며 모래사막을 달려서는 에덴 부인과 그녀의 아들을 납치해서 온다. 살기 위해서 부족을 지키기 위해서 납치한 에덴 부인과 사랑에 빠지는 숀 코네리의 눈빛 연기는 모든 사랑을 아우르고도 남을 것 같은 눈빛이다. 영화가 끝나고 극장에서 나왔을 때는 제법 밤이 깊어가고 있었다.

"조금만 걸으면 안 돼요?"

"그래요."

내 물음에 그 사람이 빙긋 웃고는 그러자고 했다. 그 사람과 나는 말없이 걷기 시작한다. 영등포역 앞을 지나고 철공소가 즐비하게 늘어서 있는 문래동을 지나칠 때 그 사람이 걸음을 멈춘다.

"시간이 늦었는데, 괜찮겠어요?"

"……"

그 사람의 물음에 갑자기 내 눈에서 눈물이 주르륵 흘러내렸다. 사춘기를 이제 겪는 소녀처럼.

그 사람이 내 어깨를 잡으려다가 멈칫하고는 주머니에서 손수건을 꺼내 내민다. 떡볶이를 먹다가 이마에 흐른 땀을 훔치던 그 사람의 손수건으로 눈물을 훔치던 나는 그 사람에게 이런 모습 보여서 미안해요, 했다. 그 사람의 목소리가 감미롭게 들린다.

"괜찮아요. 울고 싶으면 우는 거예요. 뭐 어때요? 아무도 보는 사람도 없는데."

"……."

"집까지 걸어갈 수 있겠어요?"

"……."

집까지 걸어가기에는 상당한 거리다. 버스가 끊어질지도 모른다. 그렇지만 걷고 싶다. 나는 나를 바라보고 있는 그 사람을 향해 고개를 끄덕하고는 걸음을 뗀다. 우리는 차량이 지나다니며 내는 소음 속에 묻힌 채 걷는다. 그저 묵묵히. 그러면서 나는 생각한다. 내 가슴속에서 소용돌이치고 있는 실체에 대해서…. 그것은 그 사람을 향해 치닫고 있는 내 사랑이 깊어가고 있기 때문이라는 것을.

얼마를 걸었을까.

어느새 우리는 서울과 K시의 경계이기도 한 다리 위를 걷고 있다. 그 사람이 걸음을 멈춘다.

"어둠 속에서는 그 어떤 것도 다 아름다워 보이죠. 날이 밝으면 다시 제 모습을 드러내겠지만…."

"……."

어둠 속에서 그 사람이 말했다. 나는 입을 다문 채 다리 아래로 흐르는 물을 바라본다.

"힘든 일 있으면, 언제든 편하게 이야기해요. 살아가면서 누구에게나 답답한 일이 일어나기도 하잖아요."

"그럼, 정 계장님은 답답한 게 뭐예요?"

"……."

나는 다짜고짜 그 사람을 향해 질문을 던졌다. 그 사람이 바지 주머니에서 양손을 꺼내고는 한숨부터 내쉰다. 가슴속에 싸여 있는 울분의 찌꺼기를 흐르는 물에 털어내리려는 듯. 그러나 그 사람이 쏟아낸 깊은 한숨은 흐르는 물을 따라 떠나지 못하고 어둠 속에서 아직도 서성이는 모양이다. 그 사람은 내 질문에 답하지 않는다. 회피한다. 그 사람의 어깨가 잔뜩 처져 있는 것도 같다. 괜한 질문을 한 것이 아닌가, 하는 후회가 든다. 그 사람과 동네 어귀로 들어서자 구멍가게 김씨 아주머니가 우리를 한 번 힐긋 쳐다보고는 알전구의 소켓을 비튼다. 이내 골목 어귀가 어둠 속으로 빨려들어 간다.

"어서 들어가요. 많이 늦었어요."

"오늘, 고마웠어요."

나는 진심으로 그 사람에게 인사를 했다. 그 사람이 빙긋 웃으며 고개를 끄덕이고는 골목길을 걸어가고 있었다. 나는 그 사람의 뒷모습을 보며 영화를 보던 시간 속으로 거슬러 올라간다. 그 사람과 앉아 있는 것이 기쁘면서도 내내 불편했던 이유에 대해서. 그것은 그 사람이 내게 어떤 행위를 할지도 모른다고 은밀하게 속삭이는 유혹 때문이었다. 하지만 그 사람은 그 어떠한 행위도 하지 않았다. 그 사람은 영화에만 몰두해 있었다. 나보다 더.

집안으로 들어서자 어머니가 무엇을 하다가 이제 오는 것이냐며 걱정스런 말투로 물어왔다. 나는 야간잔업을 했다는 것으로 거짓말을 했다. 어머니는 내 얼굴을 빤히 쳐다본다.

"네, 아버지한테 다녀온 거야?"

"무슨 소리야?"

"나는 너, 네 아버지 집에 갔다 오는 거 괜찮아. 자식이 부모 찾아가는 거 당연한 거야. 네 아버지가 나 못 만나게 하던 것처럼, 나는 그러고 싶지 않아. 네 아버지를 만나고 싶으면 언제든 만나. 대신 앞으로는 미리 이야기를 해주고 가도록 해. 그래야 내가 걱정을 안 하지."

"아버지 집에 안 갔어. 야간잔업했다고, 야간잔업."

"너, 정말 자꾸 거짓말 할래?"

"내가 무슨 거짓말을 했다고 그래?"

"……"

"뭐…?"

나는 어머니의 시선을 피하며 물었다. 내 물음에 어머니가 사실을 털어놓는다.

"회사로 전화를 해 봤거든. 오늘 야간 일을 하는 잔업자 명단에 채영남이라는 이름은 없다고 하던데, 왜 거짓말을 해. 이상한 애네."

"……."

어머니가 회사로 전화를 해 봤다는 데야 더 이상 야간잔업을 했다고 우길 수 없다. 어머니는 내가 퇴근을 해서 집에 올 시간이 지났는데도 오지 않자 회사에 전화를 한 것 같았다. 회사에 전화를 한 어머니는 야간잔업을 하는 사람들의 명단에 내 이름이 없다는 소리에 아버지한테 갔을 것이라고, 지레짐작을 한 모양이었다.

"맞아. 야간잔업 안 했어. 그렇다고 해서 아버지 집에 간 거 아니야. 친구랑 떡볶이 먹고 영화 보고… 아니 다방에 가서 수다떨다가 늦은 거야."

하마터면 내 입에서 그 사람과 '바람과 라이온' 영화를 관람한 이야기가 터져 나올 뻔 했다. 말을 끊었는데도 어머니는 말의 행간에 숨어 있는 저의를 꿰뚫은 것처럼 묻는다.

"영화, 봤어?"

"아니. 영화는 무슨… 보려다가 말았어. 엄마랑 보기로 했잖아. 약속이나 지켜. 엄마 때문에 숀 코네리 못보고 있잖아. 그러다가 극장에서 영화 상영 안 하게 되면 엄마가 책임져."

나는 어머니에게 협박 아닌 협박을 하며 그 사람과 영화를 보았다는 것을 발설하지 않았다. 어머니는 내 협박에 알았어, 하고는 자리에 누웠다. 그날 밤 나는 오랜만에 책상에 앉아 일기장을 펼쳤다. 그동안 내가 쓴 일기장의 내용은 새어머니에 대한 반감으로 얼룩진 내용이 대부분이었다. 부모님과의 싸움을 지켜보면서 쓴 일기는 그 원인을 제공한 새어머니의 이야기로 이어져 있었다. 담임선생님이 이 일기장을 본 것이 화근이 되어, 새어머니와의 갈등이 깊어지는 데 있어 큰 몫을 차지하게 한 일기장이기도 했다.

나는 일기장에 새어머니의 이야기가 아닌 그 사람의 이야기를 써 내려갔다. 벚꽃이 휘날리고 밤나무 가지가 바람결에 흔들리는 것을 바라보다가 그 사람과 부딪쳤을 때, 그 사람이 빙긋 웃으며 괜찮으냐고 물어보던 그 기와집 앞에서의 풍경을…. 면접을 보러 H전자에 갔다가 그 사람과 두 번째 만나게 된 일에 대해서.

# 5. 남이섬

그 사람과 나는 직장 동료로서 한동네에 사는 이웃 주민으로서 출근을 할 때면, 자연스럽게 동행하는 일이 많아지고 있었다. 퇴근할 때도 그랬다. 출근을 할 때처럼 미루나무가 서 있는 길을 나란히 걸어서 퇴근을 하는 일도 종종 일어났다. 그 사람과 함께 미루나무 사이로 보이는 하늘을 올려다보기도 했다. 치자빛으로 물들어가는 하늘빛을 본 날이면 그 사람은, 자신의 어머니가 치자꽃을 참 좋아했었다고 내게 털어 놓았다. 어머니가 옆에 계시다는 건 큰 축복이라고 말하는 그 사람을 따라 나는 신촌으로 향했다. 대학가에서 저녁을 먹고는 주변을 돌아다니다가 다리가 아프면, 이대 입구의 한 건물 지하에 있는 음악다방에 들렀다. 노래 침묵의 소리가 언제나 우리를 반겨주곤 하던 그 다방에 앉아, 음악에 심취해 있다가 집으로 돌아오곤 했다. 그러다가 그 사람과 함께 퇴근을 할 수 없는 횟

수가 늘어나기 시작했다. 양희 언니가 연애 사업에 뛰어들었기 때문이었다. 양희 언니는 그동안 내 편리를 봐주었다며 이제 자신의 연애 사업에 동참해 달라고 밝혔다. 입 꼬리를 말아 올리며 말하던 양희 언니는 퇴근시간이 되기가 무섭게 탈의실로 내달렸다. 양희 언니 대신 야간잔업을 도맡아하게 된 나는 그 사람과 퇴근을 하지 못하거나 그 사람을 보지 못하는 날이면, 퇴근길에 그 사람이 살고 있는 기와집을 향해 올라갔다. 그 사람의 집 주변을 배회했다. 그 사람의 방에 불이 환하게 켜진 것을 바라보며 서 있었다. 불빛이 새어나오는 것만 보아도 가슴이 환해졌다. 그 사람을 만난 것처럼 마음이 훈훈해졌다. 따스해졌다. 그 사람의 집 앞을 한동안 서성이다가 돌아온 늦은 밤이면, 나는 책상에 앉아 일기장을 펼쳐들곤 했다. 어머니는 불빛 때문에 눈이 부시다며 불 끄고 빨리 자라고 투덜거렸다. 잠결인지 생시인지 모를 소리로 웅얼거리는 어머니의 잔소리에 알전구의 소켓을 비틀었다. 어둠 속에 누워 있으면서도 그 사람에 대한 생각으로 심장이 둥둥거리는 소리에 어머니가 깰까 봐 가슴을 졸이며 있었다. 그렇게 양희 언니의 연애 사업을 거들고 있던 나는 그날 밤도 전날과 다름없이, 야간잔업을 끝내고 밤늦게 버스에 몸을 실었다. 버스정류장에 내렸을 때 마음속으로 소리를 질렀다. 그 사람이 서 있었기 때문이다.

"지금 와요?"

"……."

그 사람이 빙긋 웃으며 물었다.

"조심해요."

그 사람의 곁으로 가기 위해 걸음을 떼다가 내 발이 공중으로 뜨는 것을 보며 그 사람이 소리쳤다. 그 사람이 얼른 내 팔을 잡는다. 나는 넘어지지 않으려고 필사적으로 그 사람에게 매달린다. 그 바람에 우리는 서로 부둥켜안고 있는 꼴이 된다. 서로 재빨리 놓는다.

"괜찮아요?"

"네. 근데 여긴 어쩐 일이세요?"

나는 몸의 중심을 잡고는 무안함을 감추며 물었다.

"어쩐 일이긴요. 기다렸죠."

"저를요?"

"……."

그 사람이 빙긋 웃고는 자신의 팔을 잡으라고 한다. 나는 못이기는 척 그 사람의 팔을 잡는다. 우리는 천천히 걷는다.

"일 하는 거 힘들지 않아요?"

"할 만 해요."

"다행이네요."

"근데, 정말 이 시간까지 저를 기다리셨던 거예요."

"그렇다니까요. 야간 일 하는 잔업자 명단에 채 영남이라는 이름이 있는 것을 보았거든요."

그 사람이 가던 걸음을 멈추고는 말했다.

"……."

나는 그 사람의 이야기를 들으며 사실 궁금해서, 아니 보고 싶어서 기와집 앞에서 서성거렸다는 말을 하지 않는다. 그 사람이 나하고 만나기로 약속을 한 것도 아닌데, 이 밤에 나를 기다리고 있었다. 어쩌면 그 사람도 나와 같은 생각을 하며 나를 기다리고 있었던 건 아닐까.

그런 것일까?

사랑이라는 것은.

나는 캄캄한 어둠으로 해서 길이 구분되지 않는 그 길에 서서, 사랑이라는 것에 대해서 스스로에게 묻고 있었다.


*


남이섬의 햇살은 눈이 부시다. 하늘은 한없이 푸르고 푸르다. 강바람은 따스하고도 부드럽다. 강줄기를 따라 흘러가던 물결이 바람결에 제 몸을 턴다. 파문이 인다. 강바람에 내 머리카락이 제 멋대로 휘날리다가 잦아든다. 목화솜같이 따스한 햇살이 내 이마를 쓰다듬을 때, 응원단의 함성 소리가 푸른 하늘을 향해 울려퍼진다.

회사에서 마련한 가을 야유회다. 청군과 백군 두 팀으로 나누어진 야유회는 사무실에서 일하는 사무원이나 생산과에서 일하는 사람들이나, 직급과 상하의 관계없이 한 편이 되어 응원하고 있다. 청색과 백색의 띠를 이마에 두른 각 팀의 응원단장들은 온몸으로 율동을 하며 탬버린을 부서져라 흔든다. 청군에 속해 있는 나는 파도타기를 시작하는 응원단장의 몸짓에 따라 함성을 지르다가 그 사람을 보기 위해 백군 쪽으로 고개를 길게 빼본다. 그 사람은 보이지 않는다. 그 사람의 모습을 보기 위해 고개를 이리저리 돌린다. 양희 언니가 팔 뒤꿈치로 나를 툭 친다.

"……."

나는 왜? 하는 눈빛으로 양희 언니를 바라본다.

"배, 고프다."

양희 언니가 햇살에 눈을 찌푸리며 말했다. 점심시간이 다 됐다는 뜻으로 손목을 들춘다. 양희 언니에게 내 시계를 보여준다. 12시가 넘어가고 있는 시간을 본 양희 언니는 알았다는 듯이, 고개를 끄덕이다가 선글라스를 끼고 있는 미스 안을 가리킨다. 총무과에서 근무하는 미스 안은 생산직에서 일하는 사람들의 가족들이 급한 일로 전화를 해 오면, 바꿔주지 않고 꼬치꼬치 이유를 캐묻곤 해서 생산직에서 일하는 사람들에게 질타를 받곤 했다. 그뿐만이 아니었다. 미스 안은 구내식당 휴게실에 있는 풍금을 독차지하고 앉아 건반을 두드려댔다. 여자 공원들은 미스 안이 치는 곡이 무슨 곡인지도 모르는 곡을 뚱땅거리고 있다고 입을 삐죽이며 미스 안의 흉을 보곤 했다. 미스 안이 없는 곳에서는 험담을 일삼곤 하는 여자 공원들은 미스 안 앞에서는 정작 아무 말도 하지 못했다. 그 누구도 미스 안을 제지하는 사람도 없었다. 그저 미스 안을 곱지 않은 시선으로 바라다볼 뿐이었다.

나는 우연히 휴게실에 갔다가 미스 안이 풍금 위에 놓고 간 피아노 교본을 볼 기회가 생겼었다. 바이엘 교본이었다. 바이엘 교본은 피아노를 처음 배우기 시작할 때 쓰는 첫 번째 교칙본인 것이다. 미스 안은 피아노를 배우기 시작한 것이 얼마 되지 않은 듯했다.

"여상 나와서 출세했네. 이럴 줄 알았으면 나도 여상이나 갈 걸."

양희 언니가 박수를 치던 손을 멈추고는 못마땅한 어투로 말했다.

"언니도 선글라스 쓰면 되잖아."

"됐거든. 이런 햇볕은 몸에 좋은 약이야. 무슨 바닷가도 아니고…"

양희 언니는 가방 속에 담아온 선글라스를 쓸까, 말까를 놓고, 고민하는 것 같았다. 오랫동안 돈을 모아 장만한 선글라스라고 했다. 재산목록 1호라고 자랑을 하며 애지중지했다. 선글라스를 착용하고 싶은 양희 언니는 주변의 시선을 의식해서 망설이고 있는 것이 분명했다. 나는 양희 언니에게 용기를 준다.

"그까짓 선글라스 좀 쓰는 게 뭐 어때서? 언니도 써. 선글라스는 이럴 때 쓰는 거야. 야외에서…."

"그렇지?"

"그래."

"그럼, 쓸까?"

"써."

나는 단호하게 말해줬다. 단호한 내 말에 용기를 낸 양희 언니가 선글라스를 꺼내서 썼다. 그러고 보니 사무실에서 일하는 사무원들 대부분이 선글라스를 착용하고 있었다. 양희 언니는 선글라스를 착용한 것이 좋은지, 입가에 웃음기를 머금은 채 안경테를 끌어올렸다.

닭싸움이 끝나가고 있었다. 닭싸움은 아쉽게도 그 사람이 속해 있는 백군이 이겼다. 닭싸움에 참가한 사람들이 서로의 손을 잡고 인사를 하는 것을 보며, 나는 그 사람을 찾아 두리번거린다. 그 사람의 모습이 본부석 쪽에서 언뜻 보인다.

"아후, 배고파."

양희 언니가 손뼉을 치던 손을 거두고는 배를 쓸며 말했다.

"오늘도 아침 안 먹었어?"

"응."

양희 언니가 대답을 하며 시무룩한 표정을 지었다. 양희 언니는 주로 아침을 굶는다고 했었다. 아침밥을 지어서 먹고 하는 시간에 잠을 더 잔다는 양희 언니는 그래서인지 배고픈 걸 유독 참지 못했다. 회사에서 일을 하다가 점심시간이 되면, 의자에서 제일 먼저 일어난 다음 구내식당으로 쏜살같이 내달리곤 했다. 양희 언니의 바람대로 사회자가 점심시간임을 알리고 있었다. 사회자는 점심시간이 끝나는 대로 보물찾기와 장기 자랑이 이어진다고 하며, 야유회에 모인 모든 사람들이 잘 알아들을 수 있도록 소상하게 설명했다. 보너스로 한 가지 더 알려 드린다고 하던 사회자는 금반지 1돈짜리 보물도 있다고 했다. 사회자 본인이 금반지를 찾아서 가지려고 하다가 밝히는 것이라고 떠들었다. 사회자가 너스레를 떠는 소리를 들으며 양희 언니와 나는 도시락을 받아 들었다. 양희 언니가 허겁지겁 도시락을 비우고 있었다. 양희 언니에게 내 몫으로 나온 닭강정을 먹으라고 했다. 망설이던 양희 언니가 정말 먹어도 돼, 하더니 닭강정을 집어 입에 넣었다. 도시락을 비운 나는 양희 언니에게 강가를 거닐자고 제안했다. 양희 언니는 도리질을 하며 거절한다. 쉬고 있을 테니 혼자 다녀오라고 하던 양희 언니가 잔디밭에 두 다리를 쭉 뻗는다.

"너무 멀리 가지마. 보물 찾아야지. 금반지. 알았지, 영남아?"

양희 언니가 손차양을 한 채 말했다. 고개를 주억거린 나는 강가 쪽을 향해 걸음을 옮긴다. 강줄기를 따라 천천히 걷는다. 따사로운 가을 햇볕에 반사된 강물은 흰 새들이 물 위에서 춤을 추고 있는 것 같았다. 누군가 흐르는 강물 위로 물수제비를 띄운다. 강물이 파르르 떤다. 그 광경을 지켜보며 걸음을 뗀다. 되도록 사람들이 없는 곳을 찾아 걷기로 한다. 강줄기를 따라 걷는다. 자갈이 밟히는 소리가 물결을 따라간다. 강 길을 따라 하염없이 걷다가 걸음을 멈춘다. 그 사람이 강가에 앉아 있기 때문이다. 그런데 그 사람은 혼자가 아니다. 그 사람 옆에는 미스 안이 앉아 있다. 순간 가슴속에서 무언가가 튕기어져 나간다. 심장이 빠르게 뛰는 것도 같고 멈춘 것도 같다. 아니 갈기갈기 찢어진 것 같다. 나를 등지고 앉아 있는 그 사람과 미스 안은 흐르는 강물을 바라다보고 있다. 그 사람은 무엇 때문에 인적이 드문 이곳 강가를 찾아서 미스 안과 온 것인가. 저기에 앉아 있는 사람이 정말 그 사람은 맞는가. 하얀 새들이 강물 위에서 춤을 추는 것처럼 햇살에 반사되는 빛으로 해서 다른 사람이 그 사람으로 보이는 건 아닌가. 하필 나는 그 사람이 내가 아닌 다른 여자와 앉아 있는 것을 보게 되었는가. 내 안에 가득 차 있는 그 사람을. 차라리 내 눈에 띄지 않았더라면 좋았을 걸. 그 사람이 미스 안의 어깨를 안고 토닥이다가 몸을 일으킨다. 미스 안은 일어나지 않는다. 그 자세로 앉아 강물을 바라보고 있다. 바지 주머니에 손을 찌른 그 사람이 잠시 미스 안을 바라보다가 강가를 따라 강의 상류 쪽으로 천천히 걸음을 뗀다. 그 사람과 미스 안을 번갈아보고 있던 나는 자갈 위에 털썩 주저앉는다. 가을날의 따스한 강바람이 칼바람이 되어

온몸을 때린다. 가슴속으로 예리한 칼날이 제멋대로 지나다니는 것 같다.

그 사람과 미스 안은 무슨 사이인가?

연인일까?

정지된 것 같은 시간 속에서 나는 흐르는 강물에 묻듯 그 물음만을 하고 있었다. 마냥 앉아 있는 내 귓속으로 점심시간이 끝나가고 있으니 자리에 착석해 달라는 안내 방송이 들려왔다. 연거푸 들리는 안내 방송은 정지된 것 같은 시간 속에 있는 나를 일깨워주는 듯했다. 그러나 일어설 수가 없다. 두 다리가 마비된 것처럼 움직이지 않는다. 누군가 두 다리를 꽉 잡고 있는 것 같다. 사력을 다해 몸을 일으킨다. 허청거린다. 결코 강가에 깔려 있는 자갈 때문만은 아니다. 다리를 질질 끌고 자리로 돌아와 앉는다. 나를 본 양희 언니는 어디에 있었느냐고 물었다. 강가, 하고 나는 짧게 대답했다. 그리고는 장기 자랑이 이어지고 있는 본부석으로 시선을 보낸다. 장기 자랑에 나선 사람들의 노래가 이어지고 있다. 제대로 보이지도 들리지도 않는다. 그 사람이 미스 안의 어깨를 안고 토닥이던 장면만이 눈앞에 펼쳐진다.

"정진욱!"

그 사람의 이름이 호명되고 있었다. 그 사람이 노래를 하기 위해 무대로 올라간다. 청바지에 엷은 청색의 잠바를 걸친 그 사람의 모습이 무척 여유로워 보인다. 복잡 미묘한 마음으로 앉아 있는 나와 다른 모습을 한 그 사람은 무대 위에서 노래를 부르기 위해 선다.

"와~~~."

그 사람을 향한 함성 소리가 귀청을 때린다. 남이섬의 모든 생물들이 놀라 뛰어나올 것 같은 함성소리다. 우렁찬 박수소리가 이어지다가 잦아든다.

그 사람이 노래 '마이웨이'의 첫 소절을 부르기 시작한다. 열창하는 그 사람의 얼굴에 미스 안의 얼굴이 겹쳐진다. 그 사람은 내가 울고 있을 때, 눈물을 닦으라고 내게 내밀던 그 손수건으로 미스 안의 눈물을 닦게 했을까. 그 사람은 미스 안과 영화는 또 얼마나 많이 보러 다녔을까. 그 사람은 나를 데리고 다니던 그 음악다방에서도 미스 안과 노래 침묵의 소리를 들으며 앉아 있었을까. 그 사람이 내게 한 행동은 어떤 의미의 만남이었을까.


자신이 진실로 느끼는 것을 말하게
비굴한 사람들이 하는 말 말고


내 삶이 말해주듯 난 어려움을 피하지 않았고
항상 내 방식대로 해결했어
그래, 그건 나만의 방식이었어

정점으로 치닫고 있던 그 사람의 노래가 끝났다. 여기저기서 그 사람에게 보내는 감탄어린 찬사가 쏟아진다. '앵콜, 앵콜' 하고 외치는 소리가 터져 나온다. 감정을 추스르지 못한 사람처럼 양희 언니도 감탄사를 남발한다.

"와… 와~~~ 정 계장님, 정말 노래 잘한다. 저러니까 여자들이 좋아하는 거야. 정 계장님 좋아하는 여자들이 얼마나 많은지 알아? 저기 두 손 모으고 정 계장님 보고 있는 쟤, 또 저기 서 있는 쟤… 엄청 많아."

양희 언니가 그 사람을 좋아하고 있다는 여자들을 손가락으로 가리키며 작은 소리로 말했다.

"언니는 어떻게 모르는 게 없이 다 잘 알아?"

나도 모르게 퉁명스런 말투가 양희 언니를 향해 튀어나갔다.

"들었으니까, 알지. 왜, 화를 내니?"

"화 낸 거 아냐. 그렇게 들렸다면 미안해."

양희 언니가 머쓱한 표정으로 나를 바라보다가 고개를 돌렸다. 보물찾기도 시들했다. 보물찾기를 끝으로 야유회의 일정이 마무리되고 있었다. 회사로 돌아오는 버스에 몸을 싣는다. 차창에 기댄다. 입을 다문 채 어둠으로 물들어가고 있는 차창 밖을 바라본다. 그 사람과 미스 안에 대한 생각이 여전히 떠나지 않고 괴롭힌다. 그 사람과 미스 안의 모습은 늑골 뼈가 다 주저앉은 것처럼 고통스럽다. 양희 언니가 내 어깨를 툭 친다.

"너, 무슨 일 있지?"

"아니."

나는 정색을 하며 대답했다.

"정말이지?"

"응. 왜?"

"네, 얼굴 표정이 어두워 보여서…."

"아무 일 없는데."

"그래. 그럼, 우리집 가서 저녁 먹고 가."

"싫어."

"……."

양희 언니가 이상하다는 눈빛으로 나를 바라본다. 분명 무슨 일 있지, 하는 눈빛이다. 그 순간 그 사람과 미스 안에 대해서 양희 언니가 알고 있을지도 모른다는 생각이 스쳐 지나갔다. 양희 언니에게 저녁을 먹자고 했다. 양희 언니는 변덕을 부리는 나를 향해 헛웃음을 짓고는 뭐, 먹고 싶어 했다. 양희 언니의 눈치를 살피던 나는 그 사람을 좋아하는 여자들이 아까 말한 그 여자들 말고 또 누가 있느냐고, 양희 언니에게 물었다. 고개를 갸웃거리던 양희 언니는 아무튼 많아, 하며 말끝을 흐렸다.

"정 계장님을 좋아하는 여자들 말이야. 생산과에만 있어. 사무실에는 없어?"

나는 미스 안을 염두에 두고 그렇게 물었다. 별로 관심이 없다는 듯이 무심한 말투로 양희 언니에게 슬쩍 내비쳤다.

"사무실까지는 모르지. 근데 너 이상하다. 정 계장님에 대해서 왜, 그렇게 꼬치꼬치 캐물어?"

"꼬치꼬치 캐묻기는. 뭐, 그냥⋯."

아차 싶었다. 얼른 말끝을 흐리며 나는 얼버무렸다. 그 사람과 미스 안의 관계를 양희 언니에게 들을 수 있을까, 하는 기대를 했었다. 별 소득이 없었다. 회사 내에서 벌어지는 웬만한 연애사를 거의 꿰뚫고 있는 양희 언니였다. 그 사람과 미스 안이 연인 사이라면 회사 내에도 소문이 돌았을 것이다. 당연히 양희 언니도 그 사람과 미스 안의 관계를 알고 있어야 마땅했다. 궁금증이 증폭된 나는 집으로 들어가지 않고 구멍가게 앞에 놓여 있는 평상에 주저앉는다. 그 사람이 넋을 놓고 앉아 있던 그 평상에⋯ 평상에는 귀퉁이가 깨진 김치 접시와 빈 막걸리 주전자가 덩그러니 놓여 있다. 을씨년스러운 그 모습이 마치 지금의 내 모습 같다. 물끄러미 바라본다. 나를 보듯. 맥없이 앉아 있는 내 이름을 부르는 그 사람의 목소리가 들려온 건 그때다.

"어, 영남 씨!"

"……."

"여기서 뭐해요?"

"……."

그 사람이 반가운 표정으로 재차 물었다. 내 앞에 서 있는 그 사람을 올려다본다. 그 사람인가, 헛갈린다. 정신을 수습하며 평상에서 몸을 일으킨다.

"계장님을 기다리고 있었어요."

"나를요?"

"……."

나는 대답 대신 고개를 끄덕했다.

"무슨 일 있어요?"

"… 계장님이 그러셨잖아요. 무슨 일 있으면 편하게 이야기하라고요."

"그랬죠. 그럼, 좀 걸을까요?"

"……."

나는 그 사람이 걸음을 떼기 시작하는 것을 보며 그 사람의 뒤를 바투 따랐다. 그 사람이 천을 따라 걸을 수 있는 둑길로 들어섰다. 겁이 덜컥 났다. 그 사람에게 무슨 이야기를 하려고 기다리고 있었다고 거짓말을 했던 것일까. 단지 그 사람과 떡볶이를 함께 먹고 영화를 보고, 음악다방에서 음악을 듣고 한동네에 살고 있는 이웃 주민이라는 이유만을 가지고, 내가 그 사람에게 미스 안과 무슨 사이냐고 물을 수 있는가.

그 어떤 물음도 할 수 없다. 그 사람은 어둠 속에서 흐르고 있는 천을 내려다보고 있다. 그 사람처럼 나도 검은 장막을 쳐 놓은 것 같은 천을 바라본다.

"죄송해요."

복잡한 마음속의 일들을 숨긴 채 나는 그 사람에게 사과의 인사부터 했다.

"괜찮으니까, 무슨 일인지 이야기해 봐요."

"…아뇨. 이야기 안 할래요."

"왜요?"

"얼굴 뵈니까, 묻고 싶은 이야기가 다 사라졌어요."

"그럼, 나 보고 싶었던 거였어요?"

"……."

내가 대답이 없자 그 사람이 '하하하' 하며 큰 소리를 내어 웃었다.

"농담이에요, 농담. 별일 없으면 됐어요."

"……."

"일요일 날은 어떻게 지내요?"

그 사람의 물음에 나는 일요일의 내 일과를 떠올렸다. 일요일은 늦잠을 자고 일어난 다음 목욕탕을 다녀오는 것이었다. 일요일의 목욕탕은 발 디딜 틈이 없을 정도로 항상 복잡했다. 평일은 회사에 출근하는 관계로 일요일밖에 시간이 여의치 않았다. 그래서 나는 일요일에 목욕탕을 이용하는 편이었다. 일요일의 목욕탕은 발 디딜 틈없이 많은 사람들로 붐빈다. 옷을 보관하는 옷장이 다 차서 비치해놓은 바구니에 옷을 담아도 모자란다. 목욕을 하는 탕 안도 마찬가지다. 물을 퍼야 하는 세숫대야도 동이 나서 옆에 있는 사람에게 빌려 쓰는 것만으로도 다행이라면 다행이다. 더구나 고함을 지르며 싸우는 사람도 꼭 있었다. 이유는 몸을 닦을 때 사용하는 이태리타월 때문이었다. 이태리타월은 모양이 비슷하고, 색깔이 단색이라서 그런지 자신의 것을 잘 보관하지 않으면 잊어버려도 찾지 못하는 일이 허다했다. 나 역시 새로 산 이태리타월을 잊어버린 적이 있었다. 이태리타월로 몸을 닦고는 옆에 놔둔 채 머리를 감았었다. 머리를 감고 났을 때 옆에 있어야 할 이태리타월이 보이지 않았다. 주변을 찾아보았다. 없었다. 내 옆에 앉아 있는 중년쯤의 여자가 쓰고 있는 이태리타월이 내 것 같았다. 차마 묻지 못했다. 그렇게 나처럼 이태리타월을 도난당하는 일은 목욕탕 안에서 눈 깜짝할 사이에 생겨났다. 지난주 일요일에는 벌거벗은 몸으로 뒤엉켜서 머리카락을 움켜쥐고 싸우는 여자들 때문에 목욕탕 안이 난장판이었다. 이태리타월을 두고 벌어진 싸움이었다. 그렇게 복잡한데도 일요일에 목욕탕을 찾는 것은 일주일 동안 쌓여 있는 노동에서 오는 육체의 피로를 풀고 싶기 때문이다.

"… 그냥, 뭐. 별, 별로 할 일이…."

"그럼, 등산 갈까요?"

나는 어둠 속에서 그러겠다고 힘차게 대답하려다가 그만둔다.

"아뇨. 할 일이 있어요."

심통이 난 아이처럼 퉁명스럽게 내뱉은 나는 어둠 속을 향해 냅다 뛰기 시작했다. 어둠 속에 그 사람을 놔둔 채. 그 사람이 '영남 씨! 영남 씨!' 하고 내 이름을 부른다. 그 사람의 목소리가 어둠을 가르며 들려오고 있다. 그런데도 나는 멈추지 않는다. 앞만 보고 달린다. 고삐 풀린 망아지처럼.

*

나는 어머니가 아닌 양희 언니와 목욕탕을 다녀왔다. 일요일은 특근 수당이 주어진다며 어머니가 일을 하러 출근을 한 탓이었다. 양희 언니가 오후에는 약속이 있다며 내 눈치를 살폈다. 고향 친구를 만나기로 했다며 얼버무리는 양희 언니를 뒤로 하고 집으로 향하다가, 그 사람의 집 쪽으로 걸음을 옮겼다. 그 사람을 어둠 속에 놔둔 채 혼자 돌아왔다는 것이 내내 가슴을 짓누르고 있었다. 앞뒤 설명도 없이 돌발적인 내 행동에 그 사람은 이유도 모른 채 어둠 속에 서 있었을 것이었다. 어이가 없었을 것이다. 사과를 해야 한다. 남이섬의 강에서 하얀 새들이 물결 위에서 춤을 추고 있는 것처럼 아름다웠던 풍경 앞에 앉아 있던, 그 사람과 미스 안의 모습을 목격했다는 사실을 설령 내가 알고 있다 하더라도.

그 사람의 집 앞에 다다르자 벌어진 밤송이가 내 발 앞으로 툭 하고 떨어진다. 알밤이 튀어나온다. 윤기가 흐르는 알밤이 주변에도 수두룩하다. 밤을 줍는다. 정신없이. 삐걱, 하는 대문 소리에 그제야 고개를 든다. 다리를 심하게 절룩거리는 여자가 대문 안에서 나온다. 그 사람에게는 다리가 불편한 누나가 있다고 어머니가 말했었다. 어머니의 말대로 그 사람의 누나인 듯하다.

"안녕하세요?"

양손에 밤을 든 채 나는 고개를 다소곳이 숙이며 인사를 했다.

"네, 안녕하세요. 이 동네에 사세요?"

그 사람의 누나가 내가 들고 있는 밤을 바라보며 묻고는 환하게 웃었다. 그 사람의 웃음과 닮아 있는 것 같은 웃음이었다.

"…네."

남의 물건을 훔치다가 들킨 사람처럼 나는 주저거리다가 작은 소리로 대답했다.

"밤, 필요하시면 더 가져가세요. 지금 밤을 털 거거든요."

"아… 아니에요. 괜찮아요. 이거면 충분해요. 안녕히 계세요."

나는 허둥지둥 인사를 건넸다. 몸을 돌리려는 순간 그 사람이 대문 안에서 나오고 있었다. 그 사람과 내 눈이 동시에 마주쳤다.

"채 영남 씨!"

"……."

"아는 아가씨야?"

그 사람의 누나가 내게서 시선을 거두며 나에 대해서 그 사람에게 물었다. 줄행랑을 치고 싶었다. 그 사람을 어둠 속에 혼자 있게 했다는 것이 못내 미안해서 그 사람의 집 앞에 온 사실을 잊은 사람처럼.

"H전자에서 함께 근무하는 '채 영남 씨'야. 요 아래에 살고 있고. 아참, 누나 후배이기도 해. 채 영남 씨가 J여고를 나왔거든."

그 사람이 내 이름을 강조하며 나에 대해서 상세하게 설명했다.

"아, 그래. 인연이 깊네."

"……."

그 사람의 누나가 뜻밖이라는 듯이 감탄을 하고는 말없이 서 있는 나를 향해 활짝 웃으며 손짓한다.

"후배님, 우리 같이 밤 털어요."

"……."

"그래요, 영남 씨! 턴 밤도 가져가고…."

그 사람이 장대로 밤나무에 달려 있는 밤송이를 치며 그 사람의 누나의 말을 거들었다. 그 사람이 장대로 밤나무 가지를 칠 때마다 밤송이가 사방으로 떨어져 내린다. 툭, 툭 알밤이 쏟아진다. 얼떨결에 밤을 터는 일에 합류한 나는 흩어진 알밤을 주워 담느라 허리를 펴지 못한다. 내 뒷목덜미에 까만 모기가 달라붙은 것도 모른 채. 뒷목덜미가 가려워지기 시작한 건 밤 털기가 끝났을 즈음이었다. 모기가 뒷목덜미를 한두 곳을 물은 게 아닌 모양이었다. 온몸이 뒤틀릴 정도로 가렵다. 긁는 것을 멈출 수가 없다. 극에 달한 것처럼 가려움증은 점점 더 심해지고 있다.

"후배님! 모기에 물리면서 밤을 줍느라 애를 썼는데… 금방 라면 끓일게요. 먹고 가요."

"……."

"그래요. 누나 말대로 해요."

그 사람이 누나 말을 들으라고 하며 내 팔을 잡아끌었다. 뒷목덜미의 가려움 때문에 빨리 집으로 돌아가야겠다고 여기던 나는 그 사람을 따라 그 사람의 방으로 들어갔다. 작은 방은 정갈하게 꾸며져 있다. 정돈되어 있는 낯선 방안의 공기와 풍경에 긴장된다. 긴장이 된 탓에 가려움증이 덜한 것도 같다. 그 사람이 밤을 줍는 일이 어땠었느냐고 묻는다. 나는 재미있었다고 짤막하게 대답했다. 그러면서 생각했다. 그 사람을 어둠 속에 혼자 놔두고 온 일에 대해서 사과를 해야 한다고. 내 안의 외침에도 불구하고 잘못한 일에 대해서 용서를 청하지 못하고 있다. 그것은 그 사람에게 미스 안과의 관계를 물어볼 용기가 나지 않기 때문이다. 내가 그렇게 망설이고 있는 동안 그 사람의 누나가 끓인 라면이 올려진 상을 들고 그 사람을 부른다. 그 사람이 상을 받아든다.

"후배님! 맛있게 들어요."

"같이 드세요."

"난 아버지랑 먹을게요."

그 사람의 누나는 나를 향해 맛있게 먹으라고 당부했다. 나는 그 사람의 누나에게 잘 먹겠다고 인사를 하고는 그 사람과 마주앉았다.

"누나가 라면을 참 맛있게 끓여요."

"……"

"어서 들어요."

그 사람이 내게 권하고는 젓가락으로 라면을 말아 올렸다. 아닌 게 아니라 보기에도 맛있게 보인다. 야간잔업을 하기 위해 구내식당에서 먹는 퉁퉁 불은 라면과는 비교가 되지 않을 것 같다. 젓가락을 든다. 체면을 차릴 겨를도 없이 라면 그릇에 얼굴을 묻는다. 금세 라면 그릇이 비워진다. 뒷목덜미로 땀이 흐른다. 뒷목덜미가 다시 가렵기 시작한다. 손을 넣어 뒷목덜미를 긁을 수는 없다. 고개 짓으로 가려움중을 해소시켜 보기 위해 안간힘을 쓴다. 유심히 나를 쳐다보던 그 사람이 모기에 물린 곳이 가려워서 그러냐고 물으며 약을 발라야 한다고 했다. 나는 괜찮다고 극구 사양했다. 그 사람이 정말, 괜찮으냐고 다시 물었다. 그렇다고 했다. 그러자 그 사람이 나를 뚫어져라 쳐다본다. 그 사람의 시선에 숨이 멎을 것 같다. 나는 벽 쪽으로 주춤주춤거리며 물러난다. 방안의 열기 때문인지 뒷목덜미의 가려움증이 더욱 기승을 부린다.

"누나! 누나!! 식초에 숯 담가 놓은 거 어디에 있지?"

그 사람이 큰 소리로 외쳤다. 그 사람의 누나가 마루문을 열고는 왜, 그러냐고 물었다.

"영남 씨 모기 물린 데 발라주려고."

"……."

나는 난처했다. 그 사람을 바라봤다. 그러자 그 사람은 민간요법으로 모기 물린 곳을 자신이 치료해주려고 하는 것을, 내가 미심쩍어 한다고 생각하는 듯했다. 식초에 숯을 우려낸 그 물이 모기에 물린 데는 즉효라고 하며 까만 산모기에 물린 데는 그만이니까 두고 봐요, 했다. 자신 있게 말하는 그 사람을 보며 나는 몸 둘 바를 모르고 있었다. 잠시 후 그 사람의 누나가 불그스름한 액체가 들어 있는 병을 들고 툇마루에 앉았다. 그 사람이 내게 고개를 숙여 보라고 했다. 그 사람이 내 뒷목덜미에 숯물을 바르면서 혀를 찼다. 성한 곳이 하나도 없다는 것이었다. 숯물을 발라서인지 가려움증이 조금은 완화되는 듯했다.

"어때요?"

그 사람과 그 사람의 누나가 동시에 물어왔다.

"좀 덜한 것 같아요."

"거봐요. 내 말이 맞죠? 금방 효과가 나타잖아요. 우리 어머니가 누나와 내가 모기에 물리면 발라주곤 했어요. 지금은 누나가 어머니가 하던 방식을 이어 받았고요."

그 사람이 내 어깨를 가볍게 툭 치고는 식초에 숯을 담구 게 된 내력을 말해주었다. 나는 그 사람의 손끝에서 전해지는 온기를 느끼며 고개를 주억거렸다. 그 사람의 누나가 알밤을 까서 내게 건넸다. 가을볕이 가득한 툇마루에 앉아 나는 그 사람과 알밤을 먹다가 집에 가기 위해 몸을 일으켰다. 그 사람의 누나가 알밤이 가득 들은 바구니를 내 손에 들려준다.

"바구니는 다음에 놀러올 때 가져다줘요."

"너무 많아요."

"두고두고 먹어요. 밤은 보약이에요."

"……."

웃고 있는 그 사람의 누나의 깊은 볼우물이 더욱 짙어지는 것을 보며, 나는 대문을 나섰다. 그 사람도 따라나섰다. 집 앞까지 온 그 사람이 어서 들어가라는 듯이 눈짓을 한다.

"… 사과드리고 싶어요."

"뭘요?"

그 사람이 영문을 모르겠다는 듯이 딴청을 피웠다.

"그저께 밤에 절 부르는데도 혼자 가버려서요."

"아… 맞아요. 나한테 그랬었죠. 왜, 그랬어요?"

그 사람이 정색을 하며 물었다. 순간 나는 망설인다. 야유회 날 미스 안과 강가에 앉아 있는 것을 보았다고 할까, 하고. 그 사람이 먼저 입을 뗀다.

"무슨 일 때문에 영남 씨가 그랬는지는 모르겠지만, 언제든 영남 씨가 말하고 싶을 때 편하게 해요. 어서 들어가요."

"……."

그 사람이 다정한 눈빛으로 말을 마치고는 집으로 돌아가기 위해 몸을 돌리고 있었다. 그 사람에게 미스 안과의 일을 끝내 묻지 못한 나는, 그저 그 사람의 뒷모습이 보이지 않을 때까지 골목길에 서 있었다. 집안으로 들어가자 방안에는 어머니가 일터에서 돌아와 있었다. 이불 호청을 갈아 끼우고 있던 어머니는 내 손에 들려진 밤 바구니를 보며 두 눈이 휘둥그레해진다.

"이 많은 밤을 어디서 났어?"

"얻었어."

"누구한테?"

"아는 사람."

"아는 사람 누구?"

"회사 사람?"

"응."

"누구?"

"엄마가 누구라고 하면 다 알아."

"그건 그렇지. 밤, 참 실하다."

"……."

어머니가 알밤 하나를 깨물었다. 나는 어머니의 모습을 보며 밤을 털던 그 사람을 떠올린다. 목에 두른 수건으로 이마에 흐르는 땀을 훔쳐내며 밤나무 가지를 흔들던 그 사람을. 그러자 그 사람의 방에 들어섰을 때 맡아지던 그 사람의 냄새가 코끝에 닿은 듯 풍겨온다.

"밤, 진짜 달고 맛있다."

어머니는 이불 호청을 끼우다 말고 밤을 까서 입에 넣으며 혼자 말을 하다가 하나 주랴, 했다. 나는 밤을 많이 먹었다는 것으로 어머니의 청을 거절했다. 그날 밤 나는 책상에 오랫동안 앉아 있었다. 일기장을 펴 놓은 채. 그러면서도 남이섬 강가에서 보았던 그 사람과 미스 안의 모습이, 눈앞에 어른거려와 단 한 줄의 글도 일기장에 남길 수 없었다. 그러는 동안 겨울이 왔다. 흰 눈이 내리는 겨울날 그 사람과 나는 기차를 타고 여행을 갔다. 일영이라는 곳이었다. 그 사람과 나만이 간 여행은 아니었다. 생산과에서 일하는 사람들 중에 희망자만 각자 낸 회비로 가는 여행이었다. 참석한 사람이 남녀 합쳐서 열댓 명쯤 되었다. 일영역에 내린 우리 일행이 산장으로 들어서자 노래 '등불'이 흘러나오고 있었다. 산장에는 우리들뿐만이 아니라 놀러온 젊은이들로 가득했다. 산장에 짐을 푼 그 사람과 우리 일행은 소주잔을 기울이며 눈이 하얗게 내리고 있는 창밖을 바라보았다. 누군가 메고 온 기타로 로망스를 쳤다. 그 곡이 끝나자 그 사람이 산장에 들어설 때 스피커를 타고 흘러나오던 노래 등불을 부르기 시작했다. 그 사람은 '세상의 먼 바다에 그대 불을 밝히고'라는 가사에 힘을 줘서 불렀다. 그러자 모여 있는 사람들도 그 사람을 따라 큰 소리로 노래를 불러 제쳤다. 그 사람은 미스 안을 떠올리며 노래를 부르는 것 같았다. 내 가슴이 송곳으로 후벼 파는 것처럼 아팠다. 그런데도 나는 그 사람에게 미스 안과의 일에 대해서 물어보지 못하고 있다. 그 사실을 발설하는 순간, 그 사람이 내 앞에서 신기루처럼 사라질 것만 같다.

# 6. 화이트 크리스마스

한 해가 저물어가고 있었다. 그 시간이 흐르는 동안 그 사람과 나는 여전히 같은 자리에 서서 각자의 일을 하며 지냈다. 진척이 없었다. 그 사건이 일어나기 전까지는 그랬다. 그걸 두고 사건이라고 해야 하나. 사건일지도 모른다, 구조적인 문제로 보면. 그러니 사건이 아닌 일어나서는 안 되는 불행한 일이라고 해야 옳다. 불행한 일이 찾아오고 있다는 것을 알 수만 있다면. 그러지 못한 나는 양희 언니에게 내 감정이 사랑이 맞는지 알려 달라고 떼를 썼다. 그 사람에 대해서 낱낱이 고백했다. 내 이야기를 듣고 난 양희 언니는 사랑이라고 자상하게 알려줬다. 그것도 '첫사랑'이라고. 그래서 그렇게 생산과 말고 사무실에는 정 계장님을 좋아하는 여자가 없느냐고 캐물은 거고. 앙큼하기는…. 양희 언니는 가자미눈을 한 채 나를 흘겨보다가 손가락을 꼽는다.

"나이 차이가 엄청 나는데…"

"나이 차이가 뭐, 어때서…?"

나는 양희 언니를 향해 대수롭지 않게 말했다. 양희 언니도 내 말에 수긍한다는 듯 고개를 끄덕인다.

"그래, 나이는 그렇다 치고. 그런데 정 계장님한테 바람둥이 기질이 있을 것 같지 않아?"

"어떤 면이?"

나는 양희 언니의 물음에 대답하지 않았다. 오히려 다른 질문을 했다. 그러자 양희 언니는 기다리고 있었다는 듯이 그 사람의 장점을 들먹인다.

"정 계장님은 인물도 빠지지 않지. 키도 훤칠하지. 노래도 잘 해. 대학교도 나와. 뭐, 하나 빠지는 게 없잖아."

"그렇다고 다 바람둥이야?"

"……"

내가 그 사람을 두둔하고 나서자, 양희 언니는 무슨 말인가를 하려다가 멈칫했다. '휴' 하고 깊은 한숨을 내쉰 양희 언니가 자신이 경험한 첫사랑에 대한 이야기를 꺼내 들었다. 양희 언니는 첫사랑의 남자와 첫 밤을 보냈다고 했다. 첫사랑의 남자는 양희 언니를 끌어안고 울며 영원히 사랑하겠다고 속삭였다. 달콤한 말로 양희 언니에게 사랑을 맹세하던 양희 언니의 첫사랑의 남자는, 첫 밤을 보내고 흘린 그 눈물이 채 마르기도 전에 다른 여자를 만나 결혼을 약속했다는 것이었다. 첫사랑의 남자가 소문난 바람둥이였다는 것을 알기까지는 오랜 시간이 걸리지 않았다고 했다. 믿기 싫었다. 그 현실을 도피하고 싶었다. 죽고 싶다는 생각밖에 없었다. 그래서 고향을 떠나오게 된 것이라고 양희 언니가 담담하게 털어놓았다. 지금도 그 첫사랑의 남자가 잊어지지 않는다고 고백했다. 첫사랑은 그렇게 가슴에 오래 남는 거라고 쓸쓸하게 말하던 양희 언니의 두 눈에 눈물이 맺히고 있었다.

나는 양희 언니의 첫사랑에 관한 이야기를 듣고 나자 심란해졌다. 회사 내에서 누가 누구랑 연애를 한다는 소문이 심심치 않게 떠도는 일이 비일비재하게 일어나고 있기 때문이기도 했다. 만약에 그 사람과 미스 안 그리고 나… 삼각관계로 얽힌 우리의 대한 소문이 입방아에 오를 수 있는 것이다. 양희 언니에게 그 사람을 사랑하고 있다는 사실을 털어놓았다는 것이 불안스럽다. 내심 걱정이 된다. 하지만 그 누구보다도 양희 언니를 믿고 있다. 그렇다고 해서 양희 언니에게 그 사람과 미스 안의 관계에 대해서는 이야기하고 싶지 않다. 그 일만큼은 숨기고 싶다. 더구나 양희 언니는 그 사람이 바람둥이 기질이 있을 것 같다고 했다. 양희 언니의 그 말에 힘을 보탤 필요는 없는 것이다.

첫사랑에 관한 일화를 들려준 양희 언니가 문득 미루나무 아래서 걸음을 멈춘다. 제 봄의 잎을 모두 털어낸 미루나무를 올려다본다. 헐벗은 미루나무는 추위에 몸을 잔뜩 웅크리고 있는 듯했다. 잎이 무성할 때는 무성한 대로 제 몫을 하려는 듯이 바람에 휘날리다가 한 번씩 멈추기를 반복하던 그 여름날의 짙푸르던 잎이, 이제는 짙은 갈색으로 변한 채 거리에서 나뒹굴고 있다.

"영남아! 나… 만나는 사람 있는 거 너도 알지?"

"응."

"너한테 소개해주고 싶어."

"……."

나는 양희 언니를 빤히 쳐다봤다. 내 시선을 피하는 양희 언니는 내가 만나고 있는 사람이 어떤 사람이냐고 물을 때마다, 나중에 알려준다고 하며 입을 다물었었다. 그랬던 양희 언니가 갑자기 만나는 사람을 소개해주겠다는 것이었다. 의아했다. 하지만 기뻤다.

"어떤 분이서? 뭐 하시는 분이야?"

나는 양희 언니의 앞을 막아서며 캐물었다. 그러자 양희 언니가 주변을 한 번 둘러본다. 그러고도 부족했는지 내 귀 가까이에 대고 모깃소리로 솔직하게 말한다.

"보일러실, 황 기사."

"누구? 황 기사??"

"조용히 해."

나는 '황 기사'라는 말에 놀랐다. 그 바람에 나도 모르게 큰 소리가 터져 나온 것이었다. 전혀 생각해 보지 않은 의외의 인물인 탓이었다. 내 소리에 양희 언니도 놀란 모양이었다. 내게 목소리를 낮추라고 주위부터 주고는 작은 소리로 다시 말한다.

"보일러실에서 근무하는 황 기사라고."

"우리 회사 황 기사님?"

"그래."

"정말?"

"……."

양희 언니는 재차 묻는 나를 보며 고개를 힘차게 끄덕인다. 나는 양희 언니를 바라보며 황 기사를 떠올린다. 황 기사는 회사의 난방이나 냉방, 전기 등등을 관리하는 전기공이다. 주로 보일러실에서 근무하고 있는 황 기사는 작업장에 난방이 잘 되는지, 냉방이 잘 되는지 형광등의 불빛이 흐리지는 않은지 점검을 하러 다니곤 했다. 큰 키는 아니었지만 체격이 다부졌다. 그런 탓인지 황 기사는 건강미가 넘쳐 보였다. 요즘 들어 황 기사가 작업장으로 들어오는 일이 부쩍 잦았었는데… 양희 언니 때문인 듯했다.

"언제 소개해줄 건데?"

"다음 주 일요일 날, 어때?"

"좋아. 정말이지?"

"그렇다니까, 얘는…."

눈을 흘기는 양희 언니를 향해 나도 눈을 흘긴다. 양희 언니는 내가 양희 언니를 믿고 그 사람 일을 털어놓은 것처럼, 양희 언니도 나를 믿기 때문에 자신이 만나는 사람이 황 기사라고 털어놓았을 것이다. 양희 언니는 내게 비밀을 공유한 기념을 자축하자고 했다. 양희 언니의 뜻에 따르기로 했다. 양희 언니의 자취방으로 향했다. 양희 언니가 얼큰한 수제비를 만들어주겠다고 했다. 그러더니 능숙한 솜씨로 밀가루로 반죽을 하기 시작했다. 양희 언니가 오랜 시간 동안 반죽을 치댄 탓에 수제비는 쫄깃쫄깃했다. 총총 썬 신 김치와 콩나물을 넣어 끓인 수제비는 국물이 칼칼하면서도 담백했다. 수제비 한 그릇을 먹고도 모자라 반 그릇을 더 해치운 나는, 집으로 돌아와서도 혀끝에 남아 있는 수제비 맛에 대해 어머니에게 고했다. 어머니는 수제비 맛이 다 거기서 거기지 하다가 신 김치하고 무엇을 넣었다고 했지, 하고 물었다. 나는 콩나물, 하고 대답했다.

양희 언니가 끓여준 수제비 맛이 혀끝에 남아 있는 날들이 이어지는 동안, 황 기사를 만나는 날이 코앞으로 다가오고 있었다. 나는 그날을 기다리며 평소대로 회사에 출근을 했다. 탈의실에서 작업복으로 갈아입는다. 머릿수건을 쓴다. 내 자리에 앉는다. 초록빛깔의 컨베이어를 타고 내려오는 전자계산기를 집어 든다. 전자계산기의 숫자판을 누른다. 불량이 있는지 없는지를 가려내기 위해 열중한다.

아직까지 불량인 계산기가 나오지 않고 있다. 이런 날은 불량으로 나오는 계산기가 거의 없다. 조짐이 좋은 날이다, 라고 여기는 순간 초록빛의 컨베이어가 멈춘다. 작업장에 불이 꺼진다. 수런거리는 소리가 사방에서 들려온다. 작업대 앞에 앉아 있던 양희 언니와 나는 무슨 일이지 하는 눈빛으로 서로 쳐다본다. 그때 내가 속해 있는 1반의 홍 반장이 우리에게 의자에서 모두 일어나라고 큰 소리로 말했다. 양희 언니와 나를 포함한 1반의 모든 사람들이 의자에서 일어나자 홍 반장은 우리에게 자신을 따라 나오라고 했다. 우리는 영문도 모른 채 앞장서서 걷고 있는 홍 반장을 따라 나갔다. 작업장 밖으로 나오자 생산과의 2반, 3반 사람들도 무리지어 있었다. 홍 반장은 1반의 사람들을 세 팀으로 나누었다. 두 팀은 1반의 조장들을 따라가라고 했다. 세 번째 팀이 된 양희 언니와 나, 그리고 남은 사람들에게는 자신의 집으로 가자고 하며 홍 반장이 앞장섰다. 우리는 홍 반장의 뒤를 따라갔다. 우리를 이끌고 자신의 집으로 향한 홍 반장은 우리에게 모두 방으로 들어가라고 했다. 두 평이 될까 말까 하는 홍 반장의 방에는 비키니 옷장과 사과 궤짝이 놓여 있었다. 사과 궤짝 위에는 화장품과 머리핀과 옷핀 같은 것이 오밀조밀하게 놓인 채였다. 단출한 홍 반장의 방에 모여 앉은 사람들은 불안한 눈동자를 굴리며 수군수군거렸다. 나와 양희 언니도 그 틈에 끼어 앉아 불안한 눈빛을 교환하고 있었다.

홍 반장이 손뼉을 딱, 하고 쳤다. 그리고는 자초지종을 설명하기 시작했다. 그동안 생산직에서 일하는 우리 공원들의 임금인상과 처우개선, 야간잔업에 따른 제대로 된 임금책정, 구내식당의 환경과 반찬 등등을 바꾸기 위해 그동안 H전자와 협상을 했었다는 것이었다. 그렇게 노력을 했음에도 불구하고 회사와 협상이 결렬되었다고 했다. 그래서 지금 회사와 투쟁을 벌이기 위해 작업장을 이탈한 것이라고 했다. 홍 반장은 협상이 이루어질 때까지 투쟁을 해야 한다며 동참해 달라고 호소했다. 열변을 토하는 홍 반장의 말이 끝나자 모여 앉은 사람들이 동요하기 시작했다. 머리카락을 허리가 닿도록 기른 여자 공원이 일을 안 하고 이렇게 나와 있는데도, 월급을 주는 거냐고 홍 반장에게 물었다. 머리카락이 허리가 닿도록 기른 여자 공원의 말에 월급은 주겠지 안 주면 어떻게 해야 되느냐며, 모여 앉은 사람들은 끼리끼리 이야기를 주고 받으며 해결책을 찾는 데 급급했다. 제일 현실적인 물음을 한 여자 공원을 향해 홍 반장이 침착한 어조로 설득하고 나선다. 그 문제는 회사와 협상이 잘 되면 저절로 풀리는 문제일 거라고 했다. 그러면서 홍 반장은 협상이 길어질 수도 있지만 그렇지 않을 수도 있다는 것이다. 그러니 한 사람도 자리에서 이탈하지 말아 달라고 당부했다. 그래야 작업장을 이탈한 시간의 월급을 사측에 당당하게 요구할 수 있을 것이라고 했다. 끝으로 홍 반장은 회사 측과 협상이 잘될 것으로 믿는다고, 자신의 의사를 피력했다. 홍 반장이 희망의 말로 우리를 위로하며 말을 맺었다. 나는 불안했다. 두려움이 엄습했다. 내가 회사 사람들을 선동해서 우리의 노동력에 대한 정당한 임금을 책정해 달라고 외친 것이 아닌데도, 그 중심에 서 있는 것 같았다. 그것은 떠도는 소문 때문이기도 했다. 회사 내에는 신분을 속이고 취업을 한 대학생들이 생산직에서 일하는 사람들을 선동해서 회사와 투쟁을 하게 만들고 있다는 소문이었다. 그 중에는 북한에서 남파한 간첩들도 있다는 설은 이미 회사 내에 파다하게 퍼져 있었다. 얼마 전에도 신분을 속이고 H전자에 입사한 남자 대학생이 전자계산기를 조립하는 공원으로 일을 하다가 발각이 되었다고 떠들썩했었다. 회사에서 쫓겨난 그 남자 대학생을 경찰들이 데려갔다고 했다. 나는 그 남자가 대학생인지 아닌지는 확인하지 못했다. 하지만 그 남자가 전자계산기를 조립하던 자리에 다른 남자가 앉아 그 일을 하고 있는 것을 볼 수 있었다. 불안한 나날이 이어졌다. H전자와 맞서서 투쟁을 벌였다는 사실이 발각되어 나 역시 그 남자 대학생처럼 되지는 않을까, 하는 불안감이 사라지지 않고 있었다. 초조한 나날들이 이어졌다. 내 우려와는 달리 홍 반장이 회사 측과의 타협이 잘 되었다고 알려왔다. 작업장으로 돌아가자고 했다. 홍 반장의 말에 모여 있는 사람들의 얼굴에 환한 미소가 번지고 있었다. 사람들이 짓는 미소로 해서 어둑한 방안이 밝아지는 것 같았다. 나만 불안해한 것이 아닌 모양이었다. 다들 표현만

안했을 뿐, 불안한 마음으로 지냈던 것이었다.

초록빛의 컨베이어가 힘차게 돌아간다. 3일 동안 멈추었던 컨베이어는 언제 그랬냐는 듯 전자계산기를 흘려보내고 있다. 전자계산기의 숫자를 누르기 위해 나는 정 자세를 취한다. 며칠 만에 작업장에 복귀한 탓인지 오전의 시간이 눈 깜박하는 사이에 지나가고 있었다. 시간이 금세 지나간 듯했다. 오후가 되자 홍 반장은 수출 물량을 제 날짜에 맞춰주려면, 야간잔업은 선택이 아니라 무조건 해야 하는 상황이라고 하며 내 이름에 동그라미를 쳤다. 아마도 우리가 우리의 권리를 찾기 위해 작업장을 이탈했기 때문일 것이었다. 내 의지와 상관없이 나는 야간잔업에 동참했다. 야간잔업을 하기 위해 먹는 끓인 라면도 예전에 비해 불어 있지 않았다. 꼬들꼬들했다. 그렇게 나는 야간잔업에 동참하며 바쁜 나날을 보내고 있었다. 그러는 동안 황 기사와 만나기로 한 날이 돌아왔다. 일주일이나 늦춰진 만남이었다. 노동의 대가를 두고 정당한 대우를 해 달라는 우리의 뜻을 회사 측에 관철하느라 투쟁을 벌인 탓이었다.

나는 양희 언니와 황 기사를 만나러 약속 장소로 나갔다. 명동 입구에 있는 '코스모스'백화점 앞이었다. 명동 거리는 변함없이 붐볐다. 북적거리는 거리를 바라보며 아버지를 떠올렸다. 아버지의 사무실이 '유네스코' 건물 안에 있었다. 나는 학교가 파하기가 무섭게 걸핏하면 친구들과 아버지가 근무하는 명동으로 나오곤 했었다. 아버지는 나와 친구들을 데리고 중국집으로 가서는 자장면과 만두 등등을 사주며 싸우지 말고 잘 지내라고 했다. 아버지는 가정을 파탄시킬 사람이 아니었다. 엄마와 나와 남동생밖에 모르는 사람이었다. 지금처럼 변해 버린 아버지가 아니었다. 내게 큰 소리 한 번 지르는 법이 없었다. 아버지는 휴일에도 주로 집에서 우리 남매와 놀아주며 지내곤 했다. 내 소꿉놀이 용품도 어머니보다 아버지가 사다준 것이 훨씬 많았었다.

"저기 온다."

양희 언니가 나를 툭 치며 말하고는 황 기사를 향해 손을 흔든다. 황 기사와 나는 서로를 향해 고개를 숙여 인사를 건넨다. 황 기사는 멋쩍은지 양손가락을 깍지를 끼었다가 푸르기를 반복하다가 순두부 백반을 아주 잘하는 집이 있는데, 점심부터 먹는 게 어떠냐고 의향을 묻는다. 양희 언니가 내 의사를 묻듯 나를 바라본다. 순두부를 좋아한다는 내 대답이 끝나자 황 기사가 길을 안내하듯 앞에서 걷다가 우리를 돌아보곤 했다. 황 기사를 따라 골목으로 들어섰다. 다락방으로 올라가는 것 같은 좁은 나무 계단을 밟고 이층으로 향했다.

"어서들 들어요."

주문한 음식이 나오자 황 기사가 쑥스러운 표정으로 나와 양희 언니를 힐긋 쳐다보며 말했다. 황 기사의 말에도 양희 언니는 식사를 하지 않고 나물반찬을 가리키며 황 기사에게 골고루 먹으라고 이른다. 황 기사가 내 눈치를 살피면서도 양희 언니가 가리킨 반찬에 젓가락질을 한다. 두 사람의 모습을 보며 나는 어머니를 떠올린다. 끼니때마다 무어라도 하나 더 먹이려고 이 반찬 저 반찬을 가리키는 어머니에게 제발 그만 좀 하라고, 알아서 먹는다고 짜증 섞인 말투로 쏴 부치곤 했었다. 어느 날인가는 아침 식사 때 구은 꽁치구이를 두고 나는 코부터 틀어막았다. 비린내가 풍겨서 밥을 먹지 않겠다고 어머니에게 투정을 부렸다. 어머니는 내 손에 젓가락을 쥐어주며 먹고 가라고 사정을 했다. 끝내 먹지 않았다. 밥상을 치우면서 어머니가 젖어 있는 것 같은 목소리로 소리를 버럭 질렀다.

"눈에 좋대."

"……."

전자계산기의 숫자와 씨름을 하고 있는 내 눈의 시력이 나빠질 것을 걱정하고 있는 어머니는, 항상 따뜻한 밥을 준비해 놓곤 했다. 밥이 식을까 봐 밥주발을 담요에 싸서 아랫목에 묻어두곤 했다. 어머니의 그 마음처럼 양희 언니도 그 마음으로 황 기사를 돌보고 있는 듯했다. 양희 언니가 자신의 밥그릇에서 밥을 덜어내어 황 기사의 밥그릇에 얹어주었다. 황 기사는 배가 부르다고 하면서도 양희 언니가 덜어준 밥을 모두 비워냈다.

점심 식사를 마친 우리는 거리로 나온다. 양희 언니가 소화를 시키자며 걷자고 했다. 양희 언니의 의견에 따르기로 한다. 우리는 하릴없이 명동 거리를 배회하며 주변을 두리번거린다. 일요일의 명동 거리는 수많은 인파들로 북적거린다. 거리를 오고 가는 사람들과 서로 부딪치기도 하면서 국립극장 앞을 지나친다. 명동성당 앞을 지나서 충무로로 간다. 다시 뒤돌아서 명동으로 온다. 튀김 골목을 어슬렁거리며 돌아다니다가 금강제화 유리문 앞에 선다. 진열되어 있는 롱부츠를 구경한다. 양희 언니는 검정색의 부츠가 예쁘다고 하며 할부로 사서 신을까, 하다가 고개를 젓는다. 양희 언니는 돈 때문에 망설이는 것 같다. 동생들의 학비를 책임지고 있다고 했다. 월급의 대부분을 동생들의 학비로 송금한다는 양희 언니는 월급날이 돌아오기도 전에, 생활비가 떨어진다고 했었다.

나는 설핏 웃고 있는 양희 언니를 향해 부추긴다.

"언니! 신고 싶으면 사서 신어!!"

내 말에 양희 언니는 뜬금없이 사무실에서 근무하는 미스 안을 끌어들인다.

"미스 안한테 티켓 달라고 부탁하기 싫어."

"사무실 미스 안?"

"그래. 미스 안이 금강, 엘칸토, 에스콰이어 구두를 할부로 살 수 있는 티켓을 팔고 있잖아."

"……."

나는 의아했다. 이해가 되지 않는다는 표정으로 내가 서 있자 양희 언니가 부연 설명을 해준다. 한 달에 한 번 받는 월급을 쪼개어 생활을 해야 하는 공원들이 유명 제화점의 구두를 신을 수 있는 방법은, 할부로 구매하는 방법밖에 없다는 것이다. 유명 제화점은 그런 사람들에게 구두를 팔기 위해 미스 안에게 제화점의 티켓을 발행해주고, 미스 안은 구두를 판매한 액수만큼의 수수료를 제화점에서 받는 것 같다고 했다. 그러니까 미스 안이 할부로 구두를 사는 공원들의 보증을 서고 있는 셈인 것이다. 미스 안이 발행한 티켓으로 구두를 사면 미스 안은 그 사람의 월급에서 구두 값을 3개월로 분할해서 뗀다는 것이다. 양희 언니의 설명에 그제야 이해가 된 나는, 양희 언니에게 단호하게 말한다.

"미스 안한테 티켓 달라고 하면 되겠네, 그럼."

"양희 씨, 그 부츠 내가 사줄게요. 미스 안에게 구두 티켓 내가 달라고 하면 되죠."

황 기사가 내 말에 힘을 보태듯이 또렷한 음성으로 말했다. 양희 언니는 두 눈을 동그랗게 뜨며 황 기사를 향해 아니라고 손을 내젓는다.

"연인끼리는 신발을 사주는 게 아니래요. 그 구두 신고 나, 도망가면 어쩔 거예요? 그래도 괜찮으면 사줘요."

화가 난 것처럼 말하던 양희 언니가 샐쭉한 표정을 지었다. 그러나 양희 언니의 표정은 정말 토라져서 하는 말이 아닌 것 같았다. 다만 연인끼리는 신발을 서로 사주게 되면 헤어지게 된다는 속설을 믿는 듯했다. 그러면서도 양희 언니는 금강제화의 유리문에서 시선을 떼지 않고 있었다. 자꾸만 금강제화 쪽으로 고개를 돌리는 양희 언니, 황 기사와 걷다 보니 신세계백화점 앞까지 오게 되었다. 우리는 누가 먼저랄 것도 없이 약속을 한 사람들처럼 자연스럽게 신세계백화점 안으로 들어간다. 상점에 진열되어 있는 물건들을 구경하며 시간을 보낸다. 인형을 파는 상점 앞에 선다. 황 기사가 양희 언니와 내게 곰 인형을 하나씩 사서 안겨준다. 양희 언니와 나는 가슴에 곰 인형을 안은 채 황 기사가 이끄는 대로 한 음악다방에 엉덩이를 붙이고 앉는다. 커피를 마신다. 우리는 각자 듣고 싶은 노래를 DJ에게 신청해서 듣기로 한다. 나는 그 사람과 즐겨 듣던 침묵의 소리를 신청해서 듣는다. 침묵의 소리의 후렴부가 들려오고 있다. 그 소리를 들으며 자리에서 일어난다. 저녁까지 먹고 함께 가자며 양희 언니가 내 팔을 붙잡는다. 핑계 거리를 찾는다. 어머니와 약속이 있다는 것으로 거짓말을 한다. 황 기사와 서로 손을 잡은 채 음악을 듣고 있는 양희 언니에게 둘만의 시간을 주고 싶다. 진심으로.

＊

　그 사람의 집 앞에 선다. 대문이 비스듬히 열려 있다. 대문 안을 기웃거린다. 그 사람의 방을 쳐다본다. 인기척이 없다. 대문 안으로 들어간다. 나는 인기척을 내기 위해 부러 '큼, 큼, 큼'거리는 기침 소리를 내본다.

　"영남 씨!"

　그 사람의 누나 목소리가 내 등 뒤에서 들려왔다. 두부를 사러 가게에 다녀오는 길이라며, 방으로 들어가자고 했다.

　"아랫목으로 앉아."

　"춥지 않아요."

　"얼굴이 발간데…."

　그 사람의 누나는 나를 아랫목에 앉게 하며 말했다. 이불을 끌어다가 무릎까지 덮어준 그 사람의 누나가 그 사람의 근황을 들려준다.

　"동생은 등산 갔어. 회사 사람들이랑."

　"정, 계장님, 등산 가셨어요?"

　"몰랐어?"

　그 사람의 누나가 나를 바라보며 물었다. 나는 고개를 천천히 끄덕거렸다. 그 사람은 H전자 내에 있는 산악회에서 활동하고 있었다. 사내 게시판에는 산을 좋아하는 사람이면 누구나 참여할 수 있다는 안내문이 붙어 있곤 했다. 그 사람은 내게 산악회에 들어오라고 권유했었다. 그러나 나는 아직까지 산악회에 가입하지 않고 있었다.

"서울 근교에 있는 산에 간다고 했어. 도봉산이라고 했나. 곧 올 때가 됐는데…."

그 사람의 누나가 나처럼 밖의 동정을 살피다가 지나가는 말처럼 중얼거렸다. 나는 그 사람이 없는 집인데도 불구하고 그 사람의 누나의 방에 앉아 있었다. 그것은 그 사람이 집에 없다는 사실과 상관 없는 일이었다. 그 사람의 누나와 나 사이의 어떤 관계를 이어나가기 위한 시간처럼 느껴졌다. 그 사람의 누나는 그 사람에 관한 이야기를 들려줬다. 그 사람이 초등학교에 들어갈 무렵 어머니가 돌아가셨다고 했다. 가족 때문에 그 사람이 결혼도 하지 못하고 있는 것 같아 마음이 아프다고 하던 그 사람의 누나는, 자신마저 짐이 됐다며 고개를 숙인다. 그 사람의 누나에게 왜 짐으로 생각하느냐고 나는 질문하지 않는다. 그저 그 사람의 누나가 띄엄띄엄 말하는 이야기를 듣고만 있었다. 어머니가 동네 여자들에게 들은 대로 그 사람이 가족들 때문에 결혼을 할 여자가 있었는데도 하지 못했다는 소문이 맞는 것 같았다. 그 사람이 결혼을 할 뻔 했다는 그 여자가 바로 미스 안일 것이었다.

그 사람의 누나가 쓸데없는 이야기만 한 것 같다며 이야기의 화제를 돌린다. 그 사람의 누나는 자신이 J여고를 다닐 때는 교복으로 바지를 입었었는데, 치마세대냐고 내게 물었다. 나는 그렇다고 했다. 그 사람의 누나와 J여고의 선후배로서 J여고에 관한 추억을 이야기하며 이야기꽃을 피우다가 밤이 늦어서야 일어섰다. 그때까지도 그 사람은 귀가하지 않고 있었다. 그 사람을 보지 못하고 집으로 돌아온 나는 세안을 마친 어머니가 얼굴에 화장품을 바르고 있는 모습을 보며 고개를 갸우뚱거렸다. 어머니는 빚을 갚느라 휴일에도 쉬지 않고 일을 했었다. 지칠 법도 했다. 그런데 그렇지 않다. 어머니의 얼굴에는 생기가 가득 차 있다. 활기차 보인다.

"힘 안 들어?"

"뭐가?"

"일 하는 거."

"안, 힘들어. 괜찮아."

"일요일 날도 특근하느라 쉬지 못하고 있잖아."

"이제 빚도 얼추 다 갚았고. 어휴, 그놈의 계주. 내가 계 한다는 사람 있으면 도시락을 세 개씩 싸 들고 다니면서 말릴 거다."

"계 한다고 다, 그래. 엄마가 그 계주가 손가락에 낀 알 큰 유리보고 다이아가 왕방울만하다고 할 때부터 내가 알아봤어. 사기꾼들이 다들 그렇게 겉으로 치장하고 다니는 거 몰라. 금목걸이도 그렇고."

"시끄러."

"……."

어머니는 얼굴을 토닥토닥거리며 어머니의 곗돈을 들고 튄 계주를 향해 부아를 터트리다가 나를 향해 화살을 돌렸다. 그러나 예전처럼 계주를 향한 악다구니의 수위가 높지 않다.

"근데, 엄마 있잖아?"

"……."

어머니가 무슨 일이냐는 눈빛으로 나를 쳐다본다.

"혹시… 무슨 좋은 일 있어? 마음에 드는 아저씨가 생겼다든지."

"어머, 너 어떻게 알았어?"

어머니는 당황하지 않고 솔직하게 시인했다. 오히려 내가 당황한다.

"어… 어떻게 알긴. 눈치로 알았지."

"야, 너 귀신이다."

어머니가 감탄하며 혀를 찼다.

"어떤 사람이야?"

"……."

"말해 봐."

"……."

"응. 얼른…."

"같이 일하는 사람."

내 채근에 어머니는 짧게 말하고는 잠시 망설인다. 털어놓으려는 듯 손에 들고 있는 거울을 화장품이 담겨 있는 통에 올려놓는다. 어머니는 자신이 만나고 있는 사람에 대해서 속속들이 꺼내기 시작한다.

"아내와는 5년 전에 사별했대. 삼남매를 두었고. 성격도 서글서글하고 모난 데가 없어서 그런지, 봉제공장에서 인기가 제일 많아. 키가 작은 게 흠이지만."

어머니는 아쉬운 표정을 짓는다. 이내 표정을 바꾼다.

"하긴, 뭐 키가 작은 게 무슨 상관이야. 사내가 인물이 좋으면 바람밖에 더 피겠냐? 네 아버지처럼."

아버지를 들먹이던 어머니는 아버지의 인물을 보고 아버지를 택한 것이 자신을 이혼녀로 만들어놓았다고 핏대를 세운다.

"너도 너무 인물 따지지 마. 인물 보는 건 결혼식 날 잠깐이야."

어머니는 화살을 나한테로 겨누며 조언하고는 선심을 쓰듯 말한다.

"원한다면 인사시켜 줄게."

"인사를?"

"그래. 왜? 싫어?"

"아직은 뵙고 싶지 않아."

"알았어. 마음 바뀌면 얘기해."

"……."

나는 선뜻 대답하지 못한다. 내 눈치를 살피던 어머니는 이야기를 장황하게 늘어놓는다.

"너도 알다시피 내 처지에 이것저것 따져서 재혼할 형편도 아니고… 이혼한 거보다는 사별한 사람이 나을 것도 같고 해서… 그 아저씨는 당장이라도 합치자고 하지만, 급하게 서두르는 것도 그렇고. 늙어서 자식들한테 짐 되는 것도 싫고. 나… 재혼하면 네들도 편할걸."

"아니, 엄마는 그럼 지금 일어나지도 않은 먼 훗날의 일 때문에 재혼하려는 거야?"

나는 발끈해서 어머니에게 물었다. 어머니는 어안이 벙벙한 얼굴이 되어 나를 나무라고 나선다.

"아니 왜, 발끈해서 그러니. 내가 재혼을 하면 하는 거지. 그리고 세월 금방이야. 먼 옛날이야기가 아니야."

"그냥 그 아저씨가 엄마 마음에 들어서 좋아서 재혼을 한다고 하면 누가 뭐래. 나도 대찬성이야. 근데 늙어서 자식들한테 짐 될까봐, 그런다고 하니까 그렇지."

"아휴, 그래. 알았어. 그 아저씨 좋아서 시집가려고 한다, 됐냐?"

"……"

어머니와 나 사이에 말이 끊어졌다. 고요한 침묵이 조용히 흐르고 있는 동안 어머니와 내가 내쉬는 숨소리만이 간헐적으로 들려오고 있었다.

"그런데, 너 혹시 만나는 사람은 있니?"

어색한 침묵을 깨듯 어머니가 내게 은밀한 목소리로 물어왔다.

"없어."

나는 단칼에 무를 자르듯 잘라 말했다. 입맛을 다시던 어머니가 얼굴을 쓸었다. 어머니의 그 모습을 보며 나는 어머니가 만나는 아저씨는 과연 어떤 사람일까, 궁금해졌다. 호기심이 일었다. 그 사실을 뒤로 했다. 무언가가 내 몸 속에서 이탈한 것 같았다. 가슴이 뻥 뚫린 기분이었다. 어머니에게 큰 배신을 당한 것 같다. 허탈하다. 내 주위에 아무 것도 없는 것처럼 허전하다. 아버지와 이혼을 하고 혼자 살아가는 어머니가 안쓰러워서 어머니를 돕기 위해, 대학교에 진학하는 것도 포기하고 어머니에게 온 것이었다. 그랬는데… 어머니는 나라는 존재는 상관없다는 듯이 홀아비와 사랑에 빠져서는 미래를 계획하고 있다. 늙어서 자식에게 짐이 되기 싫다는 어머니의 말은 거짓말일 것이다. 어머니가 재혼을 하기 위해 이유를 갖다 붙이는 것이 분명하다. 외톨이가 된 것처럼 슬픔이 몰려온다. 이 우주에 혼자 남아 있는 것처럼 설움이 복받쳐 오른다. 밀려오는 서러움과 슬픔을 꾹꾹 누르고 있는 내게 어머니가 그 사람을 들먹인다.

"그리고, 영남아! 저 위에 사는 그 남자 말이야."

"……."

갑자기 어머니가 그 사람의 이야기를 꺼내 들더니 내 눈치를 살핀다.

"영남아! 내 말 듣고 있니?"

"듣… 듣고 있어."

나는 더듬거리며 대답했다.

"그 남자 말이야."

"그 남자, 누구?"

나는 짐짓 모른 척 했다.

"누구긴, 너 다니는 회사 사람 말이야. 저 골목 끝집에 사는."

"정… 정 계장님?"

"그래. 정 계장인지 뭔지 하는 그 남자… 사람은 진국 같더라."

"엄… 엄마가 어떻게 알아?"

"흠…."

어머니가 한숨부터 내쉬고는 다음 말을 이어나기 위해 입을 뗀다.

"이제 말이지만…."

나는 어머니를 뚫어져라 바라본다.

"너, 그 회사 들어가고 걱정돼서 그 정 계장인가 하는 사람을 찾아 갔어. 그 사람한테, 사실은 너 좀 잘 부탁드린다고 인사했었어."

"정말이야, 그게?"

내 목소리가 쿵쿵거리고 있는 심장소리를 잠재우려는 듯 크게 터져 나갔다.

"왜, 이렇게 소리를 질러."

어머니가 나를 쳐다보며 어이가 없다는 표정을 지었다. 머쓱해진 나는 소리를 지른 게 아니라고 어머니에게 변명했다. 내게서 시선을 거둔 어머니가 코를 팽하니 푼다. 한껏 가라앉은 목소리로 어머니가 말을 잇는다.

"대학교는 못 가고 고등학교를 졸업하자마자 공장에 취직하는 너를 보고 있는 내 심정이 어떠했겠니. 너무나 심란하고 속상하고. 공장에 취직하지 말고 네 아버지한테 가라고 할 수도 없고. 그래서 내가 너를 위해서 뭐라도 해주고 싶어서… 한동네에 사는 빽으로 그 정 계장을 찾아가서 널 잘 봐 달라고 부탁했어. 너한테는 절대로 말하지 말아 달라고, 비밀로 해 달라고 당부하면서…."

"……."

어머니의 말을 들은 나는 뒤통수를 얻어맞은 것 같았다. 눈앞의 사물들이 하나도 보이지 않는다. 캄캄하다. 어머니에게 왜 그랬느냐고 물을 수도 없다. 접착제가 붙어 있는 것처럼 입이 떨어지지 않는다.

*

우울한 날들이 이어지고 있었다. 어머니가 그 사람에게 나를 부탁했었다는 발언은 내 가슴에 깊은 상처를 냈다. 또한 생기 가득한 얼굴로 옷감에 달려 있는 실밥을 떼러 출근을 하는 어머니에 대한 배신감도 한 몫을 하고 있었다. 방에 죽치고 앉아 어머니가 빚을 청산하자마자 할부로 들여놓은 전축의 레코드판과 씨름을 하며 지냈다.

음악소리에 묻혀 있어도 어머니에게 반감이 드는 감정이 가라앉지 않는 날이면 양희 언니가 자취하는 방으로 향하곤 했다. 일부러 어머니와 그 사람을 피해 다녔다. 그런데도 그 사람이 나와 보낸 시간이 어머니의 부탁 때문이었다는 생각이 지워지지 않았다. 마치 내가 그 사람의 입김으로 H전자에 입사한 것처럼 느껴졌다. 부끄러웠다. 내 삶이… 가슴에 난 깊은 상처가 덧난 것처럼 아팠다. 집안에 틀어박혀 있었다. 내 안에 들끓고 있는 복잡한 감정을 알 리 없는 그 사람의 누나는 구멍가게에서 부식거리를 사들고 우리집 앞을 지나가다가 방문을 두드렸다. 그런 날이면 나는 내 감정을 숨긴 채 그 사람의 누나와 함께 그 사람의 집으로 올라갔다. 그 사람이 있는 날에는 그 사람의 방에서 그 사람과 나란히 벽에 기대고 앉아 텔레비전을 보기도 했고, 그 사람과 집 뒤에 있는 산에 올라가기도 했다. 그 사람이 없는 날에는 그 사람의 누나와 양지바른 마루에 앉아 햇볕을 쪼이다가 돌아왔다. 그 무렵이었다. 그 사람과 나에 대한 소문이 회사에 나돌기 시작한 것은….

　H전자에서 일하는 여자들 중에는 양희 언니 말대로 그 사람을 사모하고 있는 여자들이 많은 듯했다. 그 사람의 집 앞까지 찾아왔던 한 여자가 그 사람과 함께 있는 내 모습을 보고는 소문을 낸 것 같았다. 양희 언니는 모른 척 하라고 했다. 하지만 그게 쉽지 않았다. 작업복을 갈아입기 위해 탈의실에 들어서면 작업복으로 갈아입던

여자들이 나를 보고 들으라는 듯 대놓고 '정 계장님과 채영남이' 하며 큰 소리로 떠들었다. 점심을 먹으러 간 구내식당에서도 그랬다. 휴게실에서는 미스 안이 풍금을 치는 소리가 들려왔다. 체르니 30번의 곡이었다. 바이엘의 교본을 마친 듯했다. 나는 나와 그 사람을 두고 떠들고 있는 여자들보다 미스 안이 더 신경 쓰였다. 어쩌면 미스 안도 그 사람과 내 소문을 들었을지도 몰랐다. 미스 안에게 죄를 짓고 있는 기분이었다. 한 번쯤 미스 안이 내게 그 사람과의 관계를 물어오지 않을까, 했다. 그러나 미스 안은 나를 보고도 별 말이 없었다. 그러는 동안 겨울이 깊어 가고 있었고, 어머니는 어머니가 만나고 있는 아저씨를 내게 소개해주고 싶어 했다. 그때마다 나는 어머니에게 바쁘다는 핑계를 대는 것으로 어머니의 청을 거절하곤 했다. 내 불편한 심기를 이용해 어머니를 멀리하고 있었다. 어머니와 데면데면하게 시간을 보내는 동안 나는 아버지의 집을 다녀왔다. 어머니에게 비밀에 붙인 채… 아버지의 집은 많이 변해 있었다. 단층이었던 집을 이층으로 올린 아버지는 언제든 집으로 돌아오고 싶을 때 돌아오라고 내 시선을 외면하며 말했다. 남동생은 그저 나를 손님 대하듯 했다. 관심이 별로 없다는 표정으로 내게 잘 가라고 인사를 하고는 자주 와, 했다. 내 이름 끝 자를 남(男)자로 지은 덕분에 사내로 태어난 남동생은 새어머니와 잘 지내는 것 같았다. 어머니와 아버지의 이혼을 두고 작전을 짜서 새어머니를 몰아내야 한다고, 눈에

쌍심지를 키던 남동생의 모습은 찾아볼 수 없었다. 간혹 어머니를 찾아오기도 하고 어머니와 따로 만나기를 원하기도 하던 남동생은, 여드름이 잔뜩 돋아난 얼굴을 벅벅 문지르며 제 방으로 들어갔다. 새어머니에게서 태어난 남동생들만이 초롱초롱한 눈동자를 굴리며 나를 바라다보고 있었다.

새어머니는 내 코트주머니에 용돈을 넣어주며 예쁜 코트를 사서 입으라고 했다. 거절하는 내게 새어머니는 크리스마스 선물이라고 했다. 새어머니의 말대로 곧 성탄절이 돌아오고 있었다. 며칠 전 양희 언니의 집을 찾아갔을 때 양희 언니는 통행금지가 풀리는 크리스마스이브에는, 황 기사와 밤을 새우며 걸을 것이라고 신난 표정으로 말했었다. 그러면서 내게 그 사람과 어떻게 지내기로 했느냐고 넌지시 물어왔다. 나도 그 사람과 크리스마스이브에 만나기로 했다고 숨기지 않고 털어놨다. 양희 언니는 함께 만나서 놀까, 하다가 머리를 흔들었다. 불편할 것 같다고 하던 양희 언니는 그 사람과 놀다가 시간이 되면 새벽이든 밤중이든 시간에 구애받지 말고 우리집으로 와, 했다. 그리고는 뜨개질거리가 들어 있는 바구니를 끌어당겼다. 황 기사에게 크리스마스 선물로 주려고 조끼를 짜고 있다는 양희 언니의 표정이 무척 행복해 보였다.

"알았어. 언니 말대로 밤중이든 새벽이든 언니네 집으로 갈게. 그 대신 뜨개질하는 거 가르쳐줘. 나도 조끼 떠서 정 계장님 드릴래."

나는 양희 언니에게 떼를 쓰듯 말했다. 양희 언니가 '후후후' 하고 웃다가 대나무 바늘에 먼저 실을 꿰었다. 코를 만드는 법을 알려주며 내게 떠보라고 했다. 대나무 바늘을 이용해 뜨개질을 하는 법을 배운 나는 그 날로 영등포시장으로 달려갔다. 잿빛의 털실을 샀다. 날밤을 새우다시피 하며 양희 언니한테 배운 대로 조끼를 짰다. 양희 언니에게 보여줬다. 양희 언니는 비뚤배뚤하게 짜진 곳을 지적했다. 그 부분을 풀어서 다시 뜨라고 조언했다. 수없이 풀었다가 다시 짜야 했다. 반복되는 수고스러움 앞에서도 기뻤다. 그 사람이 내가 뜬 조끼를 입고 있을 모습을 상상하는 것만으로도 즐거웠다.

드디어 조끼가 완성됐다. 그럴 듯했다. 양희 언니도 제법이라며 칭찬을 아끼지 않았다. 내가 들여다보아도 신기했다. 내 손으로 조끼를 떴다는 것이. 크리스마스이브가 되자 나는 조끼가 들어 있는 쇼핑백부터 챙겼다. 그 사람을 만나러 가기 위해 버스에 오르면서도 조끼가 들어 있는 쇼핑백을 잊어버릴까 봐 노심초사했다. 품에 꼭 끌어안고 있었다. 약속 장소에 도착했다. 그 사람의 모습은 아직 보이지 않고 있다. 서성이다가 고개를 든다. 하늘을 우러러 본다. 미루나무 사이로 하늘을 올려다보는 것처럼. 그때 누군가 인위적으로 눈을 뿌리는 것처럼 눈이 내리기 시작한다. 화이트 크리스마스를 꿈꾸던 일이 벌어진 것이다. 눈이 내리는 거리를 그 사람과 걸었으면 좋겠다고 생각했었다. 그 바람이 이루어진 것이다. 추위에 얼어 있는 내 입술에 눈이 닿는다. 눈을 감은 채 차가운 눈의 감촉을 느끼며 혀로 핥아본다. 누군가 눈을 감고 있는 나를 툭 친다. 소스라치며 눈을 뜬다. 그 사람이다. 검은 외투에 검은 가죽장갑을 낀 그 사람이 빙긋 웃으며 서 있다.

"놀랐어요?"

"네."

"불러도 못 들은 건 영남 씨에요."

"……."

미처 내가 뭐라고 말할 틈도 없이 그 사람이 배를 쓴다. 배가 고프다는 시늉을 한다. 나를 이끈다. 그 사람과 나는 한 음식점에서 저녁을 먹은 후 거리로 나왔다. 눈이 내리고 있는 거리는 수많은 인파들로 북새통을 이루고 있었다. 인파 속에 묻힌 우리는 무작정 걸었다. 명동까지 왔다. 함박눈이 소리 없이 내리고 있는 명동 거리도 북적이는 건 마찬가지였다. 구세군이 흔드는 종소리를 들으며 우리는 떠밀리듯이 명동성당으로 들어섰다. 성당 안에는 미사에 참여하기 위한 사람들이 빼곡하게 들어 차 있었다. 성당 안을 기웃거리던 우리는 성모상 앞에서 기도를 하고 있는 사람들 뒤에 나란히 섰다.

"천주교 신자세요?"

내 물음에 그 사람이 빙긋 웃으며 아니라는 듯 고개를 저었다.

"소원을 빌어 봐요."

그 사람이 성모상을 바라보고 있다가 말했다. 이미 나는 마음속으로 빌었다. 미스 안에게는 미안하지만 그 사람 곁에 있고 싶다는 바람을 성모상을 바라보며 전했었다.

"정 계장님은 천주교 신자도 아니시면서 저한테 소원을 빌어보라고 하세요?"

"크리스마스잖아요. 그것도 화이트 크리스마스…."

그 사람이 낮은 어조로 말하는 소리를 들으며, 나는 그 사람도 나와 같은 소원을 빌었을까, 궁금하다.

"정 계장님은 무슨 소원을 빌었어요?"

"가족들을 위해서요."

"……."

가족을 위해 기도를 했다는 그 사람의 바람과 내 바람이 다른 것에는 실망했다. 하지만 가족을 위해, 기도했다는 그 사람의 심정이 헤아려졌다. 그 사람과 내 가족의 일이 결은 다르지만 가족으로 해서 빚어지는 아픔은 같을 것이었다. 그 사람과 나는 한 장소에 서서 마음속에 있는 각자 다른 바람을 기도하고는 성당에서 내려왔다. 내 입에서 허연 김이 쏟아졌다. 내 모습을 본 그 사람이 다방으로 가서 따뜻한 차를 마시자고 했다. 우리는 다방을 찾아들었다. 벽과 천장 사이에 촛대 모양의 작은 등으로 장식을 해 놓은 이 다방은, 그 사람과 명동에 나올 때마다 가끔 들르곤 하던 곳이다. 다방 안은 빈

자리가 없다.

"자리가 있을 줄 알았는데…."

내가 중얼거리자 그 사람이 다방 안을 둘러본다.

"그러네요. 아마 걷다가 추워서 우리처럼 몸을 녹이러 다들 다방으로 들어왔나 봐요."

"네. 그런 것 같아요."

나는 그 사람의 말에 수긍했다. 그 사람과 다시 거리로 나왔다. 어디를 가든 오늘은 자리가 없을 것 같다. 그 사람과 나는 좀 더 걷기로 했다. 딱히 어디를 가자고 정해 놓지는 않았다. 눈이 내리는 거리를 그냥 걸었다. 거리를 메운 사람들로 해서 목적지를 정하지 않았는데도, 목적지를 정한 것처럼 떠밀려서. 그 사람이 명동 거리보다는 덜 복잡해 보이는 미도파백화점 쪽으로 나를 이끌다가 멈춰 섰다. 내 외투 깃에 내린 눈을 털어줬다. 그리고는 자신의 외투 깃에 싸인 눈을 털어내고는 걸음을 옮겼다. 그렇게 걷다 보니 그 사람과 처음 만났던 시청 앞까지 다시 오게 되었다. 시간은 밤 10시가 넘어가고 있었다.

"영남 씨, 잠깐만요."

그 사람이 유리창에 크리스마스추리 위에서 꼬마전구의 불빛이 반짝거리고 있는 빵집으로 향하면서 외쳤다. 빵집에서 나오는 그 사람의 손에는 케이크 상자가 들려 있었다. 그 사람이 빙긋 웃으며 케이크 상자를 흔든다.

"하마터면 케이크를 못 살 뻔했어요. 마지막 케이크라네요."

"정말, 다행이네요."

그 사람이 내 물음에 고개를 끄덕이고는 묻는다.

"영남 씨, 우리집으로 가는 건 어때요?"

"……"

나는 우물쭈물거린다.

"가요. 우리집으로…."

"……"

대답하지 않고 서 있는 나를 그 사람이 물끄러미 바라봤다. 크리스마스의 추리를 해 놓은 상점의 불빛만이 반짝거리고 있는 그 어둠 속에서 그 사람의 눈빛이 흔들리는 듯했다. 이내 평정을 찾은 것 같은 그 사람이 내 외투 소매를 잡는다.

"추워요. 일단 집으로 가요. 우리집으로…."

"……"

그 사람이 코트 주머니에 손을 넣고 있는 내 손을 잡는다. 지나가는 택시를 세운다. 그 사람이 나를 택시 안으로 밀어 넣으며 택시 기사에게 K시로 가자고 한다. 얼떨결에 택시에 올라탄 나는 둘 곳 없는 시선을 차창에 보내고 있었다. 통행금지가 해제된 거리는 늦은 시간인데도 많은 인파들이 북적거린다. 눈이 내리고 있는 거리를 메우고 있는 사람들의 모습이 활기차 보인다. 어쩌면 양희 언니도 황 기사와 저 인파들 속에 묻혀 거리를 걷고 있을지도 모른다. 양희 언 니는 통행금지가 해제되는 크리스마스이브에는 황 기사와 밤을 새 워 원 없이 걸어볼 것이라고 했었다. 나 역시 양희 언니와 같은 생각 이었다. 그 사람과 눈이 내리는 거리를 밤을 새워 걷고 싶었다. 나는 그 마음을 그 사람에게 밝히지 못하고 있었다.

택시가 K시에 멈춘다. 그 사람이 내 손을 잡은 채 그 사람의 집으 로 향한다. 그 사람의 방에 들어서자 갑자기 두려움이 몰려온다. 처 음 이 방에 들어서던 날처럼… 어디에 앉아야 될지 갈피를 잡지 못 한다. 그 사람이 나를 놔둔 채 들고 있는 케이크 상자를 책상 위에 놓고는 방을 나갔다. 잠시 후 그 사람이 그 사람의 누나와 함께 방 으로 들어섰다. 그 사람의 누나는 나를 보고는 잘 왔다고 하며 반긴 다. 그 사람이 케이크에 초를 밝힌다. 각자 소원을 빌라고 하는 그 사람의 말에 나는 명동성당 성모상 앞에서 빌었던 기도를 했다. 그 사람과 그 사람의 누나와 나는 케이크를 잘라 나눠 먹으며 화이트 크리스마스이브 밤을 보내다가, 새벽이 되어서야 집으로 돌아왔다. 하얀 눈이 소복하게 내린 골목길에 발자국을 남기며….

그 사람과 헤어지고 나서야 양희 언니가 했던 말이 문득 떠올랐 다. 양희 언니는 시간에 구애 받지 말고 자신의 집으로 꼭 오라고 했 었다. 양희 언니는 분명 황 기사에 대한 감정을 내게 이야기하고 싶어서 그럴 것이다. 양희 언니와 나는 만나기만 하면, 마음속에 일고 있는 사랑에 대한 감정을 서로 이야기하느라 날밤을 지새우곤 했다. 두근거림과 떨림, 설렘, 환희. 세포마다의 날갯짓, 부르르 진저리를 치게 하는 간지러움. 빠르게 뛰는 심장 박동 소리. 오직 단 한 사람을 찾기 위해 두 눈을 밝히고 있는 환한 등불. 한 사람을 사랑하게 되면서 시작된 육체의 변화를 놓고 그 감정들을 미세한 부분까지 하나도 빠뜨리지 않고 털어놓으며 서로 공유하곤 했었다. 양희 언니를 떠올리던 나는 양희 언니가 황 기사와 함께 있을지도 모른다는 생각이 들었다. 내가 그 사람과 이 시간까지 있었던 것처럼… 더구나 화이트 크리스마스가 아닌가. 황 기사와 밤을 새워 걸을 것이라고 하던 양희 언니였었다. 그러므로 양희 언니한테는 다음에 가기로 한다. 황 기사와 함께 있을 것이 분명하므로.

어머니는 새벽에 들어오는 나를 보고는 양희 언니네 집에서 놀다가 지금 오는 것이냐고 물었다. 그렇다고 얼버무렸다. 그러자 어머니는 빠른 시일 안에 양희 언니를 집으로 데리고 오라고 채근했다. 양희 언니에게 잡채를 해주겠다는 어머니에게 알았다고 건성으로 대답했다. 그리고는 잠 속으로 빠져들었다. 어머니가 무슨 잠을 이리 많이 자느냐며 저녁을 먹으라고 흔들어 깨웠다. 눈을 뜨자 창밖은 어둠이 까맣게 내려앉아 있었다.

*

양희 언니는 정당한 사유 없이 출근을 하지 않고 있다. 무단결근을 한 양희 언니로 인해 초록빛깔의 컨베이어를 타고 내려오는 전자계산기의 숫자를 눌러대느라, 나는 고개를 들지 못한다. 홍 반장은 양희 언니의 부재를 놓고 고개를 갸웃거린다. 양희 언니가 연락도 없이 출근을 하지 않을 사람이 아니라며 근심스러운 표정을 짓는다. 나 역시 모습을 드러내지 않고 있는 양희 언니가 걱정이 되어 자꾸만 시선이 출입구 쪽으로 향한다. 양희 언니가 몸이 갑자기 아프거나 집안에 일이 생겨서 출근을 하지 못할 상황이라면… 벌써 사무실로 전화를 해 왔을 것이었다. 그러나 사무실에서는 양희 언니에 대한 그 어떠한 전달 사항도 알려주지 않고 있었다. 홍 반장은 내게 점심시간을 이용해 양희 언니의 집에 다녀오라고 했다. 외출증을 끊어주겠다는 홍 반장의 말에 알았다고 했다. 그렇지 않아도 화장실에 다녀온다는 핑계를 대고 황 기사를 만나러 보일러실에 갔었다. 황 기사는 양희 언니가 출근을 하지 않고 있는 사실 자체를 모르고 있었다. 황 기사에게 크리스마스이브에 양희 언니와 함께 있었느냐는 질문을 하고 싶었다. 하지만 그만 뒀다. 입이 떨어지지 않았기 때문이었다.

나는 초조한 마음으로 홍 반장이 내미는 외출증을 받아든다. 홍 반장은 걱정스런 말투로 별일 없겠지, 했다. 마음속에 일어나는 불안감을 감춘 채 나는 홍 반장을 향해, 고개를 힘차게 끄덕여준다. 양희 언니의 집을 향해 뛰기 시작한다. 양희 언니가 말없이 출근을 하지 않은 일은 단 한 번도 없었다. 그래서인지 가슴을 짓누르고 있는 불안감이 점점 고조되고 있다. 두 다리는 맥이 풀려서 휘청거린다. 한 걸음을 옮길 때마다 천근의 무게처럼 느껴진다. 걸음이 떨어지지 않는다. 다리를 억지로 끈다. 양희 언니의 부엌문 앞에 선다. 부엌문에는 자물통이 채워져 있지 않다. 부엌문을 밀어본다. 부엌문이 열리지 않는다. 부엌문이 열리지 않는다는 것은 부엌문이 안에서 잠겨 있다는 것이다. 그렇다면 양희 언니는… 집안에 있는 것이 분명하다. 부엌문을 힘껏 밀친다. 꿈쩍하지 않는다. 터질 것 같은 가슴을 지그시 누른다. 부엌문을 '쾅쾅쾅' 하고 두드린다. 양희 언니를 크게 부른다.

"언니! 언니!! 언니!!!"

나는 양희 언니를 목청껏 부르며 쉴 틈 없이 부엌문을 '쾅쾅쾅' 두드린다. 목젖이 찢어질 것처럼 양희 언니를 수없이 부르고 부른다. 문을 흔들고 두드리는데도 양희 언니는 기척이 없다. 부엌문을 부서져라 다시 두드린다. 그래도 양희 언니는 나오지 않는다. 양희 언니를 목이 터져라 부르는 내 고함소리에, 주인인 듯한 남자가 나와서는 무슨 일이냐고 묻는다. 인상을 쓰고 있는 주인인 듯한 남자에게 전후 사정을 이야기했다. 내 말에 주인인 듯한 남자가 쏜살같이 집안으로 들어가더니 망치를 들고 나온다. 망치로 부엌문의 유리창을 깬다. 안으로 잠긴 잠금장치를 푼다. 부엌문이 열림과 동시에 나는 양희 언니를 부르며 방문을 연다. 이불을 덮고 잠자는 것처럼 누워 있는 양희 언니의 얼굴이 보인다. 시푸르뎅뎅한 양희 언니의 얼굴이… 꼭 끌어안고 있는 곰 인형과 긴 머리채. 그 모습을 본 순간 두 다리가 꺾인다. 양희 언니의 나무토막 같은 팔과 다리를 잡아 흔든다. 주검이 된 양희 언니를 목 놓아 부른다. 아무리 불러도 양희 언니는 움직임이 없다. 꿈쩍하지 않는다. 양희 언니가… 한 번 가면 다시는 돌아올 수 없는 그 먼 곳으로 여행을 떠나 버린 것이었다. 일산화탄소에 중독이 되어….

양희 언니는 내게 한 마디 인사도 없이 나를 두고 이 추운 겨울날에 홀로 머나먼 곳으로 혼자서 가 버렸다. 양희 언니를 죽음으로 내몰아 놓은 그 연탄불이 꺼진 차디 찬 방에서 홀로… 황 기사가 사준 곰 인형을 끌어안은 채 홀연히. 다시는 양희 언니를 볼 수 없다는 현실이 믿기지 않는데, 양희 언니는 재산목록 1호라고 하던 선글라스와 황 기사가 사준 곰 인형과 함께 시뻘건 불길이 치솟고 있는 화덕 안으로 들어가고 있다. 그 모습을 지켜보는 황 기사의 눈에서는 닭똥 같은 눈물이 뚝뚝 떨어져 내린다. 양희 언니가 손수 떠준 털조끼를 입은 채 눈물을 쏟는 황 기사를 보며 나는, 양희 언니를 만나러 가지 않았던 화이트 크리스마스의 그 새벽을 떠올린다. 내가 양희 언니의 집을 방문했더라면… 양희 언니는 내 곁에서 황 기사 곁에서 우리와 함께 지내고 있을지도 모른다. 그런데 크리스마스이브의 그 새벽에 나는 양희 언니한테 가지 않았었다. 어째서 나는 양희 언니와 한 약속을 저버렸단 말인가. 왜 그랬을까? 무엇 때문에 그랬을까? 내가 양희 언니와 한 약속을 지켰다면 양희 언니는 살았을지도 모른다. 밀려오는 두려움과 후회로 내가 몸을 떨고 있는 동안, 양희 언니가 가루가 되어 작은 항아리에 담겨 나오고 있었다. 양희 언니가 양희 언니의 어머니 품에 안긴다. 양희 언니의 어머니는 항아리를 꼭 끌어 앉는다. 양희 언니의 죽음에 몸을 가누지 못하고 슬퍼하던 양희 언니의 어머니는 마치 이 순간을 기다리고 있었던 사람처럼, 가루가 된 양희 언니를 품에 안고는 "내 새끼, 춥지? 얼른 집에 가자!!" 하는 소리를 반복하며 울부짖고 있었다. 양희 언니의 어머니의 울음소리에 꿋꿋하게 서 있던 황 기사가 주저앉는다. 나는 황 기사 옆으로 간다. 황 기사를 부축하기보다는 양희 언니와 화이트 크리스마스이브에, 왜 함께 있지 않았느냐고 따지고 싶기 때문이다. 아니 솔직히 말한다면 양희 언니에 대한 내 죄책감의 무게를 황 기사에게 떠넘기고 싶은 마음이다. 그러나 나는 황 기사에게 묻지 못한다. 침묵한다. 내 잘못이라는 걸 너무나 잘 알기에….

나는 양희 언니의 어머니가 끌어안고 있는 항아리를 어루만진다.

양희 언니와 맺어졌던 인연의 시간이 마지막이라는 것이 실감이 나지 않아서… 내 죄인 것만 같아서, 양희 언니에게 미안하다고 진심으로 사과했다. 양희 언니는 고향 산천에 뿌려질 것이라고 했다. 바람둥이 첫사랑의 남자 때문에 고향을 떠나오게 되었었다는 양희 언니는, 죽어서야 첫사랑의 추억이 고스란히 남아 있는 고향으로 돌아가는 것이다. 가루가 되어 고향으로 떠나는 양희 언니에게 나는 잘 가라고, 언니와 함께한 그 시간들을 결코 잊을 수 없을 것이라고, 특히 언니가 해준 김치수제비 맛은 어디서도 맛볼 수 없는 최고의 맛이었다고. 고마웠다고. 언니를 알고 지낸 그 시간은 말할 수 없이 행복한 나날이었고 즐거웠다고. 그리고 언니가 회사 야유회 날 남이섬에서 선글라스를 썼을 때는 그 누구보다도 제일 예쁘고 멋졌으며, 아름다웠노라고 진심으로 말했다. 그러니 언니가 있는 그곳에서도 햇볕이 따가운 날이거나 바람이 부는 날이면 선글라스를 꺼내어 꼭 끼라고, 또한 언니가 신고 싶어 하던 그 검정 부츠도 망설이지 말고 사서 신으라고 당부했다. 무엇보다 그곳에서는 배고플 때까지 참고 있지 말고 눈에 보이는 대로 먹고, 동생들 학비 걱정도 하지 말고 오직 언니를 위해서만 살아 달라고 특별히 강조했다. 언니와 털조끼를 짜기 위해 뜨개질을 배우느라 함께한 시간도, 아니 그 어떤 시간과 시간 속의 순간까지도 절대 잊지 않겠다고. 마지막 인사를 건네며 양희 언니와 영원한 작별을 고했다.

나는 그렇게 이십대에 들어서서 첫 번째로 맞이한 화이트 크리스마스에 친언니처럼 믿고 의지했던 양희 언니를 떠나보내고 말았다. 다시는 꾸고 싶지 않은 악몽을 꾼 것 같다. 믿어지지 않는다. 양희 언니가 내 곁에서 사라졌다는 사실이. 이 세상에서 다시는 양희 언니를 볼 수 없다는 사실이. 양희 언니가 흔적도 없이 사라졌다는 이 현실이.

# 7. 남아 있는 자들

새해가 밝은 것이 엊그제 같았다. 그런데 벌써 음력설이 다가오고 있었다. 이십대의 첫 번째로 맞이한 화이트 크리스마스 날 내 곁을 떠난 양희 언니와 상관없이, 시간은 어김없이 흘렀다. H전자 안의 모습은 여전했다. 초록빛깔의 컨베이어는 전자계산기를 운반하느라 바쁘게 움직였고, 나는 전자계산기의 숫자를 누르느라 고개를 들지 못하고 있었다. 양희 언니라는 한 사람의 흔적이 고스란히 남아 있는 그 자리에서….

어머니는 구정이 다가오자 명절 즈음에는 복잡해서 외갓집에 가는 게 쉽지 않을 것 같다며, 미리 다녀오는 게 어떻겠냐고 내게 의견을 물어왔다. 나는 외갓집에 가지 않겠다고 했다. 내 의사를 분명하게 밝혔다. 어머니에게 혼자 다녀오라고 했다. 회사를 빠질 수 없는 것으로 이유를 댔다. 매달 주어지는 생리 휴가를 쓰면 되었다. 그렇게 하면서까지 외갓집에 가기 싫었다. 양희 언니의 죽음 때문이었다. 충격이 컸다. 양희 언니가 일산화탄소에 중독되어 사망한 지 이틀이 지나서야 발견된 것이 내 탓 같았다. 그 사람과 헤어진 그 성탄절 새벽에 내가 양희 언니에게 가보았더라면… 양희 언니를 살릴 수 있었을 것이었다. 그 생각에서 벗어날 수 없었다. 도통 잠을 이루지 못하고 있었다. 더구나 그 사람과 그 사람의 누나와 내가 케이크에 촛불을 밝히고 케이크를 잘라 나눠 먹고, 그 사람의 누나가 남은 케이크 상자를 들고 나가는 것을 보며, 양희 언니에게 배워서 털실로 뜬 조끼를 그 사람에게 입혀줬다. 딱 맞았다. 조끼를 입은 채 그 사람은 이 조끼를 직접 짠 것이냐고 내게 물었다. 그렇다고 했다. 놀라워하는 그 사람을 보며 우쭐했었다.

내가 그 사람의 방에서 따뜻한 그 공간에서 늘 그랬던 것처럼 벽에 기대고 앉아 그 사람과 가족사에 얽힌 이야기를 서로 나누고, 서로가 한 이야기에 공감하며 서로 위로하다가 누가 먼저인지도 모르게 깜빡 잠이 들었었다. 눈을 떴다. 그 사람은 곤히 잠들어 있었다. 아기가 잠든 것처럼 평화로워 보이는 모습으로… 그 사람을 바라다보다가 그 사람의 이마로 흘러내린 머리카락을 쓸어줬다. 그러자 가슴이 충만해지면서 절로 미소가 지어졌다. 내가 그렇게 그 사람을 보며 행복해하는 그 시간에 양희 언니는 일산화탄소에 질식되어 서서히 죽어가고 있었던 것이었다. 그날 내가 양희 언니에게 갔더라면….

"같이 가면 좀 좋아. 고집을 부려."

어머니가 부엌에서 연신 투덜거리며 구시렁구시렁거렸다.

"그 아저씨랑 가면 되잖아. 왜, 날 못 데리고 가서 그러는데…."

"말하는 거 하고는. 네 외할아버지가 나 이혼한 것도 지금 못 받아들이고 있는데, 그 아저씨 데리고 가봐라. 기암 하실 걸."

어머니는 외할아버지를 거론하며 힘이 빠진 말투로 나를 나무랐다. 면사무소에서 면장으로 퇴직한 외할아버지는 엄격했다. 여름방학을 이용해 외갓집에 내려간 내가 짧은 반바지나 치마를 입고 있으면, 무릎 아래까지 내려오는 옷으로 바꿔 입으라고 타일렀다. 댓돌 위에 하얗게 닦아 놓은 어른들의 고무신이 신기해서 발에 맞지 않는 그 고무신을 신고, 질질 끌고 걸어 다니다가 혼쭐이 나기도 했다. 긴 머리는 감고 말릴 때를 빼고는 항상 단정하게 묶어야 할 정도로 외할아버지는 매사에 무엇 하나 예사로 보아 넘기는 법이 없었다. 밥그릇에 남은 밥알 하나도 용납하지 않는 외할아버지는 죽어서도 아버지를 용서하지 않겠다고 했다. 외할아버지가 말한 그 대목을 헤아려 보면 외할아버지가, 가정이 파탄 나는 것을 얼마나 한스러워했는지를 알 수 있었다. 대나무처럼 곧은 성격을 지닌 외할아버지는 그래도 서울에서 내려온 내게 주전부리할 것을 떨어뜨리지 않고 내어주는 것으로 사랑을 드러내곤 했다. 외할아버지의 문갑 문을 열면 사탕이며, 껌이며, 과자 등등이 쏟아져 나오곤 했었다.

내가 끝까지 외갓집에 가지 않겠다고 고집을 피우자, 어머니는 혼자라도 다녀오겠다며 외갓집으로 향했다. 어머니가 외갓집에 내려가고 없는 동안 나는 황 기사를 만났다. 황 기사와 마주앉았지만 할 이야기가 별로 없다. 무슨 말을 해야 할지 떠오르지도 않는다. 황 기사와 나는 침묵 속에 있다. 어설픈 위로의 말보다는 서로 지키는 침묵이 때로는 서로에게 위안이 되는 것도 같다. 우리는 공교롭게도 한 사람 '서양희'를 알고 지내다가 그 사람을 함께 잃었다. 그리고 난 지금 그 사람에 대한 그리움과 추억을 살아서 남아 있는 자들이 공유할 수 있다는 것만으로도, 침묵은 서로에게 힘이 되는 것 같다.

황 기사가 소주잔을 비운다. 황 기사의 그 모습을 보고 있자 양희 언니가 황 기사와 첫 키스를 했다며, 부끄러움에 귓불까지 벌개져서는 고백하던 일이 떠올랐다. 이제 어디서도 양희 언니의 그 수줍음을 볼 수 없다. 그리움이 파도처럼 밀려든다.

"양희 씨는 마음이 참 따뜻했어요. 전 가족이 없어요. 공고를 졸업하자마자 보육원에서 나와야 했어요. 태어나자마자 버려졌었거든요. 철이 들어서야 내가 살고 있는 집이 내가 아버지라고 부른 사람이 고아원을 통솔하고 있는 원장님이라는 것을 알았을 때 충격을 받았어요. 그때부터 학교에서 말썽을 피웠다, 하면 저였죠. 소년원을 들락거리는 저를 포기하지 않고 이렇게 사람을 만들었죠, 원장님이. 그 원장님 덕분에 H전자에 입사해서, 양희 씨를 만나게 되었고요. 양희 씨에게 지금처럼 제 이야기를 숨기지 않고 했어요. 그날 양희 씨가 저를 품에 꼭 안아주었어요. 혼자서 얼마나 슬프고 두렵고 외로웠느냐고 하면서요. 이 자리에 이렇게 있는 제가 대단한 사람이라며 저를 만나게 된 게 기쁘다고. 이제는 아파하지 말고 두려워하지 말고 외로워하지 말고 자신에게 기대라고 했어요. 회사 일에 지칠 때나 저를 버린 부모님이 원망스러울 때나 미울 때나… 언제든지요. 양희 씨의 그 말에 제 가슴이 활짝 펴졌어요. 후….”

폐부 깊숙한 구석진 곳에 고여 있는 숨소리를 끌어내는 것 같은 한숨을, 뱉어낸 황 기사가 말을 이어나간다.

“이제 전 어떻게 해야 하나요? 양희 씨 품에 기대고 싶은데… 그날 새벽 양희 씨가 저한테 집으로 같이 가자고 했어요. 양희 씨 집으로요. 양희 씨를 집 앞까지만 데려다만 줬어요. 제가 양희 씨 방으로 안 들어갔어요. 양희 씨와 결혼을 한 날 첫날밤을 보내고 싶었거든요. 양희 씨를 지켜주려고 했던 일이… 너무 후회가 돼요. 양희 씨와 헤어진 그 새벽에 제가 양희 씨를 따라 들어갔더라면. 양희 씨와 함께 있었더라면…. 그 먼 길을 혼자 떠나게 하지는 않았을 텐데. 얼마나 무섭고 추웠을지….”

황 기사는 다음 말을 잇지 못한다. 나는 부끄러움에 고개를 숙였다. 양희 언니의 장례를 치르던 날, 양희 언니가 가루가 되어 나오자 주저앉아 통곡을 하던 황 기사에게 묻고 싶었었다. 양희 언니와 화이트 크리스마스에 왜, 함께 있지 않았었느냐고. 물론 내 죄책감을 덜고 싶은 마음도 있었다. 하지만 황 기사가 양희 언니와 양희 언니의 집이 아닌 다른 곳에서 밤을 보냈더라면, 하는 원망도 하고 싶었었다. 그런데 지금 황 기사가 양희 언니와 밤을 보내지 않았던 이유를 내게 말해줬다. 내 생각이 얼마나 하찮은가.

황 기사에게 면목이 없는 나는 소주잔을 비운다. 나를 무던히도 챙기던 양희 언니였었다. 초록빛 컨베이어를 타고 흘러내려오는 전자계산기를 하나라도 더 자신이 검열하기 위해 집어 들곤 했다. 양희 언니에게 기대고 싶은 황 기사처럼 내가 계산기를 두드리는 것이 애처로워서 하나라도 더 자신이 검열하려고 하고, 밀가루를 반죽해서 수제비를 끓여주는 양희 언니 같은 사람을 어디로 가야 만날 수 있을까? 나 역시 양희 언니가 없는 세상에 있는 것이다. 황 기사와 나는 소주잔을 기울인다. 양희 언니가 없는 밤이 유독 춥다. 그리움과 안타까움이 황 기사와 내 소주잔에 차고 넘친다. 그런다고 해서 떠나간 양희 언니가 돌아오는 것이 아니다. 그런데도 황 기사와 나는 소주잔을 앞에 놓고 앉아 있었다. 시간이 늦은 모양이다. 포장마차 안의 손님들이 하나둘 빠져나간다. 황 기사를 바라본다. 황 기사가 깊은 한숨을 쉬고는 고개를 끄덕인다.

"영남 씨! 우리 양희 씨 잊지 말고 기억 해줘요."

"네. 절대 안 잊을게요."

나는 황 기사에게 굳게 약속하는 사람처럼 큰 소리로 대답을 했다. 황 기사가 밤하늘을 향해 양희 언니를 부른다.

"양희 씨! 양희 씨!! 영남 씨가 한 말 들었죠? 내 목소리 들려요? 나도 양희 씨 절대 잊지 않을 거예요. 그러니 양희 씨도 나를 잊지 말고 기억 해줘요."

황 기사가 양희 언니에게 하는 이야기를 듣던 나는, 울컥해지는 마음을 쏟아내듯 얼어붙은 땅바닥을 차고 있었다.

황 기사와 헤어진 나는 집으로 돌아오다가 불현듯 그 사람의 집을 향해 올라갔다. 그 사람의 방에서 새어나오는 불빛이 대문 사이로 새어 나온다. 그 사람의 방을 밝히고 있는 불빛을 하염없이 바라본다. 한없이 따스해 보이는 불빛 때문인가. 눈물이 쏟아지면서 양희 언니의 마지막 모습이 떠오른다. 푸르스름하던 얼굴이 긴 머리카락이… 끌어안고 있던 곰 인형이, 나무토막처럼 딱딱하게 굳어 있던 양희 언니의 팔과 다리가. 그 닭장 같은 좁은 방에서 목숨이 끊어지는 순간에 양희 언니가 애타게 찾은 사람은 진정 누구였을까. 황 기사였을까. 그날 새벽 내가 양희 언니에게 갔었더라면… 약속을 지키지 않은 내 못남에 가슴을 친다. 양희 언니의 죽음은 누구의 탓도 아니다. 내 탓인 것이다.

＊

외갓집에서 사흘 만에 돌아온 어머니가 문 앞에서 내 이름을 큰 소리로 부른다.

"영남아! 영남아!!"

어머니가 부르는 소리에 나는 방문을 열고 뛰쳐나간다. 어머니의 손에 들려 있는 짐을 받아든다.

"흠흠. 이건, 무슨 냄새야?"

내가 코를 벌름거리며 인상을 쓰자 어머니가 고개를 좌우로 돌리다가 뒷덜미를 잡는다.

"무슨 냄새긴. 메주냄새지."

"메주?"

"그래, 메주."

"메주를 뭐 하러 갖고 왔어?"

"뭐, 하러 갖고 오긴. 장 담가서 너랑 먹으려고 그러지."

"왜, 화를 내."

"무겁게 머리에 이고 온 사람한테 왜, 갖고 왔느냐고 하니까 그런 거 아냐."

"……"

"네, 외할머니가 손수 농사지은 콩으로 만들어놓은 메주라 장 담그면 아주 맛있을 거야."

어머니의 말투는 조금 전과는 달랐다. 벌써 장을 담근 것처럼 기쁨에 넘쳐 있었다. 환하게 웃고 있는 어머니를 보며 나는 화제를 돌린다.

"외할아버지랑 외할머니랑, 어떠셔? 건강 하셔?"

"응. 여전하셔. 특별하게 편찮으신데도 없다고 하고. 건강하신 거 보니까 마음이 놓여. 휴우…."

어머니는 깊은 한숨을 내쉬고는 두 다릴 뻗는다. 종아리를 토닥토닥 두드리는 어머니의 모습이 이상하리만큼 낯설게 보인다. 넋이 나간 것 같은 어머니의 모습은 아버지가 바람을 피우고 있는 상대에 대해서 알게 된 날의 모습과 흡사했다. 종아리를 토닥거리고 있는 어머니는 미세하게 부는 바람에도 흩어지는 민들레 홀씨처럼 어디론가 날아갈 것만 같다. 어머니에게서 느껴지는 종잡을 수 없는 마음을 물리치며 이모네 안부를 묻는다.

"이모네는?"

"……."

"엄마? 내 말 안 들려?"

멍하니 앉아 종아리를 두드리고 있던 어머니가 그제야 나를 쳐다본다.

"응, 뭐?"

"이모네, 별일 없느냐고 물었잖아?"

"응, 난 또 뭐라고. 별일 없어."

"이모부는?"

"잘 계셔. 형부는 어째서 그렇게 말씀이 없으신지… 웃으시는 걸로 끝나. 싱겁기도 하시지. 네, 아버지 안부 물으시더라. 네, 아버지가 형님! 형님! 하면서 이모부한테 좀 살갑게 굴었어야지."

"그래서 뭐라고 말씀 드렸어?"

"… 뭐라고 하기는. 잘 지내는 것 같다고 했지."

잠시 망설이던 어머니가 대수롭지 않게 말하는 것을 보며 어머니에게서 느껴지던 낯설음이 다소 사라졌다.

"형부는 건강해 보이는데, 네 이모는 벌써 무릎이 아프다고 하네. 매일 쪼그리고 앉아서 밭을 매서 그러나…"

이모는 외갓집의 이웃에서 살고 있었다. 친정집과 이웃으로 살고 있는 관계로 이모는 수시로 외갓집을 들여다보았다. 외갓집의 안팎을 살폈다. 방학 때 외갓집에 내려가 있으면 이모는 아침저녁으로 외갓집을 들락거렸다. 무시로 외할머니를 보는데도 무슨 할 이야기가 그렇게 많은지 이모는 외할머니와 만났다 하면, 귀엣말을 하듯 소곤소곤거리곤 했다. 여름밤이면 더위를 피해 오래된 감나무 아래에 외할머니와 앉아 있으면 약속이나 한 것처럼 이모가 '엄니, 나오셨슈?' 하며 등장했다. 외할머니와 이모는 감나무 밑에 나란히 앉아 또 속닥속닥거리며 이야기를 주고받곤 했었다.

"네, 이모가 말이다, 역까지 이 메주를 머리에 이고 따라왔지 뭐니. 혼자 갈 수 있다고 하는데도 부득불 따라와서는, 나 기차 탈 때까지 있었어. 그뿐인 줄 아니. 글쎄 네, 이모가 어쩐 줄 아니?"

"어떻게 하셨는데…?"

내가 궁금한 표정으로 묻자 어머니는 주머니에서 무언가를 주섬주섬 꺼낸다. 두 통의 껌과 만 원짜리 지폐 한 장이다. 껌과 돈을 꺼내 내게 보여준 어머니는 훌쩍거리더니 눈가의 눈물을 훔친다.

"이 돈을 손에 쥐어주더니, 또 이 껌을 사서는 기어코 내 주머니에 넣어줬어. 다시는 못 볼 사람을 보내는 것처럼 눈가를 훔치면서… 아휴, 참. 언니 모습이 자꾸 떠올라서 또 눈물이 나네."

눈가를 닦던 어머니는 이모가 사준 껌을 하나 씹어 보라고 내게 이른 뒤, 메주를 매달아둘 곳이 마땅치 않다며 방안을 두리번거린다. 한참을 곰곰이 생각하던 어머니는 메주를 들고 다락방으로 올라갔다.

어머니가 다락방에 매단 메주가 퀴퀴한 냄새를 풍기며 곰팡이를 피우는 동안 구정날이 돌아왔다. 어머니와 나는 떡국을 끓여서 간단하게 아침을 먹고는 각자 볼 일을 보기로 했다. 어머니는 어머니가 만나는 아저씨의 집을 방문하기로 되어 있다고 했다. 명절날을 핑계 삼아 자연스럽게 그 집 식구들과 인사를 나누려고 하는 듯했다. 나는 오랜만에 희진과 만나기로 약속이 되어 있었다. 대학교에 진학한 희진과 시간이 맞지 않아 차일피일 미루었었다. 그러다가 구정날 창경원 앞에서 보기로 한 것이었다.

약속 장소에 나가자 희진이 나를 기다리고 있었다. 희진은 예전의 모습은 찾아볼 수 없다. 무척 성숙해 보인다. 알 수 없는 향기가 물씬 풍겼다. 희진을 보며 나는 내 모습을 훑어 내린다. 희진은 내 얼굴이 꺼칠해 보인다고 혀를 차다가 나를 동물원 쪽으로 이끈다. 내 삶이 희진의 삶과 달라 보이는 것 같아 의기소침해진다. 희진이 들고 온 사진기로 동물원 앞에 서 있는 나를 향해 셔터를 눌러댄다. 우리는 우리의 가장 눈부신 젊은 날의 모습을 렌즈에 담는다. 희진과 둘이서 사진을 찍을 때는 지나가는 사람에게 우리의 모습을 예쁘게 담아달라고 애교를 부리며 웃는다. 사진 찍기를 끝낸 우리는 벤치에 앉는다. 희진이 여고 시절에 미술 선생님을 짝사랑했었다고 실토한다. 나는 국어 선생님을 좋아했었잖아, 하고 맞장구친다. 우리는 까르륵거리며 여고시절로 돌아간 듯이 웃어 제친다.

"영남아!"

"응."

"규식이 말이야."

"민규식?"

"그래."

"왜?"

"너희 집 주소 물어봐서."

"……."

아버지의 집에 갔을 때 새어머니가 내 앞으로 온 우편물을 보관해 두었다가 내밀었었다. 규식이가 군에서 보내온 편지였다. 그러나 나는 지금까지 규식에게 답장을 하지 못하고 있었다. 내일 써야지, 하고 미룬 것이 규식에게서 편지가 왔었다는 사실조차 까마득히 잊어버리게 했던 것이었다. 양희 언니의 죽음으로 해서 일상이 마비된 것처럼 지내고 있던 탓도 있었다. 무엇보다 그 사람을 만나고 있다는 것이 더 큰 걸림돌이었을 것이다. 그렇다고 해도 규식에게 답장한 통 정도는 해주었어야 했다.

"규식이는 뭐, 하러 군대에 빨리 입대했대?"

나는 규식에게 답장을 못한 미안함을 그렇게 표현했다.

"답장 해줘. 규식이 융통성 없는 거 알지. 규식이는 오직 너뿐이야. 초등학교 때부터 지금까지."

"……."

희진에게 아무런 답변도 하지 못한 채 나는 한복을 입고 나들이를 나온 내 또래의 여자들에게 시선을 보낸다. 어머니가 아버지와 이혼을 하지 않았다면… 나도 명절인 오늘 한복을 입고 아버지에게 세배를 하며 지냈을 것이다. 빨강 치마에 색동저고리를 입고, 아버지와 어머니에게 영우와 차례로 세배를 하고는 세뱃돈을 달라고 손을 내밀었을 것이다. 지난날의 명절날 풍경이 떠오르자 가슴이 저려온다. 희진의 말에 수긍한다.

"알았어. 규식이한테 답장할게."

"잘 생각했어. 우린 소꿉친구잖아."

"맞아. 우린 소꿉친구니까."

우리는 서로 마주보고 소리 없이 웃는다. 웃음기를 거둔 희진이 묻는다.

"만나는 사람은 있어?"

"……."

"있나본데. 그치, 영남아?"

그 사람을 떠올리며 나는 고개를 끄덕했다.

"뭐 하는 사람인데?"

"……."

희진의 물음에 대답하지 않았다. 내가 대학교에 다니고 있다면 희진은 내게 그렇게 묻지 않았을 것이었다. 당연히 회사 사람일 것이라고 여기는 듯했다. 그렇다고 해서 희진에게 섭섭한 것은 아니다. 그 물음이 당연했다.

"회사, 사람. 넌?"

"나랑 같은 학교에 다니는 선배."

"그렇구나."

"아직은 잘 모르겠어. 곧 군대도 가야 하고…."

말끝을 흐리는 희진의 얼굴에 희미한 웃음이 어리고 있었다. 희진은 만나고 있다는 선배와 미래를 꿈꾸고 있는 것 같다. 말을 돌리지 않고 직접적으로 묻기로 한다.

"결혼할 거야?"

"제대하면 복학도 해야 하고, 졸업하면 취직도 해야 하는 과정이 쉽지만은 않을 것 같아서 걱정이야."

희진의 이야기를 들으며 나는 그 사람이 그런 입장이라면… 그 사람을 기다리고 있을까.

*

정월 대보름을 앞두고 어머니는 외갓집에서 갖고 온 나물들을 꺼내 놓았다. 말려 놓은 호박, 가지, 고사리, 아주까리 잎, 고구마 줄거리, 토란대 줄거리, 취나물 등등을 다락방에서 꺼내 가지고 나온 어머니는 외할머니가 나물을 손질해 놓은 것을 두고 감탄했다. 어찌나 정갈하게 다듬어서 말려 놓았는지 버릴 게 하나도 없을 것 같다며, 어머니가 숨을 고르는 것처럼 '후' 하고 한숨을 내쉬었다. 그리고는 내게 집에 있을 거냐고 묻는다. 일요일이라 늦잠을 자고 일어난 나는 어머니의 물음에 우물쭈물한다. 딱히 갈 곳은 목욕탕밖에 없다. 오후쯤 해서 그 사람의 집에 올라가 볼까, 하는 생각을 하던 중이었다. 내가 양희 언니의 죽음을 두고 힘들어하는 것처럼 그 사람 역시 양희 언니의 죽음을 믿지 않았었다. 양희 언니의 죽음으로 회사에는 비상연락망이라는 것이 생겨났다. 혼자 자취하는 사람들끼리 둘씩 혹은 셋씩 팀을 이루게 해서 서로 안부를 확인하게 하는 연락망이었다. 그 사람이 올린 안건이라고 홍 반장이 말해줬었다. 진즉에 그러한 제도가 있었다면 양희 언니는 살았을까. 양희 언니의 죽음이 도화선이 된 것처럼 그 사람과 나와의 사이가 무언지 모르게 서걱거리고 있었다. 그 사람은 일요일이면 주로 등산을 가는 것 같았다. 산악회에 가입하지 않은 나는 그저 마음이 내키는 날에만 그 사람을 따라 치악산, 오대산, 내장산, 대둔산 등등의 산을 등반했을 뿐이었다. 일박도 했다. 그 사람과 단 둘이 하는 일박이 아니었다. 산악회 사람들과 함께 하는 일박이었다. H전자에서 근무하는 여자공원들이 나 말고도 여러 명이 더 있었다. 방을 나누어서 여자들은 여자들끼리, 남자는 남자들끼리 자곤 하는 일박이었지만 즐거웠다. 그 사람이 있기 때문이기도 했다. 그러다가 양희 언니의 죽음 이후 등산을 가는 것을 미루고 있었다. 어쩌면 그 사람에게 일고 있는 내 안의 감정들을 소진시킬 상대가 없다는 것도, 그 사람과의 사이를 서먹하게 하고 있는지도 몰랐다. 그만큼 양희 언니는 내 삶에 있어 큰 몫을 차지하고 있었던 것이었다.

"뭐, 할 일 있어?"

"아니, 뭐. 그냥…."

"왜? 뭔데?"

"……."

"엄마! 말해 봐. 뭔데, 그렇게 뜸을 들여."

나를 빤히 바라보고 있던 어머니가 어려운 부탁을 하는 사람처럼 망설인다. 그런 어머니가 낯설어서 헛웃음이 나온다.

"어울리지 않게 왜, 그래?"

내 핀잔에 어머니가 입을 뗀다.

"사실은 말이야. 밥, 좀 한 번 지어 보라고."

"밥?"

"그래."

"너, 밥 할 줄 모르잖아?"

"응. 그런데 밥을 꼭 할 줄 알아야 해?"

"그러니까 한 번 해 보라고."

"갑자기, 왜?

"너, 이제 설 쇠서 스물한 살이다."

"만으로 해야지. 스무 살."

"스무 살이든 스물한 살이든…. 밥 정도는 할 줄 알아야지. 밥을 지을 줄 모르면 되겠니? 적어도 자기 입으로 들어가는 밥은 할 줄 알아야 되는 거야. 밥도 할 줄 모르면서 남이 해준 밥을 먹기만 하면 되겠어. 그래서 말인데… 오늘 밥 좀 해 봐. 반찬도 좀 만들어보고. 내가 가르쳐줄 테니까. 해 보면 별 것도 아니야. 할 수 있어."

"……."

나는 어머니를 빤히 쳐다봤다. 어머니는 마치 결혼을 앞두고 있는 딸에게 가사 일을 가르치려고 작정한 사람 같았다. 혀를 끌끌 차고 있는 어머니는 내게 밥이나 반찬은 그만두더라도 하물며 집안 청소도 하지 못하게 했었다. 내가 중학교에 들어가는 나이가 되었는데도 어머니는 나를 앉혀 놓고 직접 머리를 감겨주곤 했다. 친구들이 놀러오면 손부터 씻게 했다. 심지어 발까지 닦으라고 할 정도로 청결을 우선으로 하는 어머니였다. 그 바람에 우리집에 놀러온 친구들은 어머니의 눈치를 보며 먼저 손을 씻겠다고 했다. 깔끔한 성격 탓에 내가 설거지를 하는 것도 못 미더워하는 어머니가 내게 밥과 반찬을 만들어보라는 것이다.

"밥을 하라고?"

"그래, 해 봐."

"진심이야?"

"그럼. 진심이지 않고. 내가 네 옆에 있을 때… 배워 놔. 그래야 내 마음이 편하지."

"……."

"밥, 지어보라고 어서?"

채근하는 어머니를 보며 나는 더 이상 이유를 묻지 않는다. 밥을 지어보고 싶다는 생각이 불쑥 들었기 때문이다.

"그러지, 뭐."

"잘 생각했어. 밥하는 거 한 번만 해보면 할 수 있어. 밥 짓는 거 그거, 아무 것도 아니야."

"알았어."

내가 밥을 짓겠다고 하자 어머니는 흡족한 미소를 띤다. 어머니에게 무슨 반찬이 먹고 싶은지 알려 달라고 했다. 그러자 어머니는 쌀부터 꺼내주었다. 그리고는 내게 알아서 부식거리를 사다가 반찬을 만들어보라고 일렀다. 우선 나는 어머니가 가르쳐준 대로 바가지에 담겨 있는 쌀부터 씻었다. 어머니는 쌀뜨물을 네 번째로 헹굴 때 그릇에 받아두라고 했다. 쌀뜨물로 시래깃국을 끓이면 구수한 맛이 배가 되고, 비린내를 잡아주는 역할도 해서 미역국을 끓인다거나, 생선을 넣은 탕을 끓일 때 사용하면 안성맞춤이라고 했다. 쌀뜨물의 사용법에 대해서 알려주는 어머니의 말대로 쌀뜨물을 양푼에 받아 놓은 나는, 부식거리를 사러 골목 어귀에 있는 가게로 향했다. 두부와 콩나물 등등을 사 갖고 왔다. 그리고는 받아 놓은 쌀뜨물에 콩나물과 김장김치를 총총 썰어서 국부터 앉혔다. 반찬을 만들기 위해 두부를 으깼다. 파를 곱게 썰어서 두부와 섞은 뒤 계란을 입혀 팬에 노릇하게 지져냈다. 데친 콩나물에는 어머니가 알려준 대로 고춧가루를 조금 넣은 뒤 새우젓으로 간을 했다. 썬 파와 다진 마늘과 참깨, 참기름 등등을 넣어 콩나물을 조물조물 무쳤다. 밥을 안칠 때에는 솥 안에 들어 있는 쌀 위에 손을 얹어 손등까지 물이 찼는지를 가늠했다. 내가 부엌에서 반찬을 만들고 밥을 하는 동안 어머니는 방문을 열어놓고 문지방에 걸터앉아서 진두지휘했다. 서리태를 넣어서 짓는 밥 냄새가 구수하게 풍기기 시작하자, 어머니는 석유곤로의 불을 줄이라고 알려줬다. 그래야 밥이 타지 않으면서 뜸이 든다는 것이었다. 어머니가 가르쳐준 대로 했다. 밥이 고슬고슬하게 지어졌다. 밥상을 차려서 어머니 앞에 놓자 어머니는 제법이라며 아주 만족해했다. 주발에 고봉으로 들어 있는 밥 한 그릇을 금세 비운 어머니는 밥알을 한 톨도 남기지 않고 뚝딱 해치웠다. 솥에 눌러 붙은 누룽지로 끓인 누른 밥을 먹고 난 어머니는 숭늉까지 들이켰다.

"아휴, 맛있게 잘 먹었다. 두부전도 고소하고. 콩나물 무침도 맛깔스럽고. 국도 간이 딱 맞고. 너 밥 하고 반찬 하는 거 보니까 걱정 안 해도 되겠어. 한시름 놨다."

입가를 훔친 어머니는 나를 물끄러미 바라보다가 말을 이어나간다.

"영남아, 내가 나중에 네 집에 가거든 꼭 오늘처럼 밥상 차려줘. 콩

많이 넣은 밥해서… 알았지?"

"우리집에?"

"너, 결혼 하면 말이야."

"내가 결혼을 언제 할 줄 알고."

"좋은 사람 있으면 얼른 해야지."

"……."

"그날이 언제가 되려나…."

"언젠가는 오겠지."

"혹시 만나는 사람은 없니?"

"……."

"네, 회사에 남자들 많잖아?"

어머니가 내 눈치를 살폈다.

"……."

"왜? 눈에 차는 사람 없어?"

"몰라."

"있기는 있고만."

"……."

"아휴, 그래. 인연이 어딘가에는 있겠지. 쯧, 나이가 구만리인데…. 그나저나 네, 아버지는 잘 살디?"

어머니가 갑자기 아버지의 이야기를 꺼내들었다. 나는 어머니를 향해 되묻는다.

"며칠 전에 엄마가 영우 만났다며? 그때 안 물어봤어?"

"응, 만났지. 근데 네 아버지 이야기는 안 물어봤어. 우리 영우가 대학교에 붙어서 그러나, 더 의젓해진 것도 같고. 영우 걱정은 하나도 안 된다. 네가 걱정이지."

"내가 왜?"

"……"

"내가 왜, 걱정이냐고?"

나를 뚫어져라 쳐다보고 있는 어머니를 향해 채근하듯이 물었다.

"네 아버지가 영우라면 껌벅하잖아. 영우는 채씨 집안의 장손이고. 쩟, 그 여자가 낳은 아들들이야 그 아이들 엄마가 알아서 키울테니까, 내가 걱정할 일은 아니고. 내가 네 아버지 바람났을 때 좀더 참고 이혼을 하지 말았을 걸, 하는 후회도 들어. 네, 아버지도 나하고 이혼까지는 생각하지는 않았을 거야. 내가 하도 난리를 치고 방방 뛰니까 에라 모르겠다, 하는 심정으로다가 이혼에 동의한 게아닐까 싶어. 그 바람에 너만 대학교도 못 들어가고. 대학교에 다니는 희진이 보면 내가 네 앞길을 막은 것만 같고. 돌이켜 보면 다 내탓 같다. 영남아! 내 빚도 다 갚고 했으니까, 너도 이제 그만 회사 다녀. 공부해. 희진이처럼 대학에 가. 휴우… 너한테 면목이 없다. 여러 가지로. 네들이 짝을 만나 결혼할 때 이혼한 집 자식이라고 부모들이 문제를 삼지나 않을까, 걱정도 되고. 결혼식장에 부모가 나란히 앉아야 하는 자리에 네, 아버지랑 같이 앉지 않고 따로 각자 앉아 있는 것도 우스울 것 같고. 지나간 일이지만 다 내 잘못인 거 같아. 내 돈 떼어 먹고 도망간 계주도 오죽했으면 그랬을까 싶어서 안 됐고. 그 집 애들은 밥이나 안 굶고 있는지 몰라. 연탄가스로 죽은 양희한테 잡채 한 번 못 해 먹이고 보낸 것도 걸리고. 에그, 그 젊은 나이에 뭐가 그리 급하다고 쯧쯧. 내가 양희 죽은 날만 생각하면 지금도 아찔해. 네가 새벽에 집에 왔기 망정이지. 양희네서 양희랑 잤어 봐."

어머니는 몸서리를 치듯 어깨를 들썩였다. 그리고는 내 눈치를 슬며시 본다. 내가 그 사람과 있다가 새벽에 온 것을 모르는 어머니는 지금도 양희 언니와 놀다가 왔다고 철석같이 믿고 있었다. 다른 날 같았으면 그 이야기 좀 그만 하라고, 어머니에게 핀잔을 줬을 것이다. 그러나 나는 아무 말도 하지 않았다.

"참 순덕이는 요즘 어떻게 지내나 몰라. 시어머니 성격이 보통 아니라는데, 어찌 살고 있는지…."

"……."

어머니가 말을 끊고는 입이 타는지 숭늉으로 입가심을 하고 있었다. 나는 어머니의 모습을 바라보며 생각했다. 밥상을 마주한 채 지난날을 회고하는 어머니가 새해를 맞이하는 날들 앞에서 무언가를 실천하기 위해 결심하는 사람 같다고. 그렇지만 내 의중을 어머니에게 피력하지는 않았다. 어머니가 하는 이야기를 잠자코 듣고만 있었다.

"그리고 영남아!"

어머니가 그윽한 눈빛으로 내 이름을 불렀다.

"응, 왜?"

"영우, 네가 잘 챙겨. 네, 동생이잖니."

어머니가 남동생을 운운했다. 어머니에게 그렇게 하겠다고 나는 약속을 했다. 왜 그랬는지는 모르겠지만, 어머니의 마음을 편하게 해주고 싶었다.

"고마워, 영남아. 네가 혼자 지내는 날 걱정해서 내 곁으로 와서 함께 있어 주는 바람에 내가 돈을 떼이고도 살 수 있었어. 내 딸이라서가 아니라 너 같은 딸, 이 세상에 없다는 거 엄마 잘 알아. 그리고 오늘 네가 한 음식 정말 잘 먹었다. 맛있게 먹었어. 고마워, 영남아!"

"……."

흐릿한 미소를 머금은 어머니가 나를 물끄러미 쳐다보다가 고개를 끄덕이고는 오후에 약속이 있어서 나간다고 했다.

"그 아저씨 만나?"

"아니."

"그럼, 누구?"

"친구."

"친구 누구? 영숙이 아줌마?"

"그래."

"영숙이 아줌마, 무슨 일 있으셔?"

"아니. 아무 일 없어. 오늘 영숙이 생일이야. 저녁 같이 먹고 놀기로 해서…."

영숙이 아줌마는 어머니와 한 직장에 다니는 어머니의 동료이자, 이웃에 살고 있는 친구였다. 어머니와 나이가 같아서 영숙이 아줌마와 어머니는 서로가 '갑장'이라고 부르며 친하게 지내고 있었다.

"엄마, 혹시 그 아저씨랑 싸웠어?"

"아니. 아무 일도 없는데, 왜?"

"엄마가 요즘 그 아저씨 이야기를 안 해서…."

"나도 한 살 더 먹었잖니. 네, 엄마 이제 철드나 보다. 그리고 그 아저씨하고 재혼하는 것도 서로 생각을 잘 해야 될 것 같아. 덜컥 재혼을 했다가 사네 안 사네, 해 봐. 이혼한 것보다 더 꼴사납지 않겠니? 내 생각을 잘 이야기했어. 서로 신중하게 고민하자고. 그 아저씨도 엄마 말을 이해했고."

어머니가 '후후'거리며 웃었다. 어머니의 웃음이 무척 해맑아 보였다. 무언가로부터 놓여난 것 같은 웃음이었다. 어려운 일을 해결한 사람처럼 홀가분해 보이는 어머니를 나는 무연히 바라다보고 있었다. 어머니와 밥상을 마주한 채.

*

순덕 언니가 우리집을 방문했다. 온다는 기별도 없었다. 갑자기 나타난 순덕 언니는 내가 어렸을 때부터 우리집에서 가사를 도와주던 사람이었다. 순덕 언니는 어머니가 보고 싶어서 상경하게 됐다고 했다. 방안에 앉을 겨를도 없이 순덕 언니는 싸 들고 온 마른 오징어, 멸치 등등이 들어 있는 보따리를 풀었다. 한숨 돌릴 틈도 없이 우리집에서 일을 할 때처럼 부엌으로 들어간 순덕 언니는 가지고 온 건어물로 반찬을 만드느라 여념이 없었다. 점심을 먹지 못했다는 순덕 언니는 반찬을 뚝딱, 뚝딱 만들어냈다. 순덕 언니가 만들어 놓은 반찬으로 저녁을 먹기 위해 순덕 언니와 마주앉았다. 고추장과 참기름을 넣어 무친 멸치반찬이 입맛을 당긴다. 내가 멸치 무침을 먹으며 맛있다고 하자, 순덕 언니는 반찬 투정을 일삼곤 하던 내 어린 시절의 일화를 들려준다. 생선이나 고기, 계란 반찬이 없으면 수저를 들지 않곤 하는 내 입맛 때문에 매일 시장에 가서 생선을 사왔다는 순덕 언니는, 내 앞으로 멸치볶음을 밀어주며 눈을 흘긴다.

"죄송해요."

"죄싱은 무신… 쬐깐터니, 은제 색시가 됐다냐. 싸게 시집까야 쓰겄다. 참말로 시월이 금시라니께."

"언니는 무슨 제가 시집을 벌써 가요."

"음마, 다 컸는디. 벌씨는 무신….".

순덕 언니가 정색을 했다. 그 모습을 보며 나는 순덕 언니의 손등을 바라본다. 추운 겨울이 되면 겨울철이 시작되는 것을 알리듯 순덕 언니의 손등의 살갗이 먼저 터지곤 했었다. 어머니는 저녁 설거지를 끝내고 들어오는 순덕 언니의 손등에 콜드크림을 듬뿍 발라주며, 잠들기 전에 한 번 더 바르라고 일렀다. 그때마다 괜찮다며 손을 뒤로 감추곤 하던 순덕 언니의 손등은 지금도 터져 있다. 내 시선을 의식했는지 순덕 언니가 손등을 바라보다가 입을 연다.

"뵘 대믄 멀짱해져야. 내 살성이 워낙 좋덜않냐. 타고 났다니께."

나는 어머니처럼 순덕 언니에게 주무실 때 콜드크림을 손등에 듬뿍 바르라고 했다. 순덕 언니가 알았다고 하며 쑥스러운지 코끝을 훔쳤다. 그때 문 밖에서 내 이름을 부르는 희진의 목소리가 들려왔다.

"언니, 희진이가 왔나 봐요."

"오메, 참말여? 희진이여?"

순덕 언니가 반색을 하는 것을 보며 나는 얼른 방문을 연다. 방안으로 들어선 희진은 사과가 든 종이봉투를 방바닥에 놓으며 밥상부터 끌어당긴다. 고소한 냄새가 동네 입구부터 진동을 하더니 순덕 언니가 만든 반찬 냄새였느냐며, 밥상 앞에 앉는다. 밥 한 그릇을 말끔하게 비운 희진은 우리집에서 아예 자고 갈 것이라고 했다. 희진이 아랫목에 자리를 잡고 앉아 순덕 언니와 이야기를 나누는 것을 보며, 나는 순덕 언니가 가지고 온 마른 오징어를 굽기 위해 연탄불 위에 올려놓는다. 연탄불을 보자 문득 양희 언니가 떠오른다. 양희 언니가 열아홉 개의 작은 구멍에서 내뿜은 일산화탄소에 중독되어 떠나지 않았다면… 이 시간을 함께 보내고 있을지도 모른다. 그런데도 나는 살아 있다는 것으로 양희 언니를 죽음으로 몰고 간 그 연탄불에 오징어를 굽고 있다. 양희 언니는 지금쯤 어디에 있을까. 내가 양희 언니에게 마지막으로 부탁했던 대로 바람이 불거나 햇볕이 따가운 날이면, 양희 언니는 선글라스를 쓰고 있을까.

"오징어 다, 탄다."

희진이 방문을 열고는 소리쳤다. 그제야 나는 양희 언니의 생각에서 벗어난다. 연탄불 위에서 몸을 돌돌 말고 있는 오징어를 집어 든다. 방으로 들어온다. 희진과 오징어를 질겅거리며 잡지책을 뒤적거린다. 바깥 동정에 귀를 기울인다. 귀가하지 않고 있는 어머니 때문이다. 순덕 언니도 나처럼 어머니를 기다리고 있는 것 같다. 연신 하품을 하면서도 눕지 않고 있던 순덕 언니가 머리를 긁적이더니 팔을 베고 눕는다. 금세 코를 곤다. 코를 골면서도 인기척이 들리면 바로 눈을 뜬 순덕 언니는 어머니가 들어왔는지를 확인하고는 다시 누웠다.

어머니는 늦은 시간이 되어서야 귀가했다. 방문 소리에 벌떡 일어나는 순덕 언니를 본 어머니는 놀라움에 벌어진 입을 다물지 못한다. 어머니와 순덕 언니는 서로 손을 붙잡은 채 그동안 밀린 이야기를 하느라 잡은 손을 놓지 못한다. 순덕 언니는 뱃일을 하는 남편이지만 성실해서 생활도 많이 폈다고 하며, 남편 자랑을 하다가 어머니의 손을 놓는다. 가방을 뒤적거린다. 가방 안에서 돈을 꺼낸다. 어머니의 손에 돈을 쥐어준다.

"무슨 돈이야?"

어머니가 손바닥에 있는 돈을 보다가 순덕 언니를 향해 물었다.

"10맨원이요. 쬐께, 되끼요. 암말도 허지 마시쇼, 잉. 지헌티 허신 거 생각허믄 더 마련허야 했는디요. 참말 넘부끄럽당께요."

"아이고, 이 사람아! 내가 이 돈을 어떻게 받아. 나 이제 괜찮아. 걱정 말고 도로 가져가."

"참말로, 지가 사모님땜시 이러고 사는 거 아닌갑소. 일바끼 모르는 숭실한 신랑도 만나뿐지고요. 워치게 사모님 은혜를 지가 잊는다요. 지는 신랑그늘여서 살만 허구만요. 시엄시가 탈이지만요."

"시 어머니가, 왜?"

어머니가 손에 돈을 들고 앉아 날카로운 목소리로 순덕 언니에게 물었다. 순덕 언니의 시어머니는 일찍 청상이 되어 홀로 아들을 키웠다. 아들을 순덕 언니에게 장가를 보낸 지금도 시어머니는 걸핏하면 베개를 끌어안고 자신들이 자고 있는 방으로 들어온다고, 순덕 언니가 머리를 흔들었다.

"아니, 뭐 그런 시어머니가 다 있대."

"그니께요. 별나다니께요."

순덕 언니의 고된 시집살이를 두고 분개해하는 어머니를 향해 순덕 언니가 맞장구를 쳤다. 순덕 언니는 원래 우리집에서 일을 하던 사람이 아니었다. 우리집 옆집에서 일을 하고 있었다. 그 집이 갑자기 순덕 언니를 데리고 있을 형편이 안 된다는 것이었다. 하던 사업이 잘못되어 형편이 어려워졌다는 것이 이유였다고 했다. 고향집으로 내려갈 처지도 못되고 당장 거처할 곳도 없게 된 순덕 언니의 사정을 딱하게 여긴 어머니가, 순덕 언니를 우리집으로 데리고 온 것이었다. 우리집에서 오랫동안 일을 하던 순덕 언니가 고향으로 내려간 것은 나이가 차서 결혼을 하게 되면서였다. 어머니는 순덕 언니가 결혼을 하게 되자, 딸자식을 시집보내는 것처럼 순덕 언니의 혼수품을 장만해줬었다고 했다. 그렇게 우리집을 떠나게 된 순덕 언니는 명절 때면 말린 생선 등등이 들어 있는 보따리를 머리에 이고 어머니를 찾아오곤 했다. 그러다가 순덕 언니의 발길이 끊어진 것은 어머니가 아버지와 이혼을 하면서였다.

"받아도 되나 모르겠네."

어머니는 순덕 언니가 준 돈을 반닫이 안에 넣으며 혼잣말처럼 하고는 하품을 길게 했다. 어머니의 하품을 순덕 언니가 이어받는다.

"피곤하지? 눕자."

어머니가 하품을 하고 있는 순덕 언니에게 물으며 이불을 폈다.

어머니가 방문 쪽으로 눕자, 순덕 언니가 어머니 옆에 누웠다. 그 다음에는 내가, 내 옆으로 희진이 누우면서 춥다고 진저리를 쳤다. 어머니와 우리는 이불을 목까지 끌어 덮고 한방에 나란히 누워서 천장을 바라보며 있었다.

"날이 땃땃허지믄 영냄이랑 댕겨 가시쇼잉?"

전기 불을 끈 캄캄한 방에서 순덕 언니의 목소리가 들려왔다.

"한 번 가본다 하면서… 사는 게 뭐가 그리 바쁜지."

어머니가 자조적인 음성으로 순덕 언니에게 대꾸했다.

"아따. 참말요, 잉. 씽씽헌 물괴기가 시상에 널렸다니께요. 괭이들도 죄다 물괴기를 주뎅이에 물고 있다니께요."

"알았어. 날 풀리면 영남이랑 한 번 내려갈게."

어머니가 다소 쾌활해진 말투로 순덕 언니의 말에 응했다. 그러자 희진이 토라진 사람처럼 순덕 언니에게 따지고 든다.

"언니, 저는요?"

"오메, 미안, 미안혀. 겉이 오더라고. 희진이도 와야제, 암만. 당연허제."

순덕 언니의 큰 소리에 어머니와 우리는 웃음보를 터트렸다. 어머니는 희진이 없이는 그 어디도 안 갈 거라고 하며 희진을 챙겼다.

"역시 어머니밖에 없어요."

희진의 애교 섞인 발언에 방안에 누워 있는 어머니, 순덕 언니와 우리는 방안이 떠나갈 듯이 또 한 번 웃어 제쳤다. 한바탕.

위이잉… 윙.

바람소리가 점점 거세진다. 창문이 요동친다. 심하게 덜커덩, 덩, 덩 거린다.

"바람도 참, 심하게 분다. 나, 들어올 때만 해도 저렇게 거세게는 안 불었는데… 날이 더 추워지려나."

"그니께요. 취질라고 바램이 요댕치는갑소."

"추울 때지. 음력으로는 아직 1월이니까…"

어머니와 순덕 언니가 주고받는 말을 들으며 나는 문득 그 사람의 집 뒤에 있는 벚나무를 떠올렸다. 이 추위가 지나면 곧 봄이 온다. 봄이 되면 벚나무에 벚꽃이 만발할 것이다. 활짝 핀 벚꽃은 캄캄한 골목길을 가로등처럼 환하게 비추어주어서 밤길이 하나도 어둡지 않을 것이다. 불빛 없는 어두운 골목길을 지나다니는 사람들을 위로하듯 꽃을 피울 그 벚나무는 아주 오래 된 나무라고, 그 사람이 알려줬었다. 그 사람의 어머니가 밭일을 하다가 잠시 땀을 식히곤 하던 곳도 벚나무 아래였었다고 했다. 그 사람은 벚나무 아래에 앉아서 흙장난을 하며 어머니가 일을 마치기를 기다리다가 졸기도 했었다고 했다. 벚나무를 바라보며 지난날을 떠올리던 그 사람은 벚나무 둥치를 쓸었었다. 벚나무는 그 사람에게 있어 어머니와의 추억이 있는 특별한 장소 같았다. 아련한 눈빛으로 벚나무를 쓸어보던 그 사람의 모습을 생각하는 것만으로도 눈시울이 뜨거워진다. 나는 오늘 낮에 잠깐 시간을 내어 그 사람 집에 올라가보았었다. 내 예상대로 그 사람은 등산을 가고 없었다. 그 사람의 누나만이 어머니처럼 나물을 다듬고 있었다. 그 사람의 누나 곁에 쪼그리고 앉아 나물을 다듬는 일을 도와줬다. 그 사람의 누나는 놀다가 저녁을 먹고 가라고 했다. 거절했다. 집에 일이 있어서 가봐야 한다고 둘러댔다. 집으로 돌아왔다. 오랜만에 책상에 앉았다. 그동안 써 놓은 일기를 훑어봤다. 그 사람과 양희 언니에 대한 그리움을 적은 내용이 대부분인 일기장을….

그 사람은 산행을 마치고 돌아왔을까.

나는 어둠 속에 몸을 뉘이고 있으면서도 마음은 창을 흔드는 바람을 타고 그 사람에게 가고자 한다. 그 사람을 향하고 있는 내 마음을 잡아주듯 순덕 언니의 코고는 소리가 우렁차게 들린다.

"순덕이 코 고는 소리는 하나도 안 변했네."

어머니가 중얼거렸다. 나는 희진이 쪽으로 돌아눕는다. 그러면서 생각한다. 내일은 그 사람을 만날까, 하고.

# 8. 침묵의 소리

　머리가 터질 것처럼 아프다. 어머니에게 머리가 아프다고 알리고 싶다. 망설인다. 내가 어머니를 깨우면 한방에서 자고 있는 순덕 언니와 희진이 잠에서 깰 것이다. 어머니를 깨우는 대신 나는 관자놀이를 엄지손가락으로 꾹꾹 누른다. 통증을 물리쳐 본다. 도무지 가라앉지를 않는다. 점점 더 심해지는 것 같다. 어머니를 깨워야 할 것같다. 몸을 일으키려는 순간 어머니가 "끄윽, 끄윽, 끄윽"거린다. 어머니의 신음소리에 이어 벽에 걸려 있는 괘종시계가 새벽 4시를 알리느라 '땡, 땡, 땡, 땡' 하고 연달아 쳤다. 어머니에게서는 더 이상 아무 소리도 들려오지 않는다.

　두통은 여전하다. 어머니를 깨워 약을 찾아달라고 할까, 말까를 놓고 망설인다. 어머니를 깨우지 않기로 한다. 관자놀이를 힘껏 누른다. 그 짓을 반복하며 날이 밝아오기를 기다린다. 두통이 조금씩

사라지는 것도 같다. 관자놀이를 누르던 손이 느슨해진다.

잠이 들었을까.

나를 부르는 소리가 들린다.

꿈속인가.

"영냄아! 영냄아!!. 영냄아!!! 싸게 인나 봐야, 쪼께. 니 엄니가 이상 허다니께. 후딱 인나야?"

"……."

울음 섞인 목소리로 나를 부르며 내 몸을 흔드는 순덕 언니의 목 소리에 눈을 뜬다. 잠에 취한 눈으로 순덕 언니를 처다본다. 두통은 느껴지지 않는다.

"아무려도, 니 엄니가. 니 엄니가…."

"엄마가 왜요?"

"니… 엄니…."

순덕 언니가 다음 말을 잇지 못하고 울었다. 그 순간 머리카락이 하늘로 치솟았다. 등짝을 훑고 지나간 서슬 푸른 칼날이 정수리를 관통한다.

"엄마!!!!!"

미동도 없이 누워 있는 어머니를 부르며 나는 어머니의 손을 붙잡 고 흔든다. 어머니는 눈을 뜨지 않는다. 움직임도 없다.

"언니, 병원 가게 택시 잡아줘요. 빨리."

"영냄아… 영냄아…."

순덕 언니는 내 이름만을 부르며 흐느껴 울었다.

"언니!!! 내 이름만 부르지 말고, 제발 택시 좀 잡아 달라고요. 희진아, 빨랑 네가 가서 택시 잡아 봐. 빨리, 희진아!!!"

나는 울고 있는 순덕 언니를 향해 소리를 버럭 지르다가 눈물을 훔치고 있는 희진을 향해 애원했다. 내 말에 희진이 손등으로 눈물을 쳐내며 일어섰다. 어머니의 소식을 들은 것처럼 영숙 아줌마가 맨발로 뛰어 들어온다. 영숙 아줌마는 어머니의 눈을 뒤집어본다. 목덜미에 손을 대본다. 경악한다.

"향례야! 향례야!!"

영숙 아줌마가 울부짖으며 어머니의 이름을 부르다가 방바닥을 친다. 통곡한다.

"아이고, 영남아! 네 엄마 갔다, 갔어. 죽었어. 아이고 향례야! 향례야!! 어제 밤에 그렇게 신나게 놀아 놓고… 밤새 안녕이라더니, 이게 무슨 일이야? 응, 향례야! 눈 좀 떠 봐!!!"

"아줌마 지금 무슨 말씀을 하시는 거예요? 아니에요. 우리 엄마 안 죽었어요. 비키세요, 아줌마. 비키시라고요. 우리 엄마가 왜 죽어요. 우리 엄마 안 죽었어요. 안 죽었다고요. 병원 가면 된단 말이에요!!!"

영숙 아줌마를 향해 미친 듯이 날뛰는 나를 희진이 막아선다. 골목이 좁아서 택시가 집 앞까지 들어올 수 없다는 것이다. 어머니를 모시고 골목 입구까지 가야 한다는 희진의 말에 나는 그날 깨달았다. 그 좁은 골목길이 사람의 생사 앞에서는 얼마나 무섭고 끔찍한 골목길인가를.

옆방에 살고 있는 아저씨가 어머니를 들쳐 업는다. 어머니가 "끄 윽" 하는 소리를 냈다. 그 새벽에 괘종시계가 새벽 4시라는 것을 알릴 때, 머리가 깨질 듯이 아파서 내가 깼을 때 어머니가 내던 그 신음소리를.

"끄으으으윽… 윽."

어머니의 신음소리가 이어졌다. 어머니의 신음소리에 나는 어머니가 살아있다고 확신한다. 기뻐서 소리친다.

"이것 보세요? 우리 엄마 살아 있잖아요. 우리 엄마가 내는 소리 들으셨죠? 우리 엄마 안 죽었어요. 지금 다들 들으셨잖아요, 우리 엄마가 소리를 내는 거… 그런데 왜, 우리 엄마가 죽었다는 거예요."

나는 순덕 언니와 영숙 아줌마를 향해 소리를 지르고는 어머니를 업고 가는 옆방 아저씨의 뒤를 따른다. 옆방 아저씨 등에 업힌 어머니가 아저씨 등에서 소변을 보고 있다. 옆방 아저씨가 난처한 얼굴로 나를 돌아본다. 아저씨한테는 미안한 일이었다. 하지만 나는 미소를 짓는다. 어머니가 생존해 있다는 확신이 들었으므로. 내 확신과는 달리 의사는 어머니를 진찰하며 고개를 흔든다. 나는 의사에게 사정한다. 빨리 어머니가 깨어날 수 있게 주사를 놓아 달라고 두 손을 모아 빈다. 의사는 내 얼굴을 외면한다. 옆방 아저씨에게 어머니의 사망 소식을 다시 한 번 알리고 있다. 나는 고함을 친다. 어머니는 죽지 않았다고 이 병원 순 엉터리라고. 옆방 아저씨에게 큰 병원으로 가게 어머니를 한 번만 더 업어달라고 부탁한다. 옆방 아저씨가 고개를 끄덕인다. 어머니를 다시 들쳐 업는다.

"끄으으… 윽."

어머니는 마치 자신이 살아 있다고 말하는 것처럼 또 소리를 냈다. 어머니의 등에 얼굴을 묻은 나는 큰 소리로 엄마, 하고 부르고는 눈물을 흘렸다. 기쁨의 눈물이었다.

어머니를 업고 병원으로 오기 전에 내던 소리보다는 분명 짧았다. 하지만 나는 그 소리에 희망을 건다. 택시를 잡기 위해 도로가에 선다. 지나가는 택시를 향해 손짓한다. 아무리 손을 흔들고 발을 동동 굴러도 멈춰서는 택시가 없다. 할 수 없다. 방법은 하나다. 나는 도로 한가운데로 향해 걸어간다. 도로 한복판에서 교통정리를 하는 경찰에게 도움을 청하기 위해서….

도로를 가로지른다. 지나가는 자동차마다 나를 향해 경적을 울린다. 아랑곳하지 않는다. 내 어머니를 큰 병원으로 모시기 위해서는. 교통정리를 하고 있던 경찰이 나를 보고는 호루라기를 분다. 경찰이 내게 다가온다. 나는 경찰에게 옆방 아저씨가 어머니를 업고 서 있는 곳을 가리키며 어머니가 위중하다는 것을 알린다. 그러니 어서 택시를 잡아달라고 애원한다. 위급 상황을 감지했는지 경찰은 호루라기를 불며 지나가는 택시를 무조건 세웠다. 택시가 멈추자 경찰은 택시 안에 타고 있는 중년의 남자를 내리게 했다. 얼떨결에 택시에서 내린 중년의 남자는 방향이 같으면 함께 가면 안 되겠느냐고 내게 물었다. 남자의 제안을 나는 묵살한다. 옆집 아저씨와 함께 어머니를 택시에 태운다. 팔을 축 늘어뜨리는 어머니를 내 품에 꼭 끌어안는다. 따뜻하다. 한없이. 어머니는 살아있다. 분명히. 그런데 어머니가 저 세상 사람이 되었다니… 다들 내게 거짓말을 하고 있다. 만우절도 아닌 날에….

택시가 한 종합병원 앞에서 멈춘다. 옆방 아저씨가 어머니를 등에 업기 위해 몸을 굽힌다. 어머니를 부축해서 옆방 아저씨의 등에 업힌다. 어머니는 옆방 아저씨의 잔등에 또 소변을 보고 있다.

나는 소리 없이 웃는다.

어머니가 살아있는 것이 분명했으므로.

응급실 침대에 어머니를 눕힌다. 의사가 달려온다. 의사는 어머니의 이곳저곳을 진찰해 보고는, 어머니 얼굴이 보이지 않게 흰 시트를 그대로 덮어버린다. 어머니가 사망했다는 것을 알린다. 희진이 내 팔을 꽉 움켜쥔다. 희진을 밀쳐낸다. 의사가 덮은 흰 시트를 벗겨내린다. 의사에게 항변한다.

"왜, 이러세요? 우리 엄마한테???"

"환자분은 이미 돌아가셨습니다. 돌연사의 원인은 여러 가지가 있지만, 환자분의 경우는 심장질환 쪽인 듯합니다. 추정 시간은… 새벽 4시경쯤으로 보이고요."

"아니에요, 조금 전에도 우리 엄마가 끄윽, 끄윽 하고 소리를 냈단 말이에요! 죽은 사람이 어떻게 소리를 내냐고요!! 오줌도 몇 번이나 눴단 말이에요!!!"

발악하듯 두 발로 바닥을 쿵쿵 찍으며 나는 고함을 질렀다. 고개를 절레절레 흔들었다.

"돌아가신 분을 일으키게 되면 멈춘 장기가 움직이게 됩니다. 아마도 그 소리였을 겁니다. 소변을 보신 것도 같은 맥락이고요."

"말도, 안 돼요. 아냐, 아니에요. 우리 엄마 죽지 않았어요. 우리 엄마가 왜 죽어요. 멀쩡하던 우리 엄마가… 이렇게 따뜻한데… 제발 우리 엄마가 깨어나게 강한 주사 좀 놔주세요. 제발요. 우리 엄마 안 죽었다고요!!!"

의사의 말을 믿을 수 없는 나는 악을 바락바락 썼다. 그러다가 의사가 입고 있는 흰 가운을 잡고 늘어졌다. 의사를 붙잡고 통사정했다.

제발 엄마를 살려 달라고.

내 사정에도 불구하고 건장한 사내 두 명이 다가와서는 어머니가 누워 있는 침대를 끌고 장례식장으로 향하려고 한다. 나는 막아선다. 어머니가 덮고 있는 흰 시트를 벗긴다. 잠들어 있는 것 같은 곱고 고운 어머니가, 젊디젊은 어머니가 이 세상 사람이 아니라는 것이 거짓말처럼 믿어지지 않아서… 꿈이길 간절히 바라면서… 어서 어머니가 눈을 떠 주기를 바라며 목 놓아 운다. 어머니가 내 울음소리를 듣고 긴 잠에서 깨어날 것이라고 믿으며 통곡한다. 큰소리로 어머니를 부른다. 부르고 부른다. 목이 터져라 부른다. 부르고 또 부르고 불러도 어머니는 눈을 뜨지 않는다.

옆방 아저씨가 나를 어머니에게서 떼어놓는다. 이러면 어머니가 내 울음소리 때문에 슬퍼서, 좋은 곳으로 못 가신다고 하면서… 어머니의 얼굴 위로 흰 시트를 덮어준다. 어머니가 장례식장으로 옮겨진다. 장례식장 관계자는 어른들에게 어머니의 죽음을 알려 드리라고 하며, 장례 절차에 따른 안내 사항에 대해 이것저것을 알려준다. 희진이 아버지와 H전자, 그리고 친구들과 규식이에게 어머니의 죽음을 알리겠다고 했다. 공중전화박스로 향하는 희진을 보며 나는 병원 입구에 있는 계단에 쪼그리고 앉는다. 희부연한 하늘에서는 눈이 내리고 있다. 거칠게 몰아치는 바람이 눈보라를 일으킨다. 하필, 오늘 어머니가 가고 있을 그 길에… 밝고 환하고 따스한 길이어야 하는데. 이렇게 춥고 질척거리는 축축한 길을 어머니가 걸어가야 하다니.

두터운 구름이 잔뜩 흐린 하늘을 뒤덮고 있다. 희끗희끗한 눈발은 바람 따라 제멋대로 날린다. 눈앞에 보이는 눈발과 세찬 바람만이 존재하는 세상 같다. 나는 멍하니 앉아 흩날리는 눈발만을 그저 응시하고 있다. 그 일이 내가 할 수 있는 유일한 일인 것처럼.

"아버님이랑 네 외갓집이랑, H전자랑, 친구들한테 다 전화했어. 순덕이 언니가 사진관에서 어머니 영정사진 찾아서 왔고. 들어가서 어머니 뵈어야지. 언제까지 여기 이러고 앉아 있을 거야. 그리고 규식이 어머니한테도 알려 드렸어. 규식이한테 전해 달라고 부탁도 드렸고."

"……."

희진이 울먹이는 소리로 말했다. 하지만 나는 꼼짝하지 않는다. 희끗희끗한 눈발이 바람에 떠밀려다니고 있는 하늘을 올려다보고 있다. 하얗게 변한 것 같은 머릿속… 그 머릿속으로 새벽에 어머니가 내던 신음소리가 윙윙거리는 바람소리에 묻혀 파고든다. 그 새벽 어머니가 내던 소리를 들었을 때 어머니에게 다가가 어머니를 흔들어서 깨웠더라면… 어디 아프냐고 물어보았더라면. 아니 어머니에게 머리가 너무 아프다고 진통제를 좀 찾아달라고 말이라도 걸어보았더라면. 순덕 언니가 내 소리에 잠에서 깨고 희진이 일어나는 일이 벌어졌을지라도. 그랬더라면… 어머니는 지금 저 눈발이 흩날리는 춥고 질척거리는 축축한 길 위에 서 있지 않았을 것이었다.

어째서 나는 그러지 못한 것인가.

눈발을 거두듯 손을 뻗는다. 이 눈발 속에 서 있는 것 같은 어머니를 찾아서. 그러자 어머니가 내 탓이 아니라고 위로해주면서 내 손을 잡아 몸을 일으켜주는 것만 같다. 어머니가 이끄는 대로 장례식장으로 가기 위해 지하로 내려가는 계단을 밟는다. 어머니의 영정사진과 마주한다. 사진 속의 어머니를 바라본다. 어머니는 괘종시계가 4번을 치던 그 시각, 다시는 돌아올 수 없는 길 위에 서 있었던 것이었다. 어쩌자고 어머니가 '끄윽'거리는 소리를 낼 때 어머니에게 가보지 않았을까. 그때 어머니 곁으로 가보았더라면. 그 시간을 놓쳐버리다니… 미련스럽게도. 이제는 아무리 후회에 후회를 거듭한다 해도 돌이킬 수 없는 시간이 되어 버렸다.

나는 가슴에 대못이 박힌 것 같은 가슴을 움켜쥔다. 내 곁으로 아버지가 다가온다. 영우의 손을 잡은 채 무릎을 털썩 꿇으며 앉는다. 아버지는 이 상황이 믿기지 않다는 듯 초점 없는 시선으로 어머니의 영정사진을 쳐다보며 울음을 터뜨린다. 아버지도 알고 있을 것이다. 어머니의 영정사진이 어느 때 사진인가를… 어머니의 사진을 가지고 온 순덕 언니는 어머니의 독사진을 갖고 오지 않았었다. 가족사진을 들고 왔다. 아버지는 다섯 살 때의 나를 어머니는 세 살 때의 영우를 무릎에 안고 찍은, 단란했던 우리 가족의 모습이 담긴 가족사진이었다. 다른 사진으로 교체해 올 시간도 되지 않고 해서, 사진관에서 어머니의 모습만을 영정사진으로 만들어준 것이었다. 아버지는 벽을 치며 굵은 눈물을 쏟아낸다. 아버지가 서럽게 통곡을 한다 한들 어머니가 살아서 오겠는가. 그런데도 아버지는 자신의 과오를 뉘우치듯 목 놓아 운다. 아버지의 모습을 보며 나는 아버지에게 묻고 싶은 게 있다. 어째서 한 여자의 이 짧은 생을 함께해주지 못했느냐고. 지금 내 나이 때 나를 낳은 어머니는 이제 겨우 마흔한 살이라는 사실을 알고는 있느냐고. 그러나 아버지에게 아무런 말도 묻지 않는다. 정확히 말한다면 묻고 싶지 않다. 아버지와 말을 섞는 것 자체가 어머니를 이렇게 만든 아버지를 용서하는 것 같기 때문이다. 울고 있는 아버지가 가증스러울 뿐이다. 아버지를 쫓아낼 수 있다면… 어머니가 누워 있는 이 장례식장에서 나가 달라고 소리치고 싶다.

*

어머니의 영정사진 앞에서 목 놓아 울고 있는 이모와 외삼촌의 모습이 영화 속의 장면처럼 느껴진다. 어머니의 죽음이라는 것을 두고 일어나고 있는 현실이라는 게 도무지 믿어지지 않는다. 역까지 메주를 이고 따라왔었다는 이모가 돈 만 원과 껌 두 통을 사준 일을 두고 눈물을 훔치던 어머니. 그 돈과 껌 두 통은 이모가 어머니에게 준 마지막 선물이었을까. 그토록 외갓집에 함께 가자고 조르던 어머니와 내가 동행했더라면… 장을 담가서 나를 먹이겠다고 그 무거운 메주를 머리에 이고, 양손에 보따리를 들고 역을 빠져 나와 버스를 타느라 계단을 올라가고 내려오고 하는 일을 반복하는데 있어 수월했을 것이었다.

엄마!

나는 '어머니'를 불러봤다. 가슴속에 있는 뜨거운 덩어리를 쏟아내듯. 나를 혼자 놔두고 떠나야 한다는 이별을 예감하고 있었던 것처럼 내게 밥을 지어보라고 하고, 반찬을 만들어보라고 하던 어머니를… 내가 해준 처음이자 마지막이 된 그 밥이 죽기 전에 먹고 이승을 떠난다는 어머니의 저승밥이었을까. 내가 지어준 저승밥을 먹으며 이혼한 전 남편을 떠올리고, 그토록 사랑하는 아들 영우를 만나고 와서는 영우는 걱정하지 않는다고 하던 어머니는 왜 나를 걱정한다고 했을까. 이렇듯 혼자 남을 나를 걱정했던 것일까.

"아이고, 아이고. 영남아, 니 엄니 불쌍혀서 워쩐다니? 아이고, 영남아!! 니 엄니 아까워서 워치게 한다니…."

이모가 내 손을 잡고 말을 하다가 원통하다는 듯 방바닥을 쳤다. 외삼촌은 이모를 진정시키며 눈물을 닦는다. 그리고는 외할머니가 오지 못한 사정을 내게 이야기하기 시작했다. 어머니의 마지막 모습을 보기 위해 길을 나서는 외할머니를 외할아버지가 막아섰다는 것이었다. 부모 놔두고 앞서간 자식은 자식이 아니라고 하며 노발대발

하는 외할아버지의 불호령에, 외할머니는 어머니를 보러 올 수 없었다고 했다. 나는 외삼촌이 하는 말을 들으며 금방 결혼한 새색시 같은 모습을 하고 있는, 어머니의 영정사진에 시선을 보낸다.

"젊은 나이에…."

"새끼들이 눈에 밟혀서 어찌 갔누."

"새색시 같네."

이승을 떠난 자들을 위해 한 공간에서 장례를 치르고 있는 탓에, 다른 장례식에 참석한 문상객들이 지나치다가 어머니의 영정사진을 보며 혀를 차곤 했다.

"영남아!"

"……."

"회사에서 오셨대."

희진의 말에 고개를 돌리자, 그 사람이 회사 사람들과 서 있다. 이모가 한쪽에 잠들어 있는 영우를 깨운다. 나는 문상객들을 맞이하기 위해 일어선다. 그 사람과 홍 반장, 황 기사, 양희 언니 자리에 앉아 나와 함께 계산기의 숫자를 두드리게 된 동료 미스 한이 차례로 어머니 영정사진 앞에 향을 피운다. 절을 한다. 홍 반장이 어머니의 영정사진 앞에 예를 갖추고는 나를 품에 안는다. 내 등을 두드려준다.

"뭐, 좀 먹었어?"

"네."

나는 거짓말로 대답했다.

고개를 끄덕이던 홍 반장이 회사 일은 걱정하지 말고 어머니를 잘 모시라는 소리에 '네' 하고 짧게 또 대답했다.

"뭐라고 위로의 말을 해야 할지…."

"……."

"아무 말도 떠오르지 않아요."

슬픔이 가득한 눈으로 나를 응시하며 말하는 황 기사에게 나는 괜찮다고, 걱정 말라고 해줬다. 황 기사 역시 나처럼 제일 사랑하는 사람을 떠나보낸 사람이었다. 그 고통이 무언지 알 것 같았기 때문 이었다. 회사 사람 모두가 한 마디씩 내게 위로의 말을 건네었다. 그 사람만이 내게 아무런 위로의 말을 건네지 않고 있었다. 홍 반장, 미스 한, 황 기사가 어머니의 문상을 마치고 돌아갔다. 그 사람은 조금 더 있다가 가겠다고 하며 자리를 지키고 있었다. 문상객들의 발걸음 이 끊어지자 그 사람이 내게 잠깐 밖으로 나가자고 했다. 나는 그 사 람에게 이끌려 장례식장 밖으로 나왔다. 희끗희끗한 눈발은 그때까 지도 그치지 않은 채 바람 따라 떠돌고 있었다. 내 손을 잡은 그 사 람이 병원 골목에 즐비하게 늘어서 있는 한 국밥집으로 들어갔다. 국밥이 나올 때까지 그 사람과 나는 서로 모르는 타인들처럼 말없 이 앉아 있었다. 국밥이 나오자 그 사람이 내 손에 수저를 쥐어준다.

"먹어요."

"……."

차가운 바닥에 어머니는 누워 있는데… 나는 김이 무럭무럭 솟아오르고 있는 국밥 그릇과 마주하고 있다.

*

아버지는 어머니와 남남이라는 사실을 잊은 사람처럼 어머니의 곁을 지키고 있었다. 흐느껴 우는 영우를 위로하다가 눈물을 훔치곤 하는 아버지에게 외삼촌이, 그래도 매형이 있어서 누나가 외롭지 않게 떠날 수 있을 것이라고 했다. 외삼촌에게 나는 따지고 들었다. 아버지는 어머니를 외롭지 않게 하는 사람이 아니라 외롭게 한 사람임을 각인시켰다. 외삼촌은 그 말뜻이 아니라고 하며 어쩔 줄 몰라 했다. 이모는 외삼촌을 나무랐다. 아무 말도 하지 말라고 이모가 외삼촌을 타이르고 있을 때, 영숙 아줌마가 키가 작은 한 남자와 들어섰다. 그 순간 나는 그 남자가 어머니가 일하는 곳에서 만났다는 그 아저씨일 것이라고 생각했다.

아버지가 나를 쳐다본다. 누구냐고 묻는 것 같은 눈빛이다. 나는 아버지에게 어머니가 재혼을 하려고 했던 분이라고 또박또박 말했다. 말 한 마디 한 마디에 힘을 넣어서. 그러자 아버지가 뜨악한 표정으로 서 있다가 고개를 떨어뜨렸다. 아버지의 모습을 보며 통쾌했다. 아버지 자신은 어머니를 놔두고 다른 여자와 바람을 피운 것도 모자라 어머니를 내쫓았다. 그래놓고 어머니와 만남을 이어가다가 어머니를 잃은 아저씨를 의심이 가득한 눈으로 훑어 내리는 게 말이 되는 일인가.

"네, 엄마가 이리 떠나려고 그랬나 봐. 그날 말이다, 내 생일날에 전축을 틀어놓고 네 엄마랑 우리집에서 우리끼리 춤을 추면 놀았잖니. 야, 세상에나… 네 엄마 잠시도 안 앉아 있더라. 음악에 맞춰서 춤을 추는데, 그렇게 가볍게 추는 거 있지. 너무나 행복한 얼굴로. 네, 엄마 그런 모습 처음 봤다. 그리고 말이야. 그 아저씨한테도 재혼은 서로 신중하게 생각한 뒤에 하자고 했대. 에이그… 저 세상으로 가려고 주변 정리를 했나, 하는 생각도 들고. 별 생각이 다 든다."

영숙 아줌마는 그 아저씨가 자리를 뜨자 어머니가 돌아가시던 날의 일을 상세하게 들려주고 있었다. 영숙 아줌마의 이야기를 들은 나는, 어머니가 영숙 아줌마의 말처럼 주변을 정리한 것 같다는 생각이 들었다. 나한테 밥을 지어보라고 하고, 반찬을 해 보라며 내 등을 떠밀던 어머니는 혼자 남을 내가 밥도 짓지 못해 굶고 있을 것을 염려했을까. 내가 염려가 되었으면 어머니는 나를 두고 떠나지 말았어야 했다. 혼자서 주변 정리를 할 정도로 죽음을 예감했으면, 적어도 내게는 내 곁을 떠날 것이라고 말해주어야 되는 일이었다.

이제 누구를 위해서 어떻게 살아야 하는가?

나는 저승의 문턱을 넘기 위해 곱게 화장을 하고 있는 어머니를 보며 내게 묻고 있었다. 너무나 고운 모습의 젊은 어머니는 잠이 든 것처럼 편안해 보인다. 단잠을 자는 것 같은 모습이다. 금방이라도 어머니가 툴툴 털고 일어날 것만 같다. 둘러 서 있는 이모도, 외삼촌도, 영숙 아줌마도, 순덕 언니도 어머니가 명대로 살다가 간 것 같다고 했다. 나도 그렇게 생각했다. 동의했다. 웃는 것 같은 어머니를 보며 어머니의 짧은 생이 명대로 산 것인지는 모르겠으나 편안해 보여서 안도가 됐다.

어머니의 발인을 하느라 분주한 아침에 새어머니가 찾아왔다. 어머니의 영정사진 앞에 앉아 눈물을 흘리던 새어머니는 내 손을 잡고 미안하다고 했다. 새어머니에게 무엇이 미안한 것이냐고 묻고 싶었다. 하지만 그 물음을 삼켜야 했다. 이모가 나섰기 때문이다. 이모는 새어머니에게 이 자리가 어떤 자리라고 나타났느냐며, 새어머니를 향해 삿대질을 해댔다. 그 바람에 어머니의 발인이 지체됐다. 하지만 어머니를 실은 운구차는 어김없이 어머니가 돌아가야 하는 곳으로 가기 위해 거리를 달리고 있었다. 진눈깨비가 내리고 있는 거리를… 비까지 섞여서 내리고 있는 길 위를. 두 번 다시 길 위에 서 있지 못할 어머니를 안내하듯 진눈깨비는 몰아치는 바람 속에서 우왕좌왕거리며 운구차의 길잡이 노릇을 하고 있었다.

어머니가 들어 있는 나무관이 양희 언니처럼 화구 안으로 들어간다. '엄마' 하고 부르고 싶다. 그러나 내 입에서는 '엄마'라는 그 단어가 입 밖으로 나오려고 하지 않는다. '엄마'라는 단어를 잃어버린 사람처럼. 아니 지금 이 순간이 되어서야 어머니와의 이별을 실감하고 있는지도 모른다. 어머니가 나를 두고 떠나지 않을 것이라고, 어머니가 눈을 뜨고 반드시 일어날 것이라고 굳건히 믿고 있었던 나는 이제야 무너진다.

*

어머니는 그렇게 내 곁을 떠나갔다. 아파서 병원에 가본 적도 없는 어머니는 나를 두고 허망하게 떠나버렸다. 젊고 젊은 어머니가 영원히… 그 믿기지 않는 현실 앞에서 그 사실을 믿어보기 위해 내가 해야 할 일을 찾아냈다. 그것은 외할머니를 뵈러 가야 한다는 생각이었다. 다시는 돌아올 수 없는 먼 곳으로 떠나가는 자식의 마지막 모습조차 볼 수 없었던 외할머니와 마주하고 싶었다. 나는 어머니를 잃었고, 외할머니는 자식을 잃은 것이었다. 어머니를 떠나보낸 나보다도 자식을 잃은 외할머니의 상심이 더 깊을 것이었다. 양희 언니를 잃은 양희 언니의 어머니는 자식의 죽음 앞에서 처절한 모습으로 몸부림쳤었다. 가슴을 쥐어뜯으며 물 한 모금을 입에 넘기지 못했다. 차가운 방에서 양희 언니 혼자서 홀로 죽어간 것이 자신의 탓이라며 몸부림치던 양희 언니의 어머니의 모습은, 살아있다고 볼 수 없을 정도로 처참한 모습이었었다. 오죽 했으면… 얼마나 가슴이 찢어지고 고통스러웠으면… 가루가 되어 나온 양희 언니를 품에 안고 '내 새끼야, 집에 가자' 하고 울부짖다가 혼절했을까. 양희 언니의 어머니처럼 외할머니의 심정도 그럴 것만 같았다.

어머니의 삼우제를 조촐하게 치른 나는 외갓집으로 가기 위해 기차에 몸을 실었다. 외갓집 앞에 도착했을 때는 어스름한 어둠이 마을에 내려앉고 있었다. 집집의 굴뚝에서는 연기가 피어올랐다. 굴뚝에서 나는 흐릿한 기체를 보자 목젖이 뜨거워진다. 저 연기는 가족들이 먹을 저녁을 짓느라 누군가의 어머니들이 아궁이 앞에서 불을 떼고 있기 때문일 것이다. 그 어머니들처럼 내 어머니는 어째서 아궁이 앞에서 불을 뗄 수 없는 것인가. 왜 이 세상에 존재하지 않는가. 그토록 서둘러서… 굴뚝에서 피어오르는 연기가 어둑한 하늘을 향해 거침없이 올라가고 있다. 저 연기를 따라가 보면 내 어머니를 만날 수 있을까.

나는 가물가물 사라지는 연기를 좇으며 어머니를 떠올리다가 감나무 앞으로 천천히 걸음을 옮겼다. 이모는 어머니가 이 감나무 앞에 서 있었다고 했다. 무짠지를 무친 것을 외할머니에게 갖다 드리기 위해 집을 나서던 이모는, 감나무를 바라보고 있는 검은 그림자가 어머니인 줄은 꿈에도 몰랐다고 했었다. 한참의 시간이 흘렀는데도 감나무 아래에서 떠나지 않고 서 있는 사람이, 누군가 싶어서 가까이 가보았다고 했다. 뜻밖에도 어머니였다고 했다. 놀랍기도 하고 반갑기도 한 이모는 여기에 왜 이러고 있느냐고 어머니에게 물었다. 어머니는 힘없이 "그냥" 하더라는 것이었다. 그러면서 이모는 그 감나무는 어머니가 어린 시절부터 놀던 놀이터였었다고 했다. 어릴 때부터 유독 춤을 잘 추었다는 어머니는, 그 감나무 아래서 동네 사람들이 불러주는 노래에 맞춰 춤을 추었다고 했다. 여자들이 나대는 것을 극도로 싫어했던 외할아버지도 어머니가 춤을 추면, '잘한다' '얼씨구' 하고 추임새를 넣었다는 것이었다. 이모의 이야기를 들으며 나는 어머니가 무엇을 좋아하고 무슨 일을 하고 싶어 했는지에 대해서 알고 있는 것이, 하나도 없다는 생각이 들었었다. 그것은 어머니가 언제까지나 내 옆에서 오랜 시간을 함께할 것이라고 믿고 있었기 때문일지도 모른다. 어머니와 함께할 많은 시간이 남아 있다고 믿었기에 어머니의 취미나 어머니가 꾸었을 미래의 꿈, 혹은 하고 싶은 것에 대한 그 어떤 것도 알려고 하지도 않고 묻지도 않았을 것이다. 언제든 기회가 되면 알게 될 것이라고 여긴 것이다. 이제는 그 기회가 사라졌다. 어머니에 대해서 알고 싶은 것과 알아야 될 것에 관한 그 수많은 이야기가 어머니와 함께 재가 되어 버렸다. 어머니가 아닌 한 인간 '조향례'의 이야기가 땅속으로 묻힌 것이었다. 어머니가 아닌 한 여자 '조향례'의 생에 드리워진 그 수많은 이야기들이 숨결에 묻힌 채 어머니의 정신을 갉았을 꿈이 허공으로 완전히 흩어져버린 것이었다.

어머니는 이 감나무 아래서 무슨 생각을 하며 서 있었을까.

어머니가 유년 시절에 꿈꾸었을 감나무 아래서의 미래의 꿈이 생각하던 대로 살아지지 않는 것에 대한 물음을 하며 서 있었을까. 아니면 다시는 감나무와 마주하지 못할 것 같은 예감이 들어서 그토록 오랜 시간을 서 있었던 것일까. 감나무를 쓸어본다. 어머니가 쓸어보았을 감나무의 등걸을 쓸며 한참을 서 있다가 외갓집으로 향했다. 대문을 열고 마당에 들어선 나는 외할머니, 하고 불렀다. 부엌문이 삐걱하고 열리면서 외할머니가 달려 나왔다.

"춘디 아가. 워치게 왔다니. 잉, 아가!!"

외할머니가 앞치마에 눈물을 훔치며 내 손을 잡는다. 외할아버지한테 인사를 드리기 위해 외할머니와 안방으로 들어갔다. 전깃불 아래서 책을 보고 있던 외할아버지가 오느라고 애썼다, 하고는 짧은 신음소리를 뱉었다. 그리고는 그만 건너가 봐라, 했다. 나를 외면하는 것 같은 외할아버지의 말에 나는 외할머니와 건넌방으로 건너왔다. 이 방은 외할머니가 어머니를 낳고 기른 방이었다. 내가 학교에 다니던 시절 방학을 맞이해서 외갓집에 내려오면 어머니가 자란 이

방에서 지내곤 했었다. 골방과 두 개의 방으로 이어진 방이었다. 방문을 열면 바로 뒤꼍이었다. 부엌과도 잇닿아 있는 뒤꼍에는 항아리들이 볕을 받아 반짝거리고 있었다. 참새는 항아리 뚜껑에 고인 물에 날개를 적시고는 푸득푸득거렸다. 그 풍경을 보고 있노라면 머릿속이 환해지고 가슴이 벅차올랐었다. 방학이 끝나 집으로 돌아오면 나는 어머니에게 외갓집의 뒤꼍 풍경에 대해서 느낀 내 감정을 이야기하곤 했다. 내 이야기를 듣고 난 어머니는 자신도 그랬었다며 맞장구를 쳐주곤 했었다.

전기불도 켜지 않은 캄캄한 방에서 어머니가 태어나고 자란 그 방에서 외할머니는 어머니를 잃은 내 손을, 나는 자식을 잃은 외할머니의 손을 서로 잡고 있었다. 아직도 어머니의 체취가 남아 있는 것 같은 어머니가 태어나고 자란 방에서… 말없이.

외할머니와 나는 가슴속에서 애끓고 있는 슬프고도 처연한 침묵의 소리에 서로 귀를 기울이고 있는 것처럼 앉아 있다. 뒤꼍에서 부는 저녁 바람에 문풍지가 떠는 소리 외에는 그 어떤 소리도 차단 된 것 같은 방에서, 외할머니와 나는 침묵에 가려진 슬픔을 삭이고 있었다. 외할머니는 양희 언니의 어머니처럼 가슴을 쥐어뜯지도 통곡을 하지도 않는다. 눈물조차 흘리지 않는다. 결코. 그저 내 손을 잡고 있을 뿐이다. 가슴을 울리고 있는 침묵의 소리를 외할머니와 나는 서로 들으며… 완벽한 침묵만이 존재하고 있는 캄캄한 방에서 앉아 있었다. 한참의 시간이 흐른 듯했다. 무겁게 흐르고 있는 정적을 깨듯 슬프고도 처연한 침묵을 물리치듯 외할머니가 내 손을 놓는다. 손이 분리되면서 내는 살갗의 스스삭, 소리가 어둠을 가른다.

"춘디 아가 뵉에 나오덜 말거라, 잉. 즈녁 밥 후딱 지을 틴 게. 배 곯았을틴다…잉, 아가!"

"……"

몸을 일으킨 외할머니가 일바지를 추스르며 방문을 열고 나간다. 바람이 훅, 하고 밀려들어온다. 문풍지가 바람에 진저리를 친다. 부르르 떠는 문풍지를 보며 나는 춤추는 것을 좋아했다는 어머니의 모습을 떠올린다. 그러자 유년 시절의 어머니의 모습이 보이는 듯했다. 검정 치마에 흰 저고리를 입고 머리를 양 갈래로 땋은 어머니가, 치맛자락을 양손으로 붙잡고 두 눈을 지그시 감은 채 춤을 추고 있다. 유연한 동작으로 춤을 추는 어머니는 무척 행복해 보인다. 어머니의 모습이 너무나 기쁨에 넘쳐 보여서일까. 아니면 한 사람이 꿈꾸고 좋아하는 일을 이루지 못하고 떠난 짧은 생에 대한 안타까움일까. 서러운 마음일까. 울컥, 눈물이 쏟아진다. 내 앞에서 단 한 번도 춤을 추지 않았던 어머니. 그러므로 어머니가 전축에서 흘러나오는 음악에 맞춰 춤을 춘다는 것을, 나는 상상도 해 보지 않았다. 어머니가 영화를 즐겨본다는 것만이 내가 어머니에 대해서 알고 있는 전부였었다. 어머니가 이루고 싶었던 꿈을 좀 더 일찍 알았더라면… 어머니의 삶이 조금은 덜 고단했을까.

어머니를 떠올리던 나는 저녁밥을 짓고 있을 외할머니에게 가보기 위해 몸을 일으킨다. 부엌 앞으로 간다. 비스듬히 닫혀 있는 부엌문 틈으로 부엌 안을 들여다본다. 외할머니가 아궁이 앞에 앉아 있다. 아궁이 안에서는 시뻘건 불빛이 혀를 날름거린다. 부지깽이로 아궁이 안을 뒤적이던 외할머니가 들고 있는 부지깽이를 부엌바닥에 힘껏 내던진다. 주먹으로 부엌바닥을 내리친다. 가슴을 쥐어뜯는다. 어머니가 내뱉던 마지막 그 소리처럼 외할머니가 "끄윽, 끄윽"거리며 통곡한다.

*

어머니가 떠난 것과 상관없이 봄이 왔다. 골목길에는 개나리가 노랗게 피었다. 맘껏 핀 개나리꽃은 지나가는 사람들의 시선을 붙잡고 있었다. 그 시간이 흐르는 동안 나는 집안에 틀어박혀서 꼼짝하지 않았다. 전축에서 들리는 음악이 다 끝났다는 소리음이 들리면, 판을 새로 갈 거나 아니면 핀을 처음으로 되돌리는 것으로 시간을 보내고 있었다. 두문불출했다. 회사에 사표도 냈다. 그 사람은 사표를 내는 것을 보류하라고 만류했다. 듣지 않았다. 그 누구도 보고 싶지 않았다. 그 누구도 만나고 싶지 않았다. 가족들도 마찬가지였다. 아버지는 나를 집으로 데려가기 위해 애를 썼다. 아버지를 외면했다. 어머니의 죽음이 마치 아버지로 인해서 찾아온 것처럼 아버지에 대한 증오심과 미움이 증폭되고 있는 내게 그 사람은, 아버지의 말에 따라야 한다고 타일렀다. 그 사람이 야속했다. 아니 그 사람뿐이 아니라 그 누가 무슨 말을 해도 내 귀에 들려오지 않았다. 오직 어머니의 죽음만이 나를 짓누르고 있었다. 그 사람을 사랑한다고 생각했던 그 사랑마저 어머니의 죽음 앞에서는 나를 헤어 나오지 못하게 했다. 그 사람도 내게는 무의미한 사람으로 여겨졌다. 나이가 든 어른처럼 아버지의 집으로 돌아가라고 하는 모범적인 대사만을 쏟아내는 그 사람이 마냥 거슬렸다. 그 사람이 나를 위로하기 위해 내놓는 그 어떤 제안도 뿌리쳤다. 모든 생각이 정지된 것처럼 내 자신의 미래에 대한 것조차 아무 것도 떠오르지 않았다. 어쩌다가 잠이 들면 어머니의 죽음 앞에서 울부짖던 내 통곡소리에 깨어났다. 그렇지 않으면 어머니의 축 늘어진 팔이 내 가슴팍을 짓눌렀다. 숨을 쉴 수가 없었다. 가위에 눌려 헛소리를 지르며 허우적거리다가 잠에서 깼다. 방 한쪽에 웅크리고 앉았다. 날을 꼬박 밝히며 어머니를 떠올렸다. 어머니는 죽어서도 고향으로 내려가지 못했다. 어머니를 끝내 받아들이지 않는 외할아버지 때문이었다. 외할아버지의 반대로 한 줌의 재가 된 어머니는 낯선 야산에 뿌려져야 했다. 아버지의 아내가 되어 자식을 낳은 어머니가 아버지의 잘못으로 이혼을 해서 혼자 외롭게 살다가 떠났는데도, 외할아버지는 어머니를 받아들이지 않았다. 이혼을 한 것도 모자라 부모를 놔두고 먼저 떠난 자식은, 자식이 아니라는 것이 어머니가 고향에 돌아가지 못한 이유였다. 아버지와의 이혼으로 어머니는 평강 채씨의 조상들이 모셔져 있는 선산에도 묻힐 수 없었다. 결혼을 하지 않은 양희 언니는 죽어서 고향으로 내려갔다. 그런데 왜 우리 어머니는 채씨 집안에도 부모 곁에도 고향에도 그 어느 곳으로도 가지 못하는가. 어머니는 재가 되어 한 줌이 된 그 몸마저도 누일 곳이 없어서 낯선 땅에 뿌려져야 했는가. 어머니의 잘못이 무엇인가.

시댁에도 친정으로도 갈 수 없는 어머니가 가여워서 입에 물조차 넘어가지 않았다. 심장이 조각조각난 것처럼 고통스러웠다. 오직 어머니만 붙잡고 앉아 시간 시간과 다투고 있었다. 그런 나날이 이어지면서 그 사람조차 내게는 의미가 없는 사람처럼 느껴졌다. 어머니가 없는 세상에서의 그 사람은 내게 어떤 감정도 일어나지 않게 했다. 어머니가 생존해 있을 때처럼 내가 그 사람에게 느끼던 감정들이 온데간데 없이 사라져 버렸다. 그저 어머니가 떠나기 전의 모습과 떠나던 날부터 한 줌의 재가 되어 흙으로 돌아가던 날까지의 일련의 일들만이 내 머릿속을 채우고 있었다. 어머니가 마지막까지 내뱉던 "끄윽"거리는 소리와 병원 앞의 계단, 희끄무레한 하늘빛, 두텁던 구름, 눈발, 거친 바람과 비, 흩날리는 진눈깨비만이 떠올랐다. 그날의 시간에서 모든 사고가 멈춰 있었다. 그날의 장면들이 단편적으로 떠오를 때마다 나는 미로 속에 갇힌 사람처럼 컥컥거렸다. 숨이 막혀서 금방이라도 목숨줄이 끊어질 것 같았다. 그런 나를 지켜보던 그 사람은 내게 가족들이 있는 곳에서 지내는 것이, 어머니에 대한 그리움을 그나마 작게 느낄 수 있을 것이라고 했다. 나는 그 사람의 말을 듣지 않았다. 아버지에게 돌아가지 않을 것이라고 했다. 새어머니와 서로를 무시한 채 살아가는 일은 숨이 턱에 걸려 있는 것처럼 힘든 일이다. 이미 떠나온 집이다. 그 집으로 돌아간다는 건 있을 수 없다. 그 사람에게 혼자서 살아갈 수 있다고 호언장담했다. 그 사람은 자신의 눈을 똑바로 보라고 했다. 자신도 가족들을 생각하면 화가 난다고 했다. 매일 앓는 소리를 하는 아버지와 한쪽 다리 때문에 결혼도 포기하고 살아가는 누나를 보면, 숨이 막혀서 질식할 것 같다고 했다. 그래서 일요일이면 등산을 하는 것이라고 했다. 숨을 쉬면서 살기 위해서. 그러면서도 아버지, 누나와 함께 사는 것은 '가족'이기 때문이라는 것이었다. 가족이란 내가 싫다고 해서 버릴 수 있고, 내가 원해서 취할 수 있는 것이 가족이 아니라고 했다. '가족'은 그저 가족인 것이라고 차분한 어조로 말하는 그 사람의 눈에 물기가 습습하게 배이고 있었다.

# 9. 그 사람이 정말 그곳에 있었을까

제작 피디는 이른 시간에 전화를 해 왔다. 오늘 무대 인사 잊지 않으셨죠, 하고 묻는 제작 피디에게 그렇다고 명쾌하게 대답을 해줬다. 그리고는 외출 준비를 시작했다. 화장을 하기 위해 거울 앞에 선다. 거울 속에 비춘 내 얼굴을 들여다본다. 세안을 하는 게 고작이었던 얼굴은 무엇으로도 감출 수 없는 세월의 흔적이 고스란히 드러나 있다. 이미 알고 있는 사실이었다. 그런데 지금의 심정은 이마의 주름을 감추고, 늘어진 눈꺼풀을 끌어올리고, 풍선처럼 부풀어 있는 눈 밑을 터트리고 싶다. 그것은 무대 인사를 하러 K시에 가는 길에 내가 어머니와 잠시 살았고, 그 사람이 살던 집을 한 번 둘러보자는 생각 때문일 것이다. 아니 숨김없이 말한다면 그 사람이 아직도 그곳의 그 집에서 살고 있다면… 그 사람을 만나게 될지도 모른다는 생각이 은밀한 욕망처럼 나를 떠나지 않아서이다. 막연한 그 생각

은 오히려 구체화되고 있다. 그 사람을 꼭 만나게 될 거라고 부추긴
다. 그래서일까. 마치 그 사람을 만나기로 약속을 한 것처럼 가슴이
두근두근거린다. 거울 속의 내 모습이 추레해 보이는 것만 같아 화
장품을 덕지덕지 바른다. 한껏 들떠 있는 기분 탓에 두 발은 공중에
떠 있는 것 같다. 중심이 잡히지 않는다. 두 발에 힘을 주며 밑 화장
을 끝낸다. 노안으로 침침한 눈을 부릅뜬다. 눈썹을 그리기 위해서
다. 나이가 먹으면 머리카락뿐 아니라, 눈썹도 하얗게 변하는 모양
이다. 눈썹도 듬성듬성 빠져 있다. 그러니 눈썹을 안 그릴 수가 없는
것이다. 눈썹의 형태를 따라가며 정성껏 그린다. 삐뚤삐뚤 그려진다.
지웠다가 다시 그려본다. 여의치 않다. 한숨을 내쉬던 나는 문득 희
진이 했던 말을 떠올린다. 희진은 얼마 전에 눈썹에 문신을 했다고
자랑했었다. 나이가 들어가면서 눈썹을 그리는 일이 쉽지 않았는데,
문신을 하고 나니 화장을 하는 시간이 반으로 줄었다며 내게도 권
하고 나섰다. 희진의 권유에 나는 반응하지 않았었다. 눈썹에 숯으
로 새까맣게 덧칠을 해 놓은 것 같은 희진의 눈썹만 쳐다보고 있었
다. 내가 별 반응을 보이지 않자 희진은 시간이 흐를수록 까만색이
점차 빠져서 자연스러워진대, 했다. 희진의 말대로 요즘에 본 희진의
눈썹은 원래의 눈썹의 색을 찾아가며 자리를 잡아가고 있었다. 아무
래도 희진이처럼 눈썹에 문신을 해야 할 것만 같다. 펜슬을 다시 쥔
다. '후' 하고 심호흡을 한다. 집중해서 눈썹을 그려본다. 마음이 겅

중거리는 탓인지 마음먹은 대로 그려지지 않는다. 짝짝이다. 눈썹을 지운다. 다시 그리기 위해 눈썹연필을 쥐는데 휴대폰이 또 울린다. 딸아이가 틀림없을 것이다. 딸아이의 시부모님이 악극 '어머니'를 보기 위해 K시로 온다고 했었다. 휴대폰의 폴더를 열자 예상대로 딸아이다. 전화를 받자 벌써 몇 번째 하는 전화인지 아느냐며 딸아이가 투덜거렸다. 딸아이의 전화가 금방 끝날 것 같지 않다. 스피커폰으로 통화를 이어간다. 거울에 비춘 내 눈썹에 여전히 시선을 고정한 채. 짝짝이로 그려진 눈썹을 수정하며 딸아이에게 말한다. 샤워하고 드라이기로 머리를 말리느라 휴대폰이 울리는 소리를 듣지 못했다고, 딸아이에게 핑계를 대며 미안하다고 했다. 내 사과에 딸아이는 한껏 수그러든 목소리로 부산을 떠는 걸 보니 무대 인사가 부담스럽기는 하나 보네, 했다. 그렇다고 했다. 내 대답에 딸아이는 엄마는 잘 할 수 있어, 하고 격려한 뒤 파이팅을 외쳤다. 나를 응원하던 딸아이는 극장에서 보자며 전화를 끊었다. 어쩐 일인지 외손녀의 일상도 전해주지 않았다.

나는 딸아이가 예상외로 전화를 빨리 끊은 것도 모자라 내게 격려까지 해준 것이 고마워 혼자 웃는다. 딸아이의 한 마디에 웃음이 귀에 걸리고, 무대에 서서 인사를 하는 것이 뭐 어렵겠느냐는 용기까지 불끈 솟는다. 그 용기에 힘입어 눈썹을 그리는 데 집중한다. 거울 속에 비춘 눈썹이 짝짝이가 아닌가를 몇 번을 확인해 본다. 그것도 모자라 양미간을 모은다. 항상 왼쪽 눈썹이 말썽을 피웠다. 왼쪽 눈썹을 살핀다. 오른쪽 눈썹과의 대칭을 눈여겨본다. 그런 대로 그려진 것 같다. 흉하지 않다. 이만하면 된 것 같다. 눈썹을 그리는 데 많은 시간이 할애됐다. 반드시 눈썹에 문신을 해야겠다고 다짐을 한다. 서둘러 옷장 문을 연다. 새로 산 검정 정장에 코발트 색깔의 셔츠를 받쳐 입고는 신발장 앞에 선다. 구두를 신기 위해 한쪽 발을 막 구두에 넣고 있는데 남편의 음성이 들려온다.

"점심은 무얼 먹지?"

벌써 점심 타령이냐는 소리가 내 목구멍 밖으로 쏟아지려고 하는 찰나, 꿀꺽 삼킨다.

"바람도 쐴 겸, 나가서 한 그릇 사서 먹어."

나는 최대한 부드러운 어투로 말했다. 남편은 의기양양한 표정으로 알았다고 하고는 이따가 극장으로 가겠다고 했다.

"악극을 또, 보려고? 봤잖아."

"응, 이번에는 고등학교 동창회에서 단체로 가는 거야. 인석이란 놈이 손자를 갑자기 봐줘야 하나 봐. 대신 가라고 연락이 와서."

남편의 고등학교 동창회에서 '어머니' 악극을 보기 위해 단체로 표를 예매해서 온다는 데야, 내가 뭐라고 할 수도 없다. 그렇지만 무언지 모르게 불편했다. 남편 몰래 내가 그 사람과 만나기로 약속이 된 것을 남편이 알아채고, 방해를 하려고 오는 것처럼 심장이 벌렁거렸다. 단지 K시로 가는 것뿐인데도 그랬다.

"그나저나 점심은 뭘 먹지."

남편이 뒷짐을 지고 거실을 서성이며 중얼거렸다.

"그 놈의 밥 타령은…."

참고 있던 그 소리가 나도 모르게 내 목구멍을 박차고 튀어나갔다.

"이 사람아! 밥이 최고인 거야. 밥을 못 먹기 시작하면 가는 거야. 저 세상으로… 저녁은 당신이 신경 안 써도 돼. 윤철이가 한 턱 낸대. 새장가 갔잖아. 와이프가 저 세상으로 갔을 때는 저도 따라서 죽는다고 난리를 치더니… 언제 그랬냐는 듯이 요즘은 아주 얼굴이 훤해. 내기 당구를 칠 때도 펄펄 날아다니더라니까. 아주 회춘했어."

"부러우면 새장가를 가든가…."

내 말에 남편이 눈을 커다랗게 뜨고는 손사래를 친다.

"당신이 멀쩡히 살아있는데, 내가 왜 새장가를 가."

"그 말은 뭐야? 그러니까 나 죽으면 새장가 가겠다는 소리네."

"무슨 말을 그렇게 해석해. 어쨌든 나는 세끼 밥 잘 챙겨주고 글 잘 쓰는 당신이 제일 좋아. 최고야."

"……."

남편이 엄지손가락을 치켜세웠다.

나는 더 이상 남편의 말에 대꾸하지 않았다. 결국은 또 세끼 밥으로 자신의 심중을 종결짓는 남편이 얄미웠지만, 내 글에 대해서 칭찬을 하는 남편이 고맙기도 해서였다. 그래도 부족하기만 한 내 편을 들어주는 사람은 남편뿐이었다. 언젠가 딸아이와 다툰 적이 있었다. 딸아이네 가족과 외식을 하던 날이었다. 한참 호기심이 많고 활동량이 많은 외손녀는 식당 안을 휘젓고 다녔다. 종횡무진했다. 외손녀를 누군가 봐줘야 했다. 그래야만이 우리 가족이 마음 편하게 식사를 할 수 있었다. 그 일은 당연히 외할머니인 내 몫이었다. 외손녀를 쫓아다니느라 혼이 나간 것 같았다. 정신이 몽롱했다. 식사를 마친 딸아이가 외손녀를 볼 차례였다. 그러나 딸아이는 사위와 노닥거리며 앉아 있었다. 나는 저녁밥도 먹는 둥 마는 둥 했다. 차와 과일은 딸아이의 집에 가서 먹기로 했다. 딸아이는 집에 도착해서도 과일은커녕 차 한 잔 내올 생각을 하지 않았다. 어디선가 걸려온 전화를 받느라 옆에 우리가 있다는 사실조차 잊은 듯했다. 할수 없이 딸아이네 부엌으로 들어간 나는 냉장고 문을 열었다. 야채박스에 들어 있는 과일이 제때 먹지 않아 배는 군데군데가 거뭇거뭇해져 있었고, 사과는 무말랭이처럼 말라가고 있었다. 과일을 손질했다. 먹을 수 있는 부분을 깎아서 접시에 담았다. 그때 전화를 끊은 딸아이가 내 곁에 섰다. 딸아이는 내가 손질을 해서 접시에 담아 놓은 과일을 보고는 왜 엄마 맘대로 냉장고에서 과일을 꺼냈느냐고, 나를 나무라기 시작했다. 사위가 낭패한 얼굴로 딸아이를 만류했다. 딸아이는 사위의 말을 듣지 않았다. 화가 나면 저 할 말을 쏟아내야 직성이 풀리는 딸아이는 아무리 딸네 집이라고 해도 기본적인 예의는 지켜야 한다고, 나를 향한 가격을 멈추지 않았다. 어이가 없었다. 하지만 사위 앞에서 딸아이와 대거리를 할 수는 없다는 생각에, 딸아이에게 아무 말도 못하고 딸아이의 비난을 감내하고 있었다. 어찌 보면 딸아이의 주장도 틀린 건 아니었다. 그렇다고 해도 이토록 나를 몰아세울 일 또한 아닌 것이다. 참다못한 나는 그럼 전화 통화를 오래하지 말았어야지, 하고 한 마디 했다. 그 말이 불난 집에 기름을 부은 격이었다. 딸아이는 회사 일인데 어떻게 전화를 끊어 하면서 눈을 치켜떴다. 남편이 나선 건 그때였다.

"신지우!! 채영남은 신지우의 어머니이기 전에 내 아내야. 내 아내 한테 함부로 하지 마!!!"

내 가방과 윗옷을 챙겨든 남편은 딸아이의 이름을 부르더니, 간결하고도 완벽한 문장으로 딸아이의 입을 막아버렸다. 딸아이와 사위 앞에서 내 체면을 세워준 남편이 그렇게 고마울 수가 없었다. 역시 남편밖에 없다는 생각이었다. 남편에게 고마웠던 기억을 떠올리던 나는, K시로 가기 위해 지하철역으로 향한다. 지하철을 탄다. K시까지는 환승도 필요 없다. 한 구간으로 되어 있다. 지하철이 K시역에서 멈춘다. 가슴이 또 두근거리며 나댄다. 가슴을 지그시 누르며 미리 인터넷으로 검색을 한 대로 K시의 경찰서 방향인 2번 출구를 찾는다. 2번 출구가 보인다. 출구를 빠져 나온다. 내 두 눈이 휘둥그레해진다. 눈앞에 펼쳐진 광경 때문이다. K시는 옛날의 그 어떤 모습도 없다. 찾아볼 수 없다. 논과 밭뿐이었던 동네였다는 것이 믿어지지 않는다. 대부분이 허름한 집들뿐이었었다. 거의가 슬레이트 지붕이었던 풍경은 온데간데없다. 우뚝 솟은 아파트와 높은 빌딩들이 앞다투어 서 있다. 정말 여기가 내가 알고 있는 K시가 맞는가, 하는 의구심까지 든다. 그 옛날의 K시의 모습은 그 어느 곳에서도 흔적조차 찾을 수 없다. 아무래도 잘못 찾아온 동네 같다. 도대체가 어디가 어딘지 모를 정도로 번화가로 변해 있다. K시에서 그 사람이 살고 내가 살았던 그 동네를 찾는 일이란 불가능할 것도 같다. 몇 층인지 세어보지 못할 정도로 고층건물이 들어서 있는 아파트와 빌딩이 숲을 이루고 있는 K시. 도대체 어느 방향으로 가야 하는지 갈피를 잡을 수 없다. 설령 가는 방향을 안다고 해도 그 사람이 살던 집을 찾기란 쉬운 일이 아닐 것만 같다. 한참을 길에 서서 K시의 변화된 모습을 바라보고 있던 나는 부동산으로 들어갔다. 부동산 안에는 딸아이의 나이와 비슷할 것 같은 젊은 남자가 컴퓨터 앞에 앉아 있다. 내가 들어서자 부동산 남자는 몸을 일으키며 의자에 앉으라고 안내한다. 의자에 앉은 나는 부동산 남자에게 내가 살았을 당시의 동네와 도로, 다리에 대해서 이것저것 물었다. 그러자 부동산 남자는 내가 묻는 동네에 대해서 자세하게 알려준다. 어머니가 건너고 그 사람과 내가 건너기도 하던 폭이 좁았던 다리가 저 다리라고 하며, 부동산 남자는 부동산의 출입문을 열어놓고 손으로 가리키며 상세하게 설명한다. 그러면서 부동산 남자는 내가 찾아가려고 하는 동네까지의 거리가 제법 된다며 버스나 택시를 이용하라고 조언했다. 그렇지만 나는 걷고 싶었다. 큰 도로처럼 변한 다리를 기점으로 기억을 더듬어보면, 내가 살던 동네는 이 부근에서 그리 멀지 않을 것도 같았다.

부동산 남자가 가리킨 방향을 따라 걷는다. 얼마를 걸었을까. 주변 풍경이 익숙하게 느껴진다. 하나, 둘 기억이 떠오른다. 길을 끼고 길 아래로 물이 흐르던 작은 개천이 있었는데… 아마도 그 개천을 복구해서 도로를 만들어놓은 것 같았다. 복구된 개천은 8차선 도로가 되어 자동차들이 꼬리를 문 채 수없이 지나다니고 있다. 그 도로를 따라 걷자 사거리가 나온다. 부동산 남자가 알려준 대로 사거리에서 얼마를 더 걸어 올라가자 산을 뚫어 만들어놓은 터널이 보인다. 내 기억이 틀리지 않는다면 터널 위의 산이, 그 사람의 집 뒤에 있던 산등성이와 맞닿아 있던 그 산일 것이다. 그러고 보니 터널이 뚫린 자리부터가 개천이었던 것 같다. 무더운 여름밤이면 동네 사람들은 더위를 피해 개천가의 가장자리에 돗자리를 깔았다. 그 돗자리에 앉아 개천으로 흐르는 물소리를 들으며 바라보는 하늘에는 수많은 별들이 촘촘히 박혀 있었다. 별들을 헤아려볼 수조차 없었다. 개천에서는 물이 흐르는 소리가 들리고 별들이 수를 놓은 것처럼,

밤하늘을 비춰주던 곳이었다는 게 믿어지지 않을 정도로 변해 버렸다. 그 정경을 볼 수 없이 도시화가 되어 버린 주변을 둘러본다. 산자락 아래에 있던 벚나무를 찾아본다. 그 벚나무가 지금도 그 자리에 있다면… 그 사람의 집도 그 자리에 있을 것이다. 벚나무가 내 시야 안으로 들어온다. '아', 하는 탄성이 입술을 비집고 새어나온다. 발돋움을 한다. 벚꽃이 활짝 피면 골목길에 가로등을 켜놓은 것처럼 골목길을 환하게 비추어주던 벚나무를 보기 위해. 도대체 저 벚나무는 내가 없는 동안에도 변함없이 저 자리에 서서, 몇 번이나 피고지고를 했을까. 열 손가락을 몇 번이나 세어볼 만큼의 세월이 흘렀는데도, 그 시간과 상관없이 그 자리에 서서 피고지고 했을 벚나무를 바라보자 숙연해진다. 도시를 떠돌다가 고향으로 되돌아온 탕아처럼 울컥해지면서, 그 사람과 벚나무 아래에 앉아 있던 날들이 꿈속처럼 아련하게 떠오른다. 벚꽃이 봄 햇살 속에서 소리 없이 떨어져 내리던 날이었다. 그 사람과 나는 그 풍경을 지켜보며 앉아 있었다. 딱히 주고받는 말도 없었다. 머리 위로 떨어지는 벚꽃 잎을 서로 바라보고 있었다. 그러다가 우리는 머리에 내려앉은 벚꽃 잎을 서로 떼어주었다. 잠들어 있는 아기의 볼에 떨어진 벚꽃 잎을 떼어내듯 아주 조심스럽게. 혹여라도 아기가 깰 것을 우려하는 사람들처럼 우리는 서로 손을 떨면서. 세월 속 깊이 묻혀 있을 그날의 풍경을, 내가 기억하는 것처럼 저 벚나무도 우리의 모습을 잊지 않고 기억하고 있을까.

벗나무를 바라보던 나는 벗나무 가까이로 가기 위해, 그 사람의 집으로 가보기 위해 걸음을 뗀다. 처음 이 동네에 이사를 와서 골목길을 환하게 비춰주는 벗나무가 서 있는 곳을 찾아가던 날처럼 골목길로 접어든다. 낯익은 골목길은 변한 것이 없다. 변한 것이 있다면 골목 주변의 담벼락에는 재개발에 따른 안내문과 현수막이 곳곳에 붙은 채 펄럭인다는 것이, 골목길의 새로운 변화라면 변화였다. 골목 입구에 있는 슈퍼 입간판에도 붉은 글씨로 '철거예정 지장물'이라고 커다랗게 쓰여 있는 현수막이 걸려 있을 뿐 사람의 그림자는 보이지 않는다. 아파트가 숲을 이루고 8차선 도로가 펼쳐진 사거리의 모습과는 너무나 대조적인 풍경으로 서 있는 동네는 마치 도시에서 방치해 놓은 곳 같았다. 머지않아 이곳도 도로 건너편에 서 있는 아파트 단지처럼 아파트가 숲을 이룰지도 모른다. 좁은 골목길을 따라 걷자 내가 이곳에서 지낼 때도 있었던 쌀과 연탄, 석유 등등을 팔던 가게가 보인다. 석유곤로에 기름을 넣기 위해 기름을 사기도 했고, 겨울이면 연탄을 주문하던 가게였었다. 가게의 유리문에도 '공가 안내'라는 노란 안내문이 붙어서 펄럭거린다. '공가 안내'문이 붙어 있는 것을 보면 살고 있던 사람들이 이사를 간 듯했다. 여기서 조금만 더 걸어 들어가면 어머니와 내가 살던 집이 나올 것이다. 부엌이 딸린 고만고만한 방이 여러 개 있던 집이었다. 주변을 두리번거리며 천천히 걸음을 옮긴다. 그러자 어머니와 내가 살던 때와 비슷한 형태를 갖춘 집이 서 있었다. 내 기억대로라면 철 대문이 비스듬히 기울어져 있는 저 집일 것이다. 대문 안으로 들어가자마자 바로 정면에 있는 방이 어머니와 내가 살던 방이었다. 우리 방 왼편에 있는 방이 어머니를 잔등에 업고 병원까지 뛰어 가준 아저씨와 아주머니가 살던 방일 것이었다. 칠이 벗겨질 대로 벗겨진 푸르스름한 철 대문은 아랫부분이 완전히 부식이 되어 커다란 구멍이 뻥 뚫려 있었다. 나는 그 대문 안으로 조심스럽게 들어갔다. 연탄처럼 까만 고양이 두 마리가 잔뜩 몸을 웅크리고 있다가 내 발자국 소리에 후다닥 도망을 친다. 집안에는 사람의 기척이 들리지 않는다. 폐가처럼 느껴지는 집안에서 어머니와 지내던 방을 어렵지 않게 찾아낸다. 어머니와 내가 살 때는 부엌문이 판자문으로 되어 있었다. 그 문이 알루미늄 문으로 바뀌어져 있는 것만 빼고는 문의 모양새가 크게 변하지 않은 듯했다. 이 공간에서 어머니가 떠나고도 나는 일 년을 넘게 혼자 지냈었다. 아무것도 하지 않고 그저 어머니와 함께한, 방에서 어머니와의 추억을 끌어안고 지내는 게 유일한 내 일과였었다. 어머니가 생존해 있을 때는 내가 살아가야 하는 이유가 있었다. 경제적으로 어려운 어머니를 돕는 일이었다. 또한 혼자서 지내는 어머니가 외롭지 않게 내가 어머니를 지켜 드리는 일이었다. 아버지와 이혼을 한 어머니가 제대로 된 어머니의 삶을 꾸려나가는 데 있어 내가 미약하나마 어떤 힘이 될 것이라고 여겼었다. 그 길이 어머니를 버리고 새어머니와 재혼을 한 아버지에게 통쾌한 복수를 하는 거라고 생각했었다. 그러나 어머니는 자신의 그 어떤 삶도 이루어내지 못하고 젊은 나이에 이 세상을 떠난 것이었다. 어머니에게 작별 인사도 하지 못했다. 이별에 대한 아무런 준비도 하지 않았다. 준비는커녕 어머니와 제대로 된 삶조차 꾸려보지 못했다. 이제는 어머니가 즐겨보는 영화도 함께 볼 수 없다. 마주앉아 식사를 할 수도 없다. 내 옷을 세탁해주고, 내 이부자리의 호청을 새로 갈아 끼워줄 어머니가 사라지고 없는 것이었다. 어머니와 함께한 그 일상이 당연히 내가 받을 몫이라고 착각한 나만을 남겨두고 떠나버린 어머니로 해서, 살아갈 하등의 이유를 찾지 못하고 있었다.

내가 열심히 산들, 누가 나를 보아줄 것인가.

어머니가 없는데.

내가 H전자에서 전자계산기의 숫자를 두드리고 받아 오는 월급봉투는 이제 누구에게 줘야 하는가.

어머니가 없는데.

아침이면 무슨 희망을 안고 눈을 뜰 것인가.

어머니가 없는데.

그 생각뿐이었다.

눈 밑이 거무스름했다. 내가 거울에 비춘 나를 봐도 산송장처럼 느껴졌다. 삶의 그 어떤 욕구도 일어나지 않았다. 희망도 없었다. 절망만을 끌어안은 채 여위어갔다. 무엇보다 잠을 이루지 못하고 있었다. 눈만 감으면 어머니가 들어 있는 관을 붙들고 울부짖던 내 통곡소리가 들려와서 잠을 이룰 수 없었다. 그런 밤이면 일기장을 펴놓고 어머니에 대한 그리움을 써 내려가는 것이 그래도 내가 숨을 쉴 수 있는 유일한 통로였었다.

부엌문을 슬쩍 밀어본다. 문이 열린다. 천장과 벽에는 거미줄이 뒤엉켜 있다. 치우다가 만 쓰레기가 봉분처럼 쌓여 있는 부엌 바닥은 사람이 살지 않은 지 오래된 것 같다. 방문은 아귀가 맞지 않은 채 열려 있다. 방안을 기웃거린다. 어머니와 지낼 때의 방안의 풍경이 떠오른다. 창문 바로 아래에는 어머니가 할부로 들여 놓은 전축이 놓여 있었다. 그 옆에는 어머니가 아버지와 결혼할 때 가져 왔다는 반닫이가 자리를 차지했었다. 어머니는 항상 반닫이 위에 이불을 개어서 올려놓곤 했다. 반닫이 옆에는 내 책상이 놓여 있던 이 방에서 유난히 바람이 거칠게 불며 요동을 치던 그 밤, 어머니와 순덕 언니는 거세게 불고 있는 바람소리에 추워질 날씨에 대한 이야기를 주고받았었다. 나는 어머니와 순덕 언니가 나누는 소리를 들으며 그 바람결을 타고, 그 사람 곁으로 가고자 하는 내 마음을 누르고 있었다. 그러다가 잠이 들었을 것이다. 내일의 아침을 맞이하기 위해서. 날이 밝으면 여느 날처럼 세상을 환하게 비춰줄 태양이 뜨고, 어머니는 부엌에서 아침 식사를 준비하는 평소와 다름없는 평화로운 일상이 다시 시작되리라고 믿으며… 아침의 그 소소한 일상이 산산조각이 날 줄은 상상도 하지 못한 채.

"누구요?"

허스키한 노인의 목소리가 들려왔다. 종이뭉치를 들고 서 있는 비썩 마른 노인은 경계를 하는 듯한 눈빛으로 나를 바라본다.

"아, 안녕 하세요?"

나는 얼른 노인을 향해 인사를 했다.

"빈, 집에서 뭐 하는 거요?"

"……."

노인에게 무어라고 설명을 해야 할지 몰라 나는 선뜻 대답을 하지 못하고 있었다.

"시에서 나왔수?"

"네? 아… 아닙니다. 저, 사실은 제가 아주 오래전에 이 방에서 살았었습니다. 우연히 이곳에 오게 돼서 찾아보게 되었고요."

"몇, 년도에 사셨는데?"

노인이 종이뭉치에 불을 지펴 양철통에 넣으며 물었다. 그리고는 비닐봉투 속에서 꺼낸 사진을 북북 찢어 양철통에 넣는다. 사진에 불이 옮겨 붙는 것을 보며 나는 노인의 물음에 대답한다.

"1972년쯤부터 살았어요."

"그때는 내가 이 집 주인이 아니었수. 내가 이 집을 산 건 1990년 대 초반이니까."

"아, 네. 실례했습니다."

"뭐, 실례랄 것은 없고. 재개발 때문에 여기에 살던 사람들이 다 이 사 나갔어. 그 바람에 방이 다 비어 있다우. 이 집에서 나만 남았지. 이 동네도 얼마 안 있으면 다 헐고 아파트를 지을 모양입디다. 뭐하 려고 재개발을 하는지. 없는 사람만 더 힘들게 하고. 우리 같은 늙은 이들은 살던 동네에서 살다가 눈 감는 게 제일인데… 이 집을 허물 때까지 살고 싶어도 똥 눌 때가 있어야 살지. 똥 좀 퍼 달라고 시에다 가 수없이 전화를 하는데도 똥을 푸러 안 와. 빨리 나가라는 건지."

"……."

노인이 찢으려던 사진에 시선을 고정시키다가 자조적으로 뇌까린다.

"이때가 제일 좋았었지…."

"……."

"죽은 내 마누라랑 혼인할 때 찍은 사진이라우."

나를 한 번 힐끗 쳐다본 노인이 입가를 씰룩이다가 빙긋 웃으며 말했다. 그 순간이다. 나도 빙긋 웃던 그 사람과 찍은 사진이 떠올랐 다. 꾀꼬리단풍이 절정을 이루고 있던 내장산에서였다. 단풍나무 앞 에서 그 사람과 나는 등산을 함께 간 회사 사람들과 기념사진을 찍 었다. 사진을 찍기 위해 서 있던 회사 사람들이 흩어지자 그 사람이 내 옆에 섰다. 그 사람이 내 어깨에 손을 얹었던가. 얹었을 것이다. 가을 햇살이 눈을 아프게 찌르던 그날 그 사람과 찍은 그 사진이 어딘가에 있을 것만 같았다. 그 생각을 하며 노인에게 묻는다.

"근데, 왜 태우시려고요?"

"죽기 전에 내 손으로 사진을 없애고 떠나야 자식들이 남겨진 내 짐을 정리하기가 쉽지 않겠수."

"아, 네."

노인의 말에 수긍하면서도 내 가슴 한쪽에 날카로운 이물질이 박힌 것처럼 통증이 일었다. 자식들에게 짐이 되지 않기 위해 생에 있어 제일 행복하고 즐거웠을 순간을, 기억할 수 있는 사진을 스스로 태우려고 하는 노인의 심정이 헤아려졌기 때문이었다. 나 역시 없애야 할 사진들이 엄청 많을 것이다. 그런데 내 손으로 그 사진들을 정리한다는 생각은 해 보지 않았었다. 어디 사진뿐이겠는가. 불필요한 물건들이 수두룩하다. 안 입은 옷들과 신발은 또 얼마나 많은가. 옷장을 가득 채우고 옷장에 옷을 둘 곳이 없는 옷들이 헌 신문지처럼 쌓여 있다. 비워내야 한다고, 즉흥적으로 물건을 구매하지 말아야 한다고 다짐을 하면서도 마음먹은 대로 되지 않는다. 행동으로 옮기지 못한 채 다짐만 하고 있는 것이다.

노인이 바라보고 있던 결혼사진을 반으로 북 찢었다. 노인이 불길 속으로 사진을 던지는 것을 보며, 나는 노인에게 건강하시라는 인사를 건네고는 그 집에서 나왔다. 다음에 내가 이곳을 찾아왔을 때는 사라지고 없을지도 모를 그 집을 바라보다가 걸음을 옮긴다. 골목길을 따라 걸어 올라간다. 영숙이 아줌마가 살던 집을 찾아본다. 사라지고 없다. 대신 '노인정'이라는 팻말이 붙어 있는 마당에는 운동기구가 늘어서 있는 것이, 영숙이 아줌마가 살던 집터였다는 걸 말해주고 있는 듯했다. 내가 결혼을 해서 남편을 따라 미국으로 떠나기 전까지는 영숙이 아줌마와 꾸준히 연락을 하며 지냈었다. 어머니가 외갓집에서 갖고 온 메주로 장을 담그는 법을 알려준 것도 영숙이 아줌마였었다. 어머니가 돌아가시자 다락방에 매달린 메주를 사겠다는 사람이 있다고 영숙이 아줌마가 알려왔다. 나는 고개를 저었다. 어머니가 머리에 이고 기차를 타고 버스를 타고 걷고 걸어서 갖고 온 메주를 팔 수 없었다. 더구나 외할머니가 자식들에게 주려고 손수 농사지은 콩이었다. 영숙 아줌마에게 장을 담그는 법을 알려 달라고 했다. 영숙 아줌마가 팔을 걷어 올렸다. 그렇게 해서 담근 간장도 된장도 너무나 잘 담가졌었다. 항아리에 담긴 된장과 간장을 보고 있는 것만으로도 어머니의 숨결이 느껴지는 것 같았다. 영숙 아줌마가 살아있다면 이제 팔십 중반을 훌쩍 넘는 나이가 되었을 것이다. 그러자 장을 담기 위해 항아리를 씻으며 향례가 있었으면, 하던 영숙 아줌마의 걸걸한 목소리가 들려오는 듯했다. 영숙 아줌마에 대한 그리움을 물리치며 그 사람의 집으로 가보기 위해 걸음을 뗀다. 골목 끝에 다다른다. 벚나무가 보인다. 그 사람의 집도 내 시야 안으로 들어온다. 밤꽃 냄새가 코를 찌른다.

*

    돌담이었던 그 사람의 집 담벼락은 붉은 벽돌로 교체되어 있다. 나무문이었던 대문은 철문으로 바뀐 채다. 대문이 굳게 닫혀 있는 그 사람의 집은 외형만 보더라도 흘러간 시간 속의 세세한 시간까지도 말해주는 것 같다. 그 사람의 집이 현대식으로 완전히 변화되어 있는 만큼, 그 사람의 가족들이 이 집에서 살고 있을 것이라는 확신은 할 수 없다. 그런데도 나는 그 사람의 집 대문 앞에서 서성인다. H전자에서 야간 잔업을 하고 돌아오다가 그 사람의 집 대문 앞에서 그 사람의 방에 켜진 불빛을 보고 있을 때처럼, 가슴이 요동친다. 문에 부착된 벨을 누르려다가 그만둔다. 그 사람이 살고 있는지를 알아보고 싶은 마음과는 달리 용기가 나지 않는다. 그것은 용기보다는 대문이 열리는 순간 그 사람과 마주하게 될지도 모른다는 두려움 때문일 것이다. 망설이다가 서성이다가 밤나무 아래에 있는 평상에 앉는다. 평상 위로 밤꽃이 후드득 떨어진다. 손끝으로 쓸어낸다. 이 평상에서 나는 그 사람과 그 사람의 누나와 함께 삶은 밤을 까서 먹기도 했었다. 더운 여름날에는 그 사람의 누나가 이 평상으로 삶은 국수를 비벼 내오기도 했던 이곳에서의 기억은, 내게 삶의 어떤 토양처럼 자리 잡고 있었다. 이상하게도 그 사람의 누나를 떠올릴 때면 삶의 어두운 부분이나 맺어진 인연으로 해서, 관계를 이어가고 있는 사람으로 해서 받는 상처 따위가 털어내는 먼지처럼 가볍게 느껴졌다. 가족과의 불화 앞에서도 그랬다. 남편과 겪는 갈등도 마찬가지였다. 또한 앞뒤의 이야기는 무시하고 행위 자체만을 갖고 따발총처럼 나를 나무라는 딸아이의 말버릇도 참을만 했다. 그러고 보면 내가 이곳을 떠나게 된 것도 그 사람의 누나 때문이었을 것이었다. 그 사람 때문이 아니었다. 어머니가 떠난 후 나는 제대로 먹지 못했다. 피골이 상접했다. 아버지는 어머니의 스웨터를 품에 끌어안고 있는 나를 병원에 입원시키려고 했다. 아버지의 청을 거절했다. 어머니와 살던 방에서 한 발자국도 나가지 않겠다고 버텼다. 고집을 피웠다. 악을 쓰며 몸부림치는 나를 달랜 건 아버지도 그 사람도 아니었다. 그 사람의 누나였다. 그 사람의 누나는 불편한 다리를 절룩이며 매일 먹을거리를 들고 나를 찾아왔다. 내 곁에 머물렀다. 그 사람의 누나는 그 사람처럼 아버지에게 돌아가라고 하지 않았다. 10살이었을 무렵 어머니를 떠나보냈다는 그 사람의 누나는 내가 겪고 있는 슬픔과 절망의 깊이를 헤아려주고 있는 것 같았다. 내 무너진 가슴의 축을 불편한 몸으로 기꺼이 받쳐주고 있었다. 그저 내 옆에서 내 잔등을 두드려주었다. 그 손짓에는 내가 하루속히 일상으로 돌아오기를 기다리고 있는 간절함 같은 것이 배어 있었다. 내가 듣고 있는 음악이 끝났다는 것을 알려주듯 칙칙거리는 소리가 레코드판에서 들려오면, 그 사람의 누나는 다리를 절룩이며 일어섰다. 레코드판의 핀을 다시 처음으로 돌려놓곤 했다. 그 사람의 누나의 모습에서 나는 어머니의 모습과 양희 언니의 모습을 보고 있었다. 나를 위해 희생하는 그 사람의 누나가 나한테 쏟는 정성은 어머니를 잃은 아픔보다 더 비통하게 내 가슴을 쳤다. 그 사람의 누나는 내게 치료를 받은 다음 다시 이 방으로 돌아오라고 일렀다. 그 말이 나를 방 밖으로 나오게 했다.

병원에 입원했다. 내처 잠만 잤다. 링거병에서 떨어지는 수액이 손등에 꽂힌 주사바늘을 통해 내 몸속으로 들어가는 것을 보며 눈을 감았다. 눈을 뜨면 링거병을 새로 갈아 끼우는 간호사의 뒷모습이 보였다. 또 다시 잠 속으로 빠져 들어가는 나날이 이어지고 있었다. 병실을 들락거리며 내 상태를 살피는 그 사람의 형상이 자욱한 안개 속에 서 있는 사람처럼 제대로 보이지 않았다. 그런데도 이상한 것은 그 사람의 누나에 대한 나의 반응이었다. 그 사람의 누나가 병실에 오면 나는 말간 정신으로 앉아 있곤 했다. 병원에서도 내 병명을 알지 못했다. 먹지 않고 잠을 자지 않아서 기력이 쇠약해졌다는 말만 되풀이하는 의사를 두고 그 사람의 누나는 내 병명을 집어냈다.

사랑하는 사람들을 지키지 못했다는 죄책감에 자신을 내던진 것이 병이 된 것이라고.

그렇다.

나는 나와 한방에서 잠을 자던 어머니가 죽어가는 것을 알지 못했다는 것이, 그 새벽 머리가 아파서 깼을 때 "끄윽, 끄윽"거리는 어머니를 깨우지 않고 벽시계가 4번을 치는 소리만을 듣고 있었다는 것이, 양희 언니와 약속한 대로 화이트 크리스마스의 그 새벽에 양희 언니를 찾아가지 않았다는 것이, 두 사람을 죽음 속으로 내몰게 했다는 죄책감으로 몸부림만 치고 있었던 것이었다. 나로 해서 두 사람이 세상을 떠났다는 죄책감에 먹는 것을 거부한 채, 내 귀에서 들려오는 통곡소리에 나를 내던지고 있었던 것이었다. 침묵을 지킨 채. 그 사실을 그 누구에게도 털어놓지 못하고 내 안으로 더 깊숙이 밀어 넣고 있었다.

뼈에 가죽을 씌운 것 같은 몸에 차츰 살이 붙기 시작했다. 새어머니가 지극정성으로 보살펴준 덕분이기도 했다. 그토록 미워한 새어머니가 내 어머니의 빈자리를 채워주고 있었다. 그 사실을 믿기 싫었다. 하지만 새어머니의 손길을 거부하지는 않았다. 그렇게 나는 병실에서 새로운 봄을 맞았다. 이내 겨울이 찾아왔다. 그 겨울, 하얀 눈이 내리는 창밖을 보며 나는 어머니와의 이별을 체감하고 있었다. 어머니와의 이별만을 준비한 것이 아니었다. 가슴 한쪽에 매달려 있는 양희 언니의 따스한 미소도 창밖으로 밀어냈다. 그러자 귀에서 들리는 통곡소리가 점차 멀어져 가는 듯했다. 그때 문득 그 사람에게 갖고 있는 내 감정을 정리해 보고 싶다는 생각이 들었다. 목에 이물질이 걸린 것처럼 늘 나를 괴롭히고 있는 것이 있었다. 그 실체는 바로 어머니가 나를 그 사람에게 부탁했었다는 것이었다. 그러나 그 사실 관계를 떠나 내 자신을 제대로 정립하고 싶었다. 어머니를 허망하게 떠나보낸 그 시간 속에서 양희 언니와의 약속을 저버린 그 새벽의 시간 속에서, 처음으로 나를 향한 희망의 전언을 스스로에게 던진 것이었다.

병원에서 퇴원을 하자마자 어머니와 살던 방으로 갔다. 싸늘한 냉기가 훅 끼쳐오는 벽에 기대고 앉았다. 이제 어머니의 유품이 된 전축이며, 반닫이 등등을 이 방에서 옮길 것이다. 어머니가 내 곁을 떠난 것이 분명하므로… 어머니는 다시는 이 방으로 돌아오지 않을 것이므로.

어머니와의 이별의식은 따로 하지 않기로 했다. 그 사람에게도 나의 그 어떤 생각도 내 미래에 따른 약속도 희망의 노래도 이야기하지 않기로 했다. 아버지와 영우가 방에 있는 세간들을 정리하며 있었다. 새어머니는 부엌살림을 정리하느라 쓸고 닦았다. 그 모습을 보며 나는 그 사람의 집으로 향했다. 그 사람의 누나에게는 내가 이 동네를 떠나게 되었다는 사실을 이야기하고 싶었다. 그 사람의 누나는 언제나 대문을 열어놓고 기다리고 있을 것이라며, 오고 싶을 때는 언제든 주저하지 말고 오라고 했다. 건강하게 잘 살아야 한다고 신신당부했다. 내 두 손을 꼭 잡고 있는 그 사람의 누나의 눈에 눈물이 그렁그렁 맺혀 있었다. 내 눈에서도 눈물이 멈추지 않았다. 볼을 타고 하염없이 흘렀다. 나는 그 사람의 누나에게 밤을 따는 가을날에 오겠다고 약속을 했다. 그리고는 오래도록 벚나무를 바라봤다. 가로등 대신 어두운 골목길을 비춰줄 벚꽃이 만발할 벚나무를… 그 벚나무가 서 있는 곳을 찾아 나섰다가 그 사람을 처음 만나게 됐던 그날의 일과 그 사람이 내 머리에 떨어진 벚꽃 잎을, 가만가만 떼어 주던 그날의 정경을 떠올리며. 하지만 가을이 오기도 전에 나는 그 사람의 집을 방문해야 했다. 그 사람의 아버지가 세상을 떠났기 때문이었다. 여름장맛비가 억수같이 쏟아지는 밤이었다. 그 사람의 집에서 장례를 치른다고 했다. 나는 장맛비를 뚫고 그 사람의 집을 찾아갔다. 그곳에서 그 사람의 집에서 문상객들에게 음식을 가져다주고 있는 미스 안을 보고는 소스라쳤다. 그리고… 그날 알았다. 그 사람과 미스 안이 외사촌지간이라는 것을.

미스 안을 보며 어색스러워 하는 나를 붙잡고, 그 사람의 누나는 미스 안이 외사촌 동생이라고 소개를 했다. 의아해하는 내게 그 사람의 누나는 몰랐었느냐고 되레 물어왔다. 우스웠다. 남이섬의 강가에서 보았던 그 사람과 미스 안의 모습 때문에 가슴앓이를 했던 내 자신이. 그 사람은 내 첫사랑일까? 그날 나는 미스 안을 바라보며 내 자신에게 물어보았었다. 그 물음에 답을 하지 않았다. 첫사랑이라고 알려준 양희 언니가 있었으므로. 먼 훗날 세월이 흘러 내가 나이가 들어서 그 사람을 떠올릴 때, 내가 그 사람에게 품었던 감정을 다시 묻기로 했었다. 그리고 지금 나는 그 사람의 집 앞에 서 있다. 기와집이었던 그 사람의 집이 현대식으로 바뀐 것처럼 세월의 두께가 말로 표현할 수 없는 시간이 흐른 지금에 와서야. 혹시라도 이 집의 대문이 열리고 그 사람이 나와서 내 앞에 서 있다고 해도 우리는 서로 몰라볼 수도 있다. 내가 변했듯이 그 사람도 변했을 것이다.

그 사람이 결혼을 했다는 이야기를 들은 것은, 내가 미국에서 주재원으로 근무하는 남편을 따라 미국으로 출국하는 날짜를 며칠 앞두고서였다. 황 기사와 결혼하게 됐다며 청첩장을 건네는 홍 반장에게 들은 게 그 사람에 대한 마지막 소식이었었다. 변변한 인사도 하지 못한 채 어머니를 보낸 것처럼, 양희 언니와 이별을 한 것처럼 그 사람에게도 그랬다. 그때 내가 좀 더 적극적으로 그 사람에게 다가갔더라면, 아니 어머니가 돌아가시지 않았다면 양희 언니가 살아 있다면… 나는 저 붉은 벽돌집에서 그 사람과 살고 있을까? 저 안에 그 사람이 아직도 살고는 있을까? 그 사람이 정말 이곳에서 살았을까? 내가 이렇다 할 이유도 없이 그 사람 곁을 떠나고자 했던 것은 무엇 때문이었을까?

나는 수많은 질문을 던지며 붉은 벽돌집을 바라보고 있었다. 덜컹, 하는 소리가 들린다. 동시에 대문이 열린다. 다리를 절룩이며 대문 밖으로 걸어 나오는 여자는 그 사람의 누나가 틀림없는 것 같다. 나는 그 사람의 누나에게로 다가간다.

"저…."

"……."

파뿌리처럼 하얗게 센 긴 머리를 틀어 올린 그 사람의 누나가 호미를 든 채 의아한 눈빛으로 나를 바라본다.

"저… 혹시, 저를 기억 하시겠어요?"

"……."

그 사람의 누나가 나를 찬찬히 훑어 내린다. 잘 모르겠다는 듯이 고개를 천천히 흔드는 것을 보며 나는 그 사람의 누나의 손을 잡는다.

"언니! 저예요, 영남이…."

"영남이?? 채 영남???"

"네, 언니!!!"

목이 메여오는데도 나는 큰 소리로 대답을 했다.

"어머나!!!"

"……."

"세상에나. 죽지 않으면 만난다더니… 무슨 일이래? 이게? 세상에나… 아휴, 도대체 이게 얼마만이야?"

그 사람의 누나가 내 손을 잡은 채 많은 질문을 쏟아내었다.

"언니! 죄송해요."

"아휴, 뭐가?"

"진즉에 찾아뵙지 못해서…."

"서로 마찬가지지."

"정말, 죄송해요."

"죄송하기는…."

"……."

"들어가자."

그 사람의 누나가 나를 잡아끈다.

"……."

나는 머뭇거린다. 혹시 집안에 그 사람이 있을지도 모른다는 생각에… 내 마음을 들여다보고 있는 것처럼 그 사람의 누나가 내 손을 잡은 채 현관문을 열며 말한다.

"아무도 없어. 나, 혼자 지내고 있어."

"네."

"오늘따라 청소도 안 했는데…."

그 사람의 누나가 설핏 웃고는, 소파에 놓여 있는 담요를 치운다. 내게 소파에 앉으라고 권유한다. 그 사람의 집은 외형뿐 아니라 내부도 변해 있었다. 거실 벽면에는 커다란 가족사진이 걸려 있다. 그 사람의 가족인 듯했다. 그 사람의 누나가 앉아 있는 양편으로 남자 아이 둘과 여자 아이가 서 있었고, 뒤쪽에는 중년쯤의 모습을 한 그 사람과 그 사람의 아내인 듯한 여자가 서 있었다. 흰 치아를 드러낸 채 환하게 웃고 있는 그 사람과 그 사람의 가족들의 사진을 보며, 나는 한 번도 그 사람이 나이가 지긋해 보이는 저런 모습을 하고 있으리라고는 상상도 하지 않았었다. 내 이마에 주름이 있는 것처럼, 볼 살이 늘어진 것처럼, 눈 밑이 처져 있는 것처럼, 그 사람도 나이가 들면서 나처럼 변했을 것이라는 생각을 어째서 단 한 번도 해 보지 않았을까. 내 가슴속에 있는 그 사람은 왜 항상 그때의 젊은 날의 모습으로만 있는 것일까.

나는 이제야 내가 건너온 시간 속의 세월을 깨달은 듯 다복해 보이는 그 사람과, 그 사람의 가족사진에서 시선을 거두지 못하고 있었다.

"소식은 듣고 있었어. 이야기를 만들어내는 소설가가 됐다고. 동생이 채영남 작가가 쓴 소설책이 출간되면 바로 사 들고 오곤 해서…"

그 사람의 누나가 과일과 주스가 든 쟁반을 손에 받쳐 들고 주방에서 나오며 말했다.

"죄송해요."

나는 가족사진을 바라보고 있던 시선을 거두며 그 사람의 누나에게 사과했다. 이곳을 떠날 때 그 사람의 누나에게 자주 뵈러 오겠다고 철석같이 약속을 했었다. 그 약속을 지키지 못한 것이 진심으로 미안했다.

"별 소리를 다 하네. 이렇게 만났으면 됐지. 채 작가가 쓴 소설 재미있게 읽었어. 온 김에 사인 해줘. 저자 사인을 다 받을 줄이야…."

"……."

나는 부끄러워서 말없이 고개를 숙인 채 주스가 들어 있는 컵을 만지작거리고만 있었다.

"동생이 악극, 어머니도 무척 재미있다고 했어."

"정, 계장님이 보셨어요?"

"그럼. 근데 아직도 정 계장님이야? 칠십을 훌쩍 넘긴 할아버지인데…."

그 사람의 누나가 웃으며 말했다. 나도 웃었다. 벚꽃이 열 손가락으로 셀 수 없이 피고 졌다. 그런데도 나는 아직도 그 사람을 H전자에서 근무할 때처럼, 그때의 호칭을 쓴 것이었다.

"동생은 서울에서 공연을 할 때 봤대. 여기 공연장에서도 공연을 한다고 동생이 표를 예매해준다고 나보고 가서 보라고 했어. 극장에 가서 채 작가가 쓴 악극을 보고 싶지만 무릎 때문에 어디를 간다는 것이 쉽지 않아. 한쪽 다리에만 힘이 실려서 그런지, 성한 다리도 성치 않고."

"……."

나는 부끄러워서 아무 말도 할 수 없었다. 그 사람이 내가 쓴 악극 '어머니'를 보았다는 것이, 내가 쓴 소설을 그 사람이 사들고 왔다는 것이. 이곳에 오는 내내 그 사람이 정말 그곳에 있었을까, 하고 반문해 보던 내 물음이 무색해진다. 쥐구멍에라도 들어가고 싶은 심정이다.

　　"그런데, 여긴 어쩐 일이야?"

　　그 사람의 누나가 딸기를 포크에 찍어서 내 손에 쥐어주며 궁금하다는 듯이 물어왔다.

　　"악극 때문에 왔어요. 관객분들께 무대 인사를 해야 된다고 해서요."

　　"그렇구나. 다시는 못 볼 줄 알았는데… 딸기가 참 달아. 먹어 봐."

　　"네. 죄송해요, 언니. 너무 늦게 찾아뵈어서…"

　　포크를 받아들던 나는 목이 매어 와서 말을 멈추었다.

　　"……."

　　그 사람의 누나는 어머니를 잃었던 그때에 서 있는 나를 보는 것처럼 내 잔등을 말없이 두드려준다.

　　"고마워. 잘 살아주고 있어서…"

　　"언니!"

　　"……."

　　나는 기어코 눈물을 쏟아냈다. 그 사람의 누나가 내 눈가를 손등으로 닦아주며 고개를 끄덕인다. 내가 일일이 말하지 않아도 그 사람의 누나는 내가 살아낸, 모든 날들의 시간 속의 모든 일들을 다 알고 있다는 듯이. 앞으로도 살아낸 지난날들처럼 또 그렇게 잘 살아갈 것을 믿는다는 듯이. 설령 서로 만나지 못하고 살다가 반세기가 훌쩍 지나서 또 다시 만나게 된다 해도, 보지 않고 듣지 않고 살았어도 다 알고 있었다고 위로해줄 것 같다. 그 사람의 누나는….

가방 안에 있는 휴대폰의 진동소리가 끊임없이 들려오고 있다. 그 사람의 누나에게 양해를 구한 나는 휴대폰의 폴더를 민다. 민 국장이다.

"응."

"응?"

민 국장이 되물었다.

"……."

"여보세요?"

"말해. 무슨 일인데?"

"아니… 왜, 그렇게 전화를 안 받아?"

"전화했었어?"

"뭐해. 신 형하고 사랑 놀음 중이야. 히히히."

"……."

"여보세요!!"

"쓸데없는 소리 하려거든 끊어."

"아, 알았어. 승질 좀 그만 부려. 제작 피디가 오죽했으면 나한테 전화를 했겠어."

"왜? 그 제작 피디는 무엇 때문에 민 국장한테 전화를 해서 귀찮게 하고 그래?"

"자네한테 연락이 안 되니까, 그렇지."

"무대 인사에 늦지 않게 시간 맞춰서 간다고 했으면 됐지. 도대체 그 확인 전화를 몇 번을 하는 거야?"

나는 은근히 부아가 치밀어 올라서 민 국장에게 쓴 소리를 했다.

"어딘데, 지금?"

"어딘지 알면, 뭐 하려고? 나중에 설명할 테니까 끊어."

"제작 피디한테 전화 해 봐. 나도 있다가 마지막 공연 보러 갈려고. 희진이하고 극장 앞에서 만나기로 했어."

나는 민 국장의 말이 끝나기도 전에 전화를 끊어버렸다. 휴대폰에는 부재중 전화가 열 통이 넘게 와 있었다. 제작 피디와 민 국장, 딸아이와 남편에게서 온 전화가 수두룩했다. 무슨 일인가 싶어 제작 피디에게 먼저 전화를 한다. 제작 피디는 신호가 가자마자 날름 받아서는 공연이 시작되기 전에, 극장으로 와 달라는 부탁을 하기 위해 전화를 넣었다는 것이었다. 무대 인사를 하기 전에 배우들과 동선이 겹치지 않게 동선을 맞춰야 한다는 것이다. 제작 피디에게 시간을 묻는다. 시계를 본다. 촉박한 시간이다.

나는 그 사람의 누나에게 제작 피디가 내게 한 이야기를 빠짐없이 그대로 전했다. 그 사람의 누나는 바쁜데 어서 가보라고 내 등을 떠다밀었다. 그 사람의 누나에게 시간을 내어 다시 찾아뵙겠다고 인사를 건네고는, 그 사람의 집에서 나왔다. 골목길을 내려오면서 그 사람이 정말 그곳에 있었을까, 하고 의문이 들었던 그 사람의 집을 되돌아본다. 그 사람이 아직도 나를 기다려주고 있을 것 같은 그 집을… 머지않아 재개발이 되어 추억 속으로 사라질 그 사람의 집은, 내 기억 속에 어머니의 젊은 날의 모습처럼 복제될 것이다. 아니면 이곳에서의 기억도 어머니의 죽음을 받아들이지 못하던 그날처럼 듬성듬성 기억날지도 모른다. 지금도 어머니의 죽음에 따른 그때의 일들이 단편적으로만 떠오른다. 끊어진 필름처럼… 그 기억의 조각들을 온전히 맞추어서 복원시키는 일은 언제나 많은 시간을 할애하게 한다. 다른 기억보다 항상 먼저 떠오르는 것은 희끄무레한 하늘에서 내리는 비와 거친 바람 속에서 제멋대로 휘날리던 진눈깨비다.

그 사람의 집에서 시선을 거둔다. 그리고는 내게 조심스럽게 묻는다. 그 사람 곁을 떠난 이유에 대해서… 어쩌면 그 사람도 양희 언니나 어머니처럼 내 곁을 떠날지도 모른다는 두려움 때문이 아니었느냐고. 아니면 그 사람에게 어떤 일이 닥칠 때 외면할지도 침묵할지도 모른다는 비겁함 때문에 도망을 쳤던 것은 아니었느냐고. 정직하게 대답을 해 달라는 내 물음에 차마 대답하지 못한다. 그 물음이 튀어 나오려고 할 때마다 가슴 밑바닥 깊이 더 깊숙한 곳으로 밀어 넣고 밀어 넣었었다. 그 물음을 일축하려던 나는 이제는 말할 수 있을 것도 같다는 생각이 든다. 내가 침묵하고 있었던 것들에 대해서… 손가방을 반대쪽 손으로 옮겨서 든다. K극장으로 가기 위해 걸음을 재촉한다. 휴대폰이 울린다. 딸아이일 것이다. 받지 않기로 한다. 그것은 그 사람과 내가 함께 건너고 내 어머니가 옷감에 붙은 이물질을 제거하기 위해, 건너갔다가 돌아오곤 하던 다리 위를 걷고 있기 때문이다. 다리 아래에는 맑은 물이 유유히 흘러간다. 물 속에서는 물고기가 유영한다. 자유롭게 노닌다.

- 끝 -

인터뷰

# 사람 찾기 혹은 '나'의 자전적 기록

○이 소설은 무엇보다 섬세함에 의한 소설 미학이 돋보입니다. 마치 어떤 예민한 곤충의 더듬이가 문장과 행간을 섬세하게 더듬는 것 같습니다. 작가의 감각적 촉수가 줄곧 느껴집니다. 작가의 그 '섬세한 감성'은 어디서 오는지 궁금합니다.

삶속의 삶에서 오는 것이 아닐까, 하는 생각을 합니다. 5살 무렵부터 저는 부모님 곁을 떠나 할머니와 지냈습니다. 낮에는 할머니와 잘 지내다가도 해가 지는 저녁나절이 되면, 어머니가 그리워서 대문 앞에 쪼그리고 앉아 울곤 했습니다. 더구나 할머니의 집은 깊은 산골이라 밤이면 짐승이 우는 소리가 들렸고, 뒤 곁의 대숲은 밤새 서로 몸을 치대느라 괴기한 소리를 냈습니다. 폭우가 내리는 밤에는 더욱 심했습니다. 그런 밤이면 저는 '엄마'를 찾으며 울었고, 할머니는 저를 달래느라 옛날이야기를 해주시곤 했습니다. 그렇게 잠이 들었다가 이른 새벽에 눈을 뜨면 할머니는 들이나 밭에 나가 계셨습니다. 그러다보니 제 스스로 주변의 것들과 교감하며 우정을 쌓아야 했습니다. 이를테면 할머니가 키우는 동물이나, 할머니의 집 주변에 있는 꽃, 풀, 나무, 돌멩이 하다못해 돌담 틈에 끼어 있는 깨진 사기그릇 같은 것들이었습니다. 그때의 두려움과 외로움, 가족에 대한 그리움 등등이 제 감성을 예민하게 만들었는지도 모르겠습니다.

○이 소설은 작품의 전면에 세 인물이 스크린을 꽉 채우고 있습니다. 먼저 정 계장, 양희 언니 그리고 어머니가 등장합니다. 그러나 두 사람은 '나'를 영원히 떠나고 '나'는 정 계장을 떠납니다. 이별의 그림자가 생각보다 길고 무겁습니다. 그 남아 있는 '나'에 대해 작가로서 하고 싶은 말이 있지 않을까요. 이를 테면 여담 같은 것?

　할머니 곁에서 지내다가 부모님 곁으로 돌아왔을 때, 제일 먼저 목도한 것이 있었습니다. 이웃집에서 방 하나를 세를 내어 살고 있던 건강한 청년이 일산화탄소에 중독되어 다시는 볼 수 없는 세상으로 간 것이었습니다. 얼굴이 유독 희었고, 얼굴에는 여드름이 났던 걸로 기억됩니다. 그 청년의 모습이 지금도 선연합니다. 음식을 만들고 집안을 따뜻하게 하는 '연탄'이라는 것이 사람의 목숨을 앗아간다는 사실을 알았을 때, 상당한 충격을 받았었습니다. 그 청년은 공장에 다니면서 가족을 돌보고 있었다고 했었습니다. 살아오는 내내 그 청년의 얼굴이

제게서 떠나지 않았습니다. 마치 빚을 지고 있는 것 같았습니다. 이 소설을 쓰게 된 작의일 수도 있겠습니다. 그리고 그 사람을 떠난 것은 두려움 때문이었습니다. 그 사람도 어머니나 양희 언니처럼 '나'를 떠날지도 모른다는. 하지만 핑계에 불과합니다. 사실은 비겁한 것이지요. 외면하고 침묵해야 했던 일들을 그 사람에게 털어놓지 못한 것은.

○소설 속에서 중요한 인물 중 한 사람인 정 계장에 대한 '나'의 감정은 "서서히 스며드는 물처럼 그 사람이 내 가슴을 적시고", 또 문장을 적시고, 작품의 이면(裏面)을 적시고 있습니다. 그리고 "두근거림과 떨림, 설렘, 환희. 세포마다의 날갯짓, 부르르 진저리를 치게 하는 간지러움. 빠르게 뛰는 심장 박동 소리. 오직 단 한 사람을 찾기 위해 두 눈을 밝히고 있는 환한 등불. 한 사람을 사랑하게 되면서 시작된 육체의 변화" 등 비록 작품 속이지만 첫사랑은 왜 이토록 절절하고 애틋한 것입니까?

첫 사랑이라 그런 것 같습니다. 모두가 겪었고 겪었으며 겪어야 할 첫 사랑이기 때문이 아닐까요.

○작품에서는 무대 인사를 하러 K극장을 향하는 것으로 막을 내리지만 만약 이 작품 밖에서라도 무대 인사를 하게 된다면 어떻게 하겠는지요?

그런 날이 올지는 모르겠습니다. 생각만으로도 두렵고 무척 떨립니다. 하지만 기쁠 것 같습니다.

○화이트 크리스마스의 기쁨과 대비된 양희 언니의 죽음, 가장 기쁜 날이 누군가에게는 가장 슬픈 날일 수도 있는 현실 속에서 작가님은 무엇을 말하고 싶어했는지요?

　사회적 구조에 의한 폭력을 말하고 싶었습니다. Memento mori, '죽음을 잊지 말라'는 뜻이 담긴 라틴어 문구입니다. 누구든 태어나면 죽습니다. 그러나 그 죽음이 막을 수 있었는데도 불구하고 막지 못한 사고사라면, 그 죽음을 잊지 말아야 한다고 봅니다.


○밤새 심장마비로 돌아가신 어머니, 어머니는 죽음을 예견하고 있었을까요? 21살 먹은 딸에 대한 걱정, 딸에게 밥을 지어보라고 하며 밥하는 법을 알려주려는 어머니의 모습을 소설은 너무도 담담하게 그려냅니다. 그리고 더군다나 희진을 통해 더 유쾌하게 그려냅니다. 또한 밥하는 법을 가르치는 것을 어머니의 죽음으로 이어지게 하는 소설의 복선으로 만든 작가님의 장치는 무엇을 의미하는지요?

　생명이 태어나는 것은 순서가 있으나, 돌아갈 때는 순서가 없습니다. 매순간을 마지막처럼 산다면… 하는 생각을 해보았습니다. 어머니의 죽음은 가정의 폭력에 의한 것입니다. 그 죽음이 주는 의미를 담고 싶었습니다. 대부분의 독자들은 화자에게 밥을 지어보라는 그 부분에서, 어머니의 죽음을 눈치챘을 것이라고 여겨집니다. 그래서 희진을 통해서는 서사의 긴장감을 완화시켜야만 했습니다. 그래야만이 화자가 외할머니와 어머니가 태어난 방에서 독대했을 때, 보이지 않는 감정이 고조될 것 같았습니다.

○'그 사람이 정말 그곳에 있었을까?'에 대한 질문은 스스로에게 던진 질문입니다. 그 사람은 주인공인 나를 정말 그곳에서 기다리고 있었을까요? 결말을 내리지 않은 연유를 묻고 싶습니다.

이 소설을 쓰게 된 또 하나의 배경이 있습니다. 제가 쓴 악극이 공연되고 있는 도시를 찾았다가, 그 도시가 제 '첫 사랑'의 그 사람이 살던 도시라는 걸 떠올리게 되었습니다. 문득 그 사람이 아직도 이 도시에 살고 있다면, 하는 생각이 들었습니다. 그렇다면 제가 쓴 악극을 볼 수도 있겠다, 싶었습니다. 그 생각들이 모아지기 시작한 것이, 양희 언니와 어머니의 죽음에 곁 이야기가 되었습니다. '첫 사랑'에 대한 추억은 그저 가슴에 담아두고 있을 때 아름답지 않을까, 합니다. 그러므로 제가 만든 그 사람은 상상 속에 존재하는 허구의 인물입니다. 그렇기 때문에 화자를 기다리고 있을 것도 같고, 기다리지 않을 것도 같습니다. 독자의 상상에 맡기겠습니다.

○소설이 사회와 개인에 대한 관계라고 한다면 어떤 면에서 더 작동하고 있는지 궁금합니다.

문학은 세상에 있을 법한 이야기를 꾸며 사회를 적나라하게 보여주고 풍자하기도 합니다. 그것은 사람들의 마음을 치유하고 올바른 가치관을 심어 주기 위함 때문이라는 생각입니다. 그래서 저는 사회와 개인을 떼어 놓고서는 문학을 논할 수 없다고 봅니다.

○이 소설은 매우 차분하고 정확한 문장과 촘촘한 이야기 등으로 인해 소설을 읽는다기보다 작가의 옆에서 '옛날에 말이야'로 시작하는 후일담을 듣는 기분이 들기도 하고 전체적으로는 일일연속극을 보는 느낌을 주기도 합니다. 작가의 의견은 어떠한지요?

저는 할머니 품에서 할머니가 들려주는 옛날이야기를 들으며 유년 시절을 보냈습니다. 할머니가 들려주는 이야기는 재미가 있었습니다. 아주 구수했습니다. 어린 제가 알아들을 수 있도록 할머니가 이야기를 쉽게 해서인지는 모르겠습니다. 소설도 그때 할머니가 들려주던 옛날이야기처럼 재미가 있어야 된다는 생각을 가지고 있습니다. 그래서 쉽게 쓰려고 노력을 합니다.

○이 소설은 첫사랑의 유적을 탐사하는 것으로 읽어도 될까요? 또 주인 물인 채영남의 가족사와 그의 시대를 기록한 것으로 읽어도 될는지 작가의 의견을 듣고 싶습니다.

두 질문 모두일 것입니다. 첫 번째는 양희 언니와의 약속의 중요성과 어머니의 죽음에 얽힌 진실을 알고도 말하지 못하고 침묵을 지키는 비겹함입니다. 두 번째는 급작스럽게 떠난 두 죽음을 통해 '가까운 사이일수록 매 순간을 서로 사랑하며 살아야 한다'는 이야기를 하고 싶었습니다. 특히 부모님과 자식 간의 관계는 더욱 그래야 한다고 봅니다. 그런데도 가깝다는 이유로 작은 일에 서로 상처를 주고받습니다. 돌아서서는 서로 아파합니다. 그러한 이야기를 첫사랑으로 그럴싸하게 포장을 했기 때문입니다. 또한 그 사람의 누나 같은 어른이 주변에 많이 있기를 바라면서요.

○이 소설은 도입부만 보자면 노후 문제를 다루는 소설로 읽혀옵니다. 퇴직 후 부부들이 겪는 고민이 꽤 정밀하게 쓰여 있기 때문입니다. 작가의 의도를 듣고 싶습니다.

　남남이었던 사람들이 결혼이라는 것을 통해 인생의 새로운 주기를 맞습니다. 아이를 낳아 기르고 교육을 시켜 장성한 자식들은 결혼을 함으로 해서 분가를 합니다. 그러고 나면 부부의 삶은 신혼 때처럼 둘이 됩니다. 이때부터 인생의 제2주기가 시작이 된다고 봅니다. 그러나 대부분의 부부들은 함께 하는 시간을 서로 못 견디어 합니다. 서로 잘못된 부분을 지적질하며 싸웁니다. 그렇다고 함께 하는 시간이 많아서 싸우는 것은 아닐 것입니다. 인생의 첫 주기였던 신혼 때 서로 갖고 있는 단점을 서로 고치라고 언성을 높였던 문제가, 또 다시 대두되는 것이 틀림없을 것입니다. 그러므로 인생의 2주기는 서로의 단점을 서로 인정하고 존중해주는 시기가 아닐까, 하는 생각을 합니다. 제가 희곡 '깻잎 전쟁'을 발표했을 때의 주제가 바로 '부부란 함께할 때가 가장 아름답다'였습니다. 네, 그렇습니다. 노부부가 마트에서 카트를 함께 밀거나, 여행지에서 서로 손을 잡고 있거나, 산책을 하며 보폭을 서로 맞추는 노부부의 모습이 경이로운 건 바로 부부가 함께하기 때문일 것입니다. 그 이야기를 하고 싶었습니다.

○소설 속의 인물인 '채영남'처럼 작가 자신도 악극을 써본 이력이 있는지요. 그렇다면 소설을 쓸 때와 악극을 쓸 때의 차이는 어떤 것인지요?

　네. 악극을 써 봤습니다. 글을 쓴다는 건 다 같다고 봅니다. 차이가 있다면 소설은 시간과 상관없이 이야기를 풀어나가는 것입니다. 그러나 악극은 정해진 시간에 극적인 요소를 최대한 끌어내어 풀어내야 합니다. 소설은 대사 없이도 함축된 문장으로 대사를 대신할 수 있습니다. 악극은 배우들이 주고받는 대사로 감정의 파고를 관객들에게 전해야 합니다. 더구나 악극은 악극의 내용에 상응하는 노래와 노래에 맞는 동작까지 곁들여집니다. 그렇기 때문에 극을 아우르는 대사에 많은 시간을 고민하며 씁니다. 소설은 문장을 만드는 데에 있어 썼다, 지웠다가를 반복하게 합니다. 그런 것이 소설과 악극의 차이라고 할 수 있겠습니다.

○작가가 상정하고 있는 주요 독자 계층에 대해 한 마디 한다면?

　상정하는 독자 계층은 없습니다. 모든 분들이 독자였으면 하는 바람입니다.

○하루에 쓰는 작업량이 있다면?

　하루에 A4용지 한 장을 쓰려고 노력합니다. 물론 더 쓰는 날도 있지만 단 한 줄의 문장도 만들지 못하는 날도 허다합니다. 그러나 저와의 약속은 하루에 A4용지 한 장을 채우는 것입니다.

○사숙한 작가(국내외 불문)가 있다면?

　딱히 없습니다. 어느 작가가 쓴 소설이든 장르를 가리지 않고 읽는 편입니다. 굳이 들자면 춘원 이광수 선생님의 소설입니다. 초등학교 4학년 때쯤 처음 접했기 때문입니다.

○글을 쓸 때의 집필 습관이 있으면, 가령, 집필 전에 샤워를 한다든가 손을 씻는다든가 기도를 한다든가 등등.

　첫 번째가 기도입니다. 기도 후에는 고무줄이 헐렁한 헌 바지나 일바지로 갈아입습니다. 양말은 목이 늘어진 걸 신고요. 욱죄는 느낌이 싫어서입니다. 그렇지 않으면 신경이 쓰여서 집필하는 데 집중이 되지 않습니다.

○한국문학 장(시대 불문)에서 작가가 생각하는 기억되어야 할 장편 다섯 권만 말해줄 수 있는지요? (대하소설 제외)

어떤 책이든 말하고자 하는 게 있고, 그 안에서 깨달음을 얻는다고 봅니다. 그러므로 세상에 나와 있는 책은 시간이 허락이 된다면, 무엇이든 가리지 말고 읽어야 한다는 생각입니다.

○인공지능 시대에 소설가의 존재 방식에 대해 추론한다면?

소설가들이 도입 부분을 쓰기 위해 많은 시간을 서성입니다. 혹은 몇 주거나 몇 달을 허비하기도 합니다. 그런데 얼마 전 챗GPT에게 도입 부분을 부탁했더니, 3초 만에 문장이 뚝딱 만들어졌다는 기사를 봤습니다. 놀라웠습니다. 그러나 챗GPT는 컵의 모양은 흉내낼 수 있겠으나, 밑바닥의 미세한 긁힘을 보지 못할 것도 같습니다. 소설가는 컵의 밑바닥부터 보는 사람들이니까요. 그래서 컵의 긁힘뿐 아니라 컵이 누구의 손에 의해 만들어져서, 어떤 경로를 통해 인연이 닿아 이 자리에 있을까, 하는 실존을 찾아가며 아파하는 사람들입니다. 그러한 소설가의 세세한 감정선을 챗GPT들이 결코 침범하지 못할 거라고 확신합니다.

○헤밍웨이에게 낚시가 있었고, 부코스키에게 경마가 있었듯이 소설 쓰기 외에 작가가 집중하는 일이 있는지요?

무작정 걷는 일입니다. 집필을 할 때는 오랜 시간을 걷기도 합니다.

걷다 보면 엉켜 있는 생각들이 풀어지기도 하고, 새로운 언어가 생성되기도 합니다.

○문학은 위기를 넘어 그 존재조차 위협받고 있습니다. 작가의 입장을 듣고 싶습니다.

위기는 항상 있었고, 글을 쓰는 작가들은 그 위기 속에서도 글을 썼습니다. 그것은 어쩌면 사회에서 인간에게 미치는 이야깃거리가 많았기 때문일지도 모르겠습니다. 돌이켜 보면 1970년대까지는 일제강점기와 한국전쟁을 겪은 민족의 아픔과, 산업화 혁명으로 인한 글들을 쓸 수 있는 소재거리가 많았습니다. 그러한 민초들의 삶을 소설가들이 대변했으니까요. 1980년대에 들어서는 억압된 땅에서 침묵을 지키고 사느냐, 민주화의 물결에 동참하느냐를 놓고 저울질하는 인간의 이중성을 이야기했습니다. 더구나 5.18이라는 역사의 현장에 서 있어야 했고요. 1990년대는 1970~80년대의 후일담 문학이 주를 이뤘습니다. 그만큼 문학이 주는 힘이 컸습니다. 그것은 소설가들이 사회와 개인을 떼어놓지 않았기 때문이라고 봅니다. 그리고 난 지금 21세기의 소설은 미디어의 힘에 밀려나 있습니다. 그로 인해 독자층은 지문으로 된 글보다는 시각적인 것에 익숙해져 있고요. 미디어가 지금처럼 발달이 되지 않았을 때는 대중교통을 이용하는 승객들이, 책을 읽고 있는 모습을 흔하게 볼 수 있었습니다. 요즘은 버스 안이나 지하철 안에서 책을 읽고 있는 사람은 거의 없습니다. 휴대폰에 집중하고 있습니다. 그러니 소설을 써놓고도 책이 팔리지 않아 출간을 할 수 없습니다. 출판을 했다고 해도 공급이 되지 않습니다. 이러한 악순환을 타파하기 위해서는 문학을 지향하던 우리의 초심을 되돌아볼 때가 아닌가, 하는 생각을 조심스럽게 해보는 요즈음입니다.

○이 장편소설 탈고 이후 작가의 또 다른 관심사에 대해 말한다면?

생명을 돌보는 일입니다.

○작가의 문학적 입장과 앞으로의 집필 계획에 대해 한 마디 한다면?

제 감정을 통해 만들어지는 언어와 소통하며 살 수 있어 행복합니다. 집필 계획은 이 작품을 쓰느라 밀쳐놓은 대하소설을 마무리 할 것 같습니다.

저는 가끔 맨발로 걷고 있습니다. 제가 걷고 있는 그곳은 부지런한 주인이 살고 있는 시골집의 앞마당처럼 항상 깨끗합니다. 산 중턱인 그곳은 가지가 무성하고요, 잎이 풍성한 나뭇잎들이 많습니다. 울창한 숲에서는 까치들이 모여 저들만의 언어로 떠들고 있다가, 제 등장에 어딘가로 날아가 버립니다. 마른 나뭇잎 위를 걷던 까치도 종종걸음으로 달아납니다. 까치들이 사라진 숲속에서 혼자 걷습니다. 발자국 소리처럼 바스락바스락거리는 소리가 들려옵니다. 고요한 숲에서 들려오는 발자국 소리에 기겁을 합니다. 고개를 돌리면 나뭇잎 위를 걷고 있는 까치가 걸음을 멈추고는 저를 바라봅니다. 까치도 저 때문에 놀란 듯했습니다. 잠시 저와 대치하던 까치가 자리를 뜹니다. 그런 나날을 보내던 어느 날 걷기를 하다가 큰 상수리나무 뒤에 서 있는 빗자루를 보았습니다. 제가 맨발로 걸을 수 있었던 것은 누군가의 숨은 손길 때문이었던 것입니다. 그런데도 저는 그곳이 제 터전인 양 까치들이 내는 소리에, 예기치 못한 생의 한 단면과 맞닥뜨린 것처럼 호들갑을 떨었던 것입니다. 까치들에게 미안했습니다. 그곳을 비질하는 숨은 손길처럼 다녀가지 않고, 빗자루처럼 나무 뒤에 숨어서 까치들을 지켜보지 못한 것이요. 숲속이 제 터전인 양 주인 행세를 하며 활보하고 떠들었던 것까

273

지요.

그 사람이 정말 그곳에 있었을까.

어쩌면 이 소설도 까치들에게 들었던 미안함처럼, 그런 '미안함' 때문에 이야기가 시작되었는지도 모르겠습니다. 살아남은 자로서 동 시대를 살다가 함께 건너오지 못하고, 생을 마친 한 청년에게 이제야 미안한 마음을 전하는 것 같습니다.

그렇습니다. 이 소설은 살아오는 내내 혀끝을 칼에 베인 것 같은 아픔을 물고 있게 했습니다. 그 이야기를 마쳤습니다. 모진 인연 하나를 끊어버린 것 같은 지금, 맨발로 걸을 수 있는 그곳으로 가서 걷고 싶습니다. 까치들이 저 때문에 놀라지 않도록 조심의 조심을 하면서요.

제가 쓰는 소설에 많은 영감을 주는 지인들, 벗들, 대모님과 가족들. 오브제 '침묵의 호소'를 책 표지에 담을 수 있도록 선뜻 허락해준 이주아 선생님. 어설픈 제 글을 또 한 권의 책으로 묶어주신 양정섭 대표님과 편집위원님들. 이분들이 이 소설의 주인입니다. 고맙습니다.

벚꽃이 지고 철쭉이 만개한 4월의 어느 날에 '젬마'를 기다리며…

박 민 형

## 지은이 박민형

1996년 『월간문학』에 단편 「서 있는 사람들」로 소설부분 신인상을 수상하며 작품 활동을 시작했다. 장편소설 『침묵과 함성』이 2000년 문예진흥원 창작지원 수상작에 선정되었으며, 『4번 출구는 없다』(2011), 『달의 계곡』(2018), 『별똥별』(2019, 단편소설집), 『달콤한 이별』(2020), 『어머니』(2022) 등을 펴냈다.
이외에도 2003년 KBS 악극 〈빈대떡 신사〉, 2007년 CPBC 창사 특집 드라마 〈강완숙〉, 2010년 〈동정 부부 요한 루갈다〉 극본, 2013년 뮤지컬 〈롤리폴리〉 각색, 2019년 CPBC 〈김수환 추기경 선종 10주년〉 다큐 3부작 드라마 극본, 2019년 연극 〈깻잎 전쟁〉과 2022년 연극 〈마담 트롯〉의 희곡을 발표했다.

## 그 사람이 정말 그곳에 있었을까

ⓒ박민형, 2023

**1판 1쇄 인쇄**__2023년 07월 01일
**1판 1쇄 발행**__2023년 07월 10일

**지은이**__박민형
**펴낸이**__양정섭

**펴낸곳**__예서
　　　　등록__제2019-000020호

**제작·공급**__경진출판
　　　　사업장주소__서울특별시 금천구 시흥대로 57길 17(시흥동), 영광빌딩 203호
　　　　전화__070-7550-7776　팩스__02-806-7282
　　　　홈페이지__https://mykyungjin.tistory.com
　　　　이메일__mykyungjin@daum.net

**값** 15,000원
ISBN 979-11-91938-49-4 03810